LA SONATA
SIN NOMBRE

La sonata sin nombre

BEATRIZ O'SHEA

Papel certificado por el Forest Stewardship Council®

Penguin
Random House
Grupo Editorial

Primera edición con esta encuadernación: marzo de 2026

© 2018, Beatriz O'Shea
© 2018, 2026, Penguin Random House Grupo Editorial, S. A. U.
Travessera de Gràcia, 47-49. 08021 Barcelona

Printed in Spain – Impreso en España

ISBN: 978-84-666-8510-8
Depósito legal: B-4.349-2026

Compuesto en Lozano Faisano, S. L.

Impreso en Liberdúplex
Sant Llorenç d'Hortons (Barcelona)

BS 85108

Para Martina, Claudia y Jorge

1

El timbre del teléfono rompió el silencio en el piso, al que apenas iluminaban ya los débiles rayos de sol del último domingo de septiembre. Segundo tono. Los altos techos con molduras de escayola y las paredes desnudas, salpicadas tan solo con algunos pósteres y fotografías, ampliaban el ruido. Tercer tono. El sonido escapaba del salón inundando el largo pasillo, dejando atrás la cocina y el pequeño cuarto de baño, asomándose a los dormitorios, chocando al fin contra la puerta de entrada. Una antigua puerta de madera con un cerrojo algo oxidado que se abrió para dar paso a la carrera de un joven por el pasillo, al tiempo que gritaba:

—¡Ya voy! ¡Voy! ¡Aguanta, que ya llego!

Elena sonrió mientras recogía las bolsas que Javi había dejado sobre el felpudo. Tras el cuarto tono, le oyó contestar al teléfono y entró en la casa cerrando tras de sí la puerta con el pie. Dejó las llaves sobre un aparador y se dirigió a la cocina. Una vez más habían tenido que ir a hacer la compra a uno de esos supermercados que permanecían abiertos las veinticuatro horas del día los siete días de la semana. Su trabajo y su intensa vida social hacían que se vieran obligados a acudir a estos establecimientos en las tardes de domingo, o al menos en aquellas en las que decidían que su alimentación no podía seguir basándose en comida precocinada.

Cuando Elena se disponía a meter la compra en la nevera, Javi se asomó a la puerta de la cocina con el teléfono en la mano y, tapando el micrófono, susurró:

—Es para ti, la marquesa de no sé qué. Le he preguntado qué quería pero se ha negado a contestarme. Dice que prefiere hablar directamente contigo.

Tras hacer una mueca de extrañeza, le tendió el teléfono.

—¿Diga? —preguntó Elena intrigada.

—Buenas tardes. Llamaba para ver si me podía usted poner en contacto con la señorita Irina Ionescu, que estudia en la fundación Verdes-Montenegro. Estoy intentando hablar con ella y no hay manera. Y no quiero que la gente de la fundación meta mano en esto. Se trata de un tema muy delicado. Hay una herencia valiosa, muy valiosa de por medio, y mire...

—Perdone —Elena intentó interrumpirla.

—... justo ayer lo estuve comentando con el doctor Merry, con quien coincidí en una cena en el hotel Villamagna, espléndida por cierto. Estuvimos hablando de cómo podría hacer para lograr contactar con ella. Porque esto es muy importante, bueno, era muy importante para nuestra gran amiga común Catalina, señora de Villamil.

—¡Disculpe! —repitió Elena, elevando un poco el tono de voz para hacerse oír, y consiguiendo así que la marquesa le prestara al fin atención—. Perdone, pero, ¿quién es usted?

—Soy la marquesa viuda de Lezma.

—¿Y por qué se ha puesto en contacto conmigo? —preguntó extrañada.

—Por si me puede ayudar, claro está. La he estado llamando toda la tarde pero nadie contestaba al teléfono —respondió la mujer, con un claro tono de reproche en su voz.

—Bueno, es que no estábamos en casa —se disculpó cortésmente Elena, aunque no tenía claro por qué debía hacerlo—. Pero, ¿qué puedo hacer yo para ayudarla?

—¿No es usted la señorita Elena Verdes-Montenegro?

La marquesa comenzaba a impacientarse.

—Sí —reconoció Elena.

—Pensé que igual podía ponerme en contacto con alguien de su familia, alguien que esté en la fundación —dijo la marquesa, como si lo que decía fuera obvio.

—¿Y dice que quiere localizar a...?

Mirando a Javi, Elena hizo un gesto con su mano libre, como si escribiera, y rápidamente él abrió un cajón de la cocina y le tendió una libreta y un bolígrafo. La miraba como hipnotizado, incluso tenía la boca entreabierta, y Elena sabía que se moría de ganas de que la conversación terminara para enterarse de todos los detalles.

—Irina Ionescu. Es violinista y ahijada del gran Andrei Popescu. Supongo que este nombre sí le sonará, ¿no?

—Claro —contestó Elena, tomando nota de aquel nombre que oía por primera vez en su vida—. ¿Y por qué dice que quiere contactar con ella?

La mujer emitió un chasquido con la lengua, algo molesta por tener que repetir de nuevo la historia.

—Porque mi gran amiga Catalina, señora de Villamil, ha estipulado en su herencia legarle a Irina un objeto que tenía un gran valor sentimental para ella. Yo soy su albacea testamentaria y, como tal, tengo que velar por que se cumpla su última voluntad.

—Comprendo. Y prefiere no contactar con ella directamente a través de la fundación —intuyó Elena.

—De hecho, ya lo he intentado. Pero no me fío de ese hombre que la dirige, me está poniendo muchas trabas para dar con Irina, y empiezo a pensar que tiene algún motivo para evitar que lo haga.

La marquesa hizo una pausa, como si reflexionara sobre algo, y entonces su tono de voz se volvió más cercano.

—Mire, si usted no me ayuda, la verdad es que no sé cómo voy a conseguir esto. Y de verdad que contactar con esta chica es vital para mí.

Elena percibió el temblor de su voz y, como si se tratara de un interruptor, le vino a la mente la imagen de su abuela, a quien la unía una relación muy especial. Recordó la noche en la que se cayó en su habitación, tratando de salir de la cama, y quedó tendida en el suelo, incapaz de levantarse por sí misma. La pobre mujer pasó la noche en vela, asustada y muerta de frío, hasta que su asistenta la encontró a la mañana siguiente. Elena hubiera dado cualquier cosa por haber estado allí con ella y ayudarla.

Su abuela había muerto varios años atrás, pero su recuerdo seguía con ella, y la veía en aquellas personas mayores que sufrían de soledad. Como la señora Ramiro, una anciana que vivía en el piso encima del suyo y a quien iba a visitar algunas tardes para hacerle algo de compañía. La señora Ramiro vivía sola desde que enviudara treinta años atrás y recibía únicamente atención de su nieto Valentín, a pesar de que tenía otras dos nietas a las que había criado cuando su única hija murió de un terrible cáncer.

La desesperación velada que notó en la voz de la marquesa por tener que pedir un favor a alguien que ni siquiera era de su familia le recordó a ellas.

—Bueno, veré lo que puedo hacer —cedió—. Deme por favor un número de teléfono donde pueda localizarla.

—Se lo agradezco de veras —contestó aliviada la marquesa y, tras dudar unos segundos, le dictó su número de contacto.

—Déjeme un par de días para intentar hacer algo. La llamaré de nuevo en cuanto tenga noticias —prometió Elena.

—No deje de hacerlo. Y, por favor, sea discreta. No querría perder definitivamente la oportunidad de verme con la señorita Ionescu.

Elena colgó el teléfono y se tomó un momento para poner en orden sus ideas. Paseó distraídamente la mirada por la vieja cocina, ahora repleta de bolsas de supermercado llenas de comida que esperaba ser colocada en su lugar.

—¿Y bien? —preguntó Javi, vencido por la curiosidad.

Elena le repitió la conversación con todo detalle.

—¿Y ahora qué piensas hacer? —volvió a preguntar Javi.

—No tengo ni idea —contestó ella con desazón.

—Pero, ¿qué relación tienes tú con esa familia?

—Somos parientes lejanos, aunque la verdad es que no les conozco de nada.

—¿Entonces, Ele? —preguntó él impaciente.

—No lo sé, Javi. Me ha dado pena esa mujer, he sentido que tenía que ayudar —trató de justificarse—. Por lo menos puedo buscar algo de información en internet, y eso ya es llegar mucho más lejos de lo que probablemente podría hacerlo ella.

—Fijo, la marquesa del Etna tiene muchos menos recursos que tú.

—¡De Lezma! —rio Elena—. Marquesa viuda de Lezma.

La joven se quedó un rato dando vueltas a lo extraño de la situación y decidió que ya pensaría en qué hacer al respecto al día siguiente.

—A lo mejor ha pensado que eres mi mayordomo —dijo para animar a su amigo, que se había quedado inmerso en sus propios pensamientos.

—¿Te imaginas? ¡Me encantaría! ¡Todo el día llevando guantes blancos y sacando brillo a la plata!

Javi cogió un trapo, se envolvió el brazo con él y comenzó a andar con la espalda muy recta y a hacer grandes reverencias a Elena. Juntos rieron y fantasearon sobre la historia de la marquesa. Cuando la broma no dio para más, recogieron la compra y prepararon una suculenta ensalada con todos los ingredientes que encontraron, para cenársela después en la pequeña mesa de la cocina mientras comentaban los detalles del fin de semana que tocaba a su fin.

Cuando Javi lo dejó libre y ya en pijama, Elena entró en el cuarto de baño para lavarse la cara, cepillarse los dientes y desenredarse la larga y castaña melena. Al terminar, se miró un instante al espejo. Sus ojos delataban su cansancio. Repasó su piel, tersa y todavía algo morena, y se hidrató cuidadosamente los labios. Estaba bastante aceptable. Sonrió. Más que aceptable.

Al día siguiente reflexionaría sobre la llamada que había recibido, esa semana no daba ya para mucho más.

2

Antes de que amaneciera el que resultaría ser un soleado lunes, Elena ya estaba arrastrándose escaleras abajo hacia la calle de la Libertad. Iba mordisqueando una manzana en un nuevo intento de perder los kilos de más que había ganado ese verano. La temperatura había refrescado y ya apenas quedaba el recuerdo de las calurosas y pegajosas noches del verano de Madrid. Al meterse en la boca de metro, cogió el periódico que cada mañana le ofrecía una simpática joven y donde, por fin, Elena veía los resultados de su trabajo.

Había estudiado comunicación audiovisual y tuvo la suerte de terminar cinco años atrás, justo cuando nacía *El Café de la Mañana*, el primer periódico gratuito que se publicó en España. Empezó a trabajar como becaria y, gracias al empeño que puso y, cómo no, a la cantidad de horas extra que le dedicó, cuando terminó la beca le ofrecieron incorporarse al departamento de maquetación. Desde entonces, casi cada mañana, recorría ese mismo camino hacia la plaza de Colón y desde allí tomaba el metro a Alfonso XIII, línea directa y solamente ocho estaciones, factor determinante cuando empezó a buscar piso para independizarse. Aunque, en lugar de independizarse, lo que hizo fue más bien crearse una tremenda dependencia de un hasta entonces desconocido que pasaría a ser su amigo inseparable.

Recordaba perfectamente la voz que la recibió cuando llamó al telefonillo de Libertad 11 por primera vez. Una voz que fingía absoluta seriedad y masculinidad, las dos características que peor definirían al entonces veinteañero que contestó. Minutos más tarde, acomodada en el colorido y mullido sofá que le indicó el muchacho, Elena paseaba su mirada entre las decenas de carteles de películas de todos los tiempos que cubrían las paredes. Aunque la decoración era algo extravagante, el piso era muy bonito, con el suelo de madera, puertaventanas abiertas a la calle y los altos techos característicos de los pisos antiguos.

—Así que te llamas Elena y acabas de terminar Periodismo —dijo Javier Casado, quien la observaba detenidamente sentado en una vieja butaca reciclada cuyo destino final fue abandonar la casa cuando entró el primer sueldo de Elena.

Javier era un joven bello con aspecto algo aniñado. Castaño, con ojos rasgados del mismo color rebosando vida, y una piel delicada e imberbe que le hacía parecer más joven de lo que era en realidad. También ayudaban a ello su más bien escasa estatura, que intentaba disimular con un peinado alto, y su delgadez que, al contrario de la altura, trataba de acentuar vistiéndose con prendas muy ceñidas al cuerpo.

—Comunicación audiovisual —matizó Elena.

—Yo trabajo en una empresa de cine —confesó él.

Más tarde, Elena descubriría que la empresa de cine era un videoclub de una cadena internacional que estaba condenado a desaparecer junto a la butaca del salón.

—¿Y de dónde eres? —continuó interrogando él.

—De Salamanca.

—¿Fumas?

—No, nunca he fumado.

—Yo tampoco, al menos no tabaco —sonrió pícaro—. ¿Te gusta salir?

—Claro. —No tenía muy clara cuál era la respuesta correcta, por lo que matizó—. Aunque también me gusta hacer otras cosas como ir al cine, a exposiciones, pasear, leer.

—¿Tienes trabajo fijo? —cortó él.

—Sí, acabo de empezar a trabajar en el periódico *El Café de la Mañana* —respondió ella, orgullosa.

Javier entornó los ojos y la miró fijamente.

—Ese periódico no existe.

—Sí, claro que existe. Pero es bastante nuevo, tal vez por eso no lo conozcas —se precipitó a contestar ella, asombrada ante la suspicacia del muchacho—. Es un periódico gratuito, lo reparten en el metro y en algunos bares y cafeterías. De momento está en Madrid y Barcelona, pero la idea de la dirección es ir expandiéndose a otras ciudades. A mí me han contratado hace poco para el equipo de maquetación. Soy muy buena en diseño gráfico, aunque espero poder pasar a la redacción algún día, que es lo que realmente me gusta.

Elena empezaba a sentirse incómoda con el interrogatorio y ya se planteaba marcharse de allí cuando vio cómo los ojos de Javier se iluminaban.

—¿Tenéis sección de cine? —preguntó.

—Sección de cine como tal no, pero cada día se publica la cartelera y los viernes hay una sección de estrenos —explicó ella con paciencia.

—¿Y puedes conseguir entradas de cine gratis?

Entonces ella comprendió a dónde quería llegar.

—Claro que sí, nos dan entradas para todos los estrenos —respondió y, acercándose más al muchacho, bajó el tono de voz como si fuera a revelarle una importante confidencia—. Están muy disputadas, pero seguro que si viviera aquí podríamos pisar juntos alguna alfombra roja de la Gran Vía.

Tras escuchar eso, Javier se levantó sonriendo y tendió una mano a Elena, gesto con el que sellarían el acuerdo para compartir casa, gastos, ilusiones y desilusiones.

Después de tirar el corazón de la manzana a una papelera, Elena salió del metro y cruzó la calle López de Hoyos para dirigirse al polígono donde estaba la redacción de *El Café*. Parecía que el número de ese día había salido bastante bien, lo que significaba que Vale, la redactora jefe, estaría contenta, y que por tanto los demás miembros del periódico podrían respirar tranquilos.

Elena entró en la redacción saludando amigablemente y se sentó en su mesa a la vez que encendía el ordenador. Mientras este arrancaba, se dirigió como de costumbre al pequeño *office* que les servía de sala de descanso para servirse un denso café con leche. Al volver a su mesa, vio que Darío acababa de llegar.

—Buenos días.

—Hola, Darío.

—¿Todo bien?

«No, Darío, todo bien no, todo anda bastante del revés desde que decidiste que era mejor que siguiéramos siendo solo amigos», pensó.

—Sí, estupendamente —contestó sin mirarle.

Darío era un hombre realmente cautivador. Se había incorporado al equipo hacía dos años, revolucionando todas las hormonas femeninas desde el momento en el que cruzó las puertas por primera vez, repartiendo sonrisas y piropos con extrema generosidad. El cruce de miradas y los murmullos iniciales dieron lugar a una sucesión de encuentros sexuales y corazones rotos, que Elena vivió con aversión y angustia cuando se desahogaban ellas, y con diversión y excitación cuando se lo contaba él. Habían entablado muy buena relación, facilitada en gran parte por la diferencia de edad existente entre ellos, que la convertía en objeto menos probable de las atenciones de él. Así, Elena se convirtió en su confidente, descubriendo a un Darío orgulloso, fanfarrón, despreocupado, y a la vez dulce e inseguro. A punto de traspasar la barrera de los cuarenta, era un hombre que no destacaba especialmente por su belleza, pero que sabía explotar su atractivo como pocos. Tenía los ojos algo pequeños y la nariz demasiado grande, pero cuidaba mucho su aspecto e invertía tiempo y esfuerzo en esculpir su cuerpo. Y tenía una labia y un don para la seducción que hacía que todas las mujeres se sintieran únicas e irresistibles cuando estaban con él.

Las navidades pasadas había organizado una fiesta en su casa, un moderno piso de soltero en Chamberí, a la que asistió gran parte de la redacción, junto a numerosos periodistas y gente del mundo de la publicidad. Cuando terminó la fiesta, Elena se ofreció a ayudarle a recoger y, tras grandes esfuerzos para convencer a algunas invitadas de que esa noche ninguna de ellas arrugaría las sábanas de seda negra, empezaron a recoger copas y a agrupar la comida que había sobrado. Darío puso un poco de jazz, un descanso después de escuchar todo su repertorio de dance y funky, y abrió la última botella de champán. Elena tomaba su copa mientras recogía al ritmo de la música, completamente ajena a la mirada de depredador que seguía los movimientos de sus caderas. Estaba perdida aun sin saberlo. Cuando terminó de fregar unas copas, Darío la hizo sentarse en el sofá y, antes de que se diera cuenta, ya estaba besándola apasionadamente. Ella se sorprendió un poco al principio, pero había bebido demasiado para pensar fríamente, y además Darío era su amigo y la hacía reír y, por lo que estaba notando, le iba a hacer sentir muchas cosas más. Tuvieron sexo en el sofá y después en la cama, hasta que cayeron exhaustos en una profunda inconsciencia. A la mañana siguiente, Elena se despertó con un gran dolor de cabeza. Cuando por fin pudo abrir los ojos, le vio sentado en el borde de la cama, mirándola sonriente, completamente desnudo. Repentinamente fue consciente de su propia desnudez y, fuera de todo pronóstico, le entró una tremenda vergüenza, que trató de paliar tapándose con la sábana con disimulo.

—Buenos días, princesa —dijo él dulcemente—. ¿Has dormido bien?

3

La mañana en la redacción de *El Café* transcurrió tranquila. El fin de semana había habido un trágico accidente de autobús en Huesca en el que habían perdido la vida doce personas, entre ellas varios niños. Elena procuró no prestar excesiva atención a las fotografías que había tomado el corresponsal del diario, buscando alguna que no hiriera otras sensibilidades como le estaba sucediendo a la suya. Después, ajustó el texto que relataba una cumbre internacional de dirigentes políticos que había habido en Italia, editó y colgó en la página web los vídeos de la boda de un príncipe europeo e ilustró el horóscopo que para el día siguiente había elaborado su amiga Bárbara, que no era pitonisa, sino diplomada en Turismo y sobrina del director.

Después de comer algo, y ya con el número del día siguiente cerrado, decidió entrar en la página web de la fundación Verdes-Montenegro.

Vio que se trataba de una fundación privada dedicada a la divulgación musical que organizaba conciertos, ciclos temáticos y encuentros musicales diversos, y que, además, tenía una prestigiosa escuela donde, según afirmaban, se habían formado algunos de los mejores músicos del mundo. En la página web había un apartado donde se podía encontrar información acerca de los estudiantes más destacados de la escuela. Elena sacó una libreta de su bolso y buscó un nombre: Irina Ionescu. Y frente a ella apareció la foto de una joven de unos veinte años que miraba con timidez a la cámara a través de unos acuosos ojos grises. Tenía una larga melena rubia que parecía flotar sobre sus hombros y que enmarcaba su redonda y nívea cara. Sus finos labios rosas eran casi imperceptibles y, al igual que sus ojos, no sonreían. Parecía un ser sobrenatural. «La triste Irina», pensó Elena, y leyó toda la información que recogía la web. Nacida en Huşi, Rumanía, Irina empezó a tocar el violín a la temprana edad de cinco años y, tan solo seis años después, de forma excepcional, le permitieron ingresar en la Universidad Nacional de Música de Bucarest, donde siguió sus estudios tutelada por el mismísimo Andrei Popescu. Actualmente cursaba un máster en composición musical en la fundación. Había referencias también a su amplia y rica experiencia, plagada de conciertos que había ofrecido a lo largo y ancho del globo. Sin duda tenía un extenso currículum a pesar de su juventud.

—¿Has leído ya tu horóscopo de mañana? —preguntó súbitamente Bárbara, sobresaltando a Elena y desviando su atención de la página web de la fundación.

—La verdad es que no me he fijado, ¿qué dice? —respondió Elena, sonriendo a su amiga.

—Dice que pronto asistirás a una fiesta que cambiará tu vida para siempre.

Bárbara estaba organizando una gran fiesta para celebrar su vigésimo noveno cumpleaños en la casa que tenían sus padres en la exclusiva urbanización de La Moraleja. Quería despedir la veintena de una manera especial, ya que juraba que no iba a celebrar más cumpleaños cuando llegara a los treinta. Toda la redacción iría a la fiesta, de hecho asistiría media capital, y Darío estaría allí, probablemente con alguna nueva acompañante, seguramente tan espléndido e irresistible como siempre.

Como si le leyera el pensamiento, Bárbara se sentó en la mesa y, acercándose a Elena, susurró:

—Tienes que dejar de hacerte eso, no lo merece. —Y, hablando de nuevo en voz alta, añadió mientras se levantaba—: Tienes dos meses para ligarte al tío más bueno de todo Madrid y traértelo contigo.

Mientras Bárbara se alejaba, con sus altos tacones y sus rizos negros moviéndose en perfecta sincronía, Elena podía sentir la mirada de Darío clavada en ella, así que recogió rápidamente sus cosas, apagó el ordenador y se despidió de él con una sonrisa condescendiente.

Durante los primeros días de su relación con Darío, Elena tuvo la sensación de estar viviendo una historia ajena a ella. Todo había surgido de una forma inesperada, pero la verdad era que Darío le gustaba y que no pocas veces había fantaseado con él. Él le confesó haber estado siempre enamorado de ella, haberla deseado cuando abrazaba a todas las demás. Y ella se fue dejando querer, dejando poco a poco a un lado los lógicos recelos que le provocaban aquellas palabras que, aunque no quería reconocerlo, había oído ya. Decidieron no desvelar su incipiente relación a sus compañeros de trabajo, por lo que pudiera pasar, y se sonreían tímidamente cuando alguien les preguntaba por el renovado brillo de su mirada o su distraída atención en las reuniones. Ya en casa de Darío, se arrancaban mutuamente la ropa, se comían a besos, reconocían cada centímetro del otro y, cuando ya habían saciado su hambre de amor, él la abrazaba y le pedía que durmiera a su lado.

Cuando llegó la primavera, con sus golondrinas y su calor, se fueron a pasar un largo fin de semana a Formentera. Seguían felices, ya más tranquilos, pero todavía ilusionados con su mutuo descubrimiento. Y allí, un cálido atardecer, estando tumbados en la arena con las piernas anudadas y saboreando la sal en la boca del otro, una oscura sombra se cernió sobre ellos.

—¡No me lo puedo creer! ¡Qué fuerte, pero qué fuerte! ¡Cuando se enteren en el *coffee*!

Era Valentina, su jefa, agitando sus carnes y rompiendo la paz con su histriónica voz.

Cuando la noticia de su relación voló por la redacción como la pólvora, hubo reacciones de incredulidad, de envidia e incluso de compasión. Bárbara repitió palabra tras palabra las frases de Javi, «ten cuidado con él», «la cabra siempre tira al monte» o «como te haga daño se las verá conmigo».

Al principio Elena no se dio cuenta de que Darío ya no intentaba meterle mano con disimulo en las reuniones, de que ya no la sorprendía a la salida del trabajo, de que ya no insistía en que se quedara a dormir con él. Empezaron a tener algunas discusiones, aunque nada de trascendencia y, casi sin que se dieran cuenta, el verano llegó. Darío, muy delicadamente, para no herir los sentimientos de Elena, le dijo entonces que pasaría el verano con sus padres en Huelva. Su padre había tenido algún achaque y quería alejarse del mundanal ruido para recuperar energías, y a él le apetecía pasar una temporada con ellos. Así que Elena se fue una semana con unas amigas a Cádiz y el resto del tiempo con su familia a Figueras, un pequeño pueblo de Asturias en el que veraneaban desde hacía varias generaciones. La primera semana

Darío la llamó un par de veces, la segunda una y, la tercera, mejor hubiera sido que no lo hiciera.

—No sé por dónde empezar —comenzó—. Estando aquí he tenido mucho tiempo para pasear, reflexionar y hablar conmigo mismo, y me he dado cuenta de que no estoy seguro de lo que siento por ti. Quiero decir, que no estoy seguro de seguir enamorado de ti. No sé si nuestra relación tiene futuro.

—¿Por qué? —consiguió preguntar ella, que se sentía como si un camión aparecido de la nada hubiera pasado por encima suyo.

—Porque no estoy seguro de poder darte lo que necesitas.

—Y, ¿qué se supone que necesito, Darío? ¿Eso no debería decidirlo yo? —replicó ella asustada.

—Ele, te ruego que no me lo pongas más difícil de lo que ya es.

—Pero, ¿qué ha pasado para hacerte cambiar de opinión? Antes de irte me dijiste que me querías. —Un sudor frío comenzaba a recorrer su cuerpo.

—Y te quiero, te quiero muchísimo, ya lo sabes, eres la mejor amiga que se pueda tener. Pero últimamente discutimos mucho, y yo no quiero una relación así —mintió.

—¿Que discutimos mucho, dices? ¿Cuándo?

Tenía la sensación de estar volviéndose loca, de haber vivido siete meses en una nube.

—¿Ves? Ahora, por ejemplo, ya estamos discutiendo otra vez.

—¡Vete a la mierda, Darío! ¡No estamos discutiendo, me estás dejando!

Y la dejó. Por mucho que ella llorara y pataleara, y se humillara llamándole una y otra vez sin recibir ninguna respuesta, la dejó.

Lo peor fue que apenas un par de semanas después le tenía de nuevo sentado a su lado en la oficina. Si no hubiera sido por Bárbara y sus sesiones de terapia en los lavabos de la redacción, no lo habría podido superar. De hecho, había pasado más de un mes y la herida aún seguía tierna.

En lugar de ponerse manos a la obra en la búsqueda de un príncipe azul que la llevara a la fiesta de su amiga Bárbara, Elena se fue a casa a hacer la colada, planchar algo de ropa y ordenar su habitación, como una auténtica Cenicienta.

Unas horas después llegó Javi, que fue directo a la habitación de su compañera de piso. Aunque la puerta estaba abierta, la golpeó con los nudillos y esperó a que ella le dejara pasar para lanzarse sobre la cama. La habitación de Elena era muy pequeña y, lo que era peor, no tenía ventana, pero también por eso pagaba una parte menor de la renta. Para resarcirla, un amigo de Javi le había pintado en una de las paredes un gran ventanal que le permitía asomarse al mar en pleno centro de Madrid.

—Qué, ¿le has visto? —soltó Javi.

—¿A quién? —preguntó Elena temerosa.

No esperaba que Javi le sacara el tema de Darío. Había sufrido con ella todo su desengaño y habitualmente se esforzaba por distraerla de los tristes recuerdos.

—¿Cómo que a quién? —gritó él—. ¡A él! ¡Al presidente de tu fundación! Ay, Ele, es guapísimo, tan elegante, tan masculino, ¡tan todo! ¡Es el hombre de mi vida!

Ella sonrió aliviada. Aunque sabía por experiencia que Javi tendía a exagerar, encendió el ordenador rápidamente para espantar a los fantasmas y buscaron juntos al presidente de la fundación. Y, llenando la pantalla, apareció Alejandro Lledó Verdes-Montenegro. Era un apuesto hombre de negocios de unos treinta y cinco años, moreno, con unos bonitos ojos negros que miraban fijamente a la cámara transmitiendo seguridad, y con una media sonrisa que, según sus asesores, debía aportarle cercanía. Había varias imágenes suyas en diferentes situaciones, posando en un gran despacho, en varios actos oficiales y llegando a elegantes galas nocturnas. Se le veía siempre impecable, con el pelo moreno cuidadosamente peinado y la misma estudiada sonrisa en su boca una y otra vez.

—No está mal —reconoció Elena—. Un poco pijo quizás.

—¿Que no está mal? ¡Está buenísimo!

Ella rio.

—Este sí que es un hombre hecho y derecho, nena, y no el idiota de Darío. A ver si vamos aprendiendo. Lo único malo que tiene para ti es que es gay.

—¿Es gay? —dudó ella.

Para Javi todos los hombres eran gays hasta que se demostrara lo contrario.

—Hombre, tú me dirás. Un tío que está para ponerle un piso, o en su caso una mansión, y que está entre los hombres más ricos de España, con treinta y cinco añazos y soltero... Querida, es gay —sentenció, palmeándole la espalda a Elena en un gesto de consolación, al que ella respondió con una decepción simulada—. Y por cierto, aquí un servidor que también es gay, y a mucha honra, se baja a tomar una caña al Remigio. ¿Te apuntas?

—No, gracias —sonrió su amiga—. Hoy descansaré un poco.

Además de que realmente estaba cansada, Elena sabía que Javi llevaba todo el verano frecuentando el bar de la esquina con la esperanza de conquistar a su nuevo camarero y no quería ser un estorbo.

Tras acompañar distraídamente a su amigo mientras este se arreglaba para salir, Elena volvió a sentarse frente al ordenador y estudió detenidamente al hombre de las fotos. Era realmente atractivo, podría pasar perfectamente por un galán de cine. Sin cerrar su imagen en la pantalla, fue a buscar el teléfono y llamó a su padre.

—Hola, papá —saludó a la familiar voz que contestó al otro lado del hilo.

—¿Cómo estás, hija?

—Bien, algo cansada, ¿y tú? ¿Qué tal va tu cuadro?

El padre de Elena estaba encantado desde que en la caja de ahorros en la que trabajaba le habían ofrecido prejubilarse unos años atrás. Había dejado los ordenadores y los trabajos administrativos para dedicarse a la que era su verdadera pasión, la pintura. En realidad había pintado siempre, pero ahora podía dedicarle todo su tiempo y, además, había empezado a asistir a clases. Según sus profesores, tenía talento, algo que ya sabían todos los que conocían sus obras, y a través de la escuela había empezado a vender algunas de ellas. Tenían especial éxito los cuadros que reflejaban los lugares más emblemáticos de Salamanca, como la plaza mayor, la catedral o la casa de las Conchas. Pero ahora estaba pintando de nuevo el motivo que más le gustaba, un nuevo retrato de la madre de Elena del que estaba muy orgulloso.

—Está quedando muy bien, ya lo verás. Aunque tu madre ya está un poco harta de que la pinte tanto —dijo algo decepcionado.

—Bueno, no me extraña, es que tiene más retratos que la reina —rio Elena—. ¿Ella está bien?

—Sí. Ha estado hablando con el director del colegio,

quieren proponerla para el puesto de jefe de estudios. Pero mejor que te lo cuente ella, que le hará ilusión.

—Vaya, eso es estupendo —se alegró Elena.

—Sí.

Se hizo un breve silencio entre padre e hija mientras que esta buscaba la forma de introducir el verdadero motivo de su llamada.

—Oye, papá, la familia que tiene la fundación Verdes-Montenegro, ¿exactamente qué tiene que ver con nosotros?

—¿Cecilia Verdes-Montenegro? Veamos, es... —Su padre hizo una pausa mientras visualizaba el árbol genealógico—. Su abuelo era primo hermano mío.

—¿Su abuelo? ¿Pero cómo es posible? —exclamó Elena sorprendida.

—Porque mi abuelo tuvo a su primer hijo, el bisabuelo de Cecilia, muy joven, y en cambio a mi padre bastante mayor. Y, además, mi padre se casó muy tarde, y cuando yo nací tenía casi cincuenta años también. Y parece ser que ese tiempo su rama de la familia lo aprovechó bien —rio.

—Madre mía —dijo Elena, asombrada—. ¿Y les conoces?

—Alguna vez cuando éramos pequeños acompañé a mi padre a su casa, pero desde entonces no he tenido apenas relación. Solamente contacté con ellos cuando hice el árbol genealógico, pero no con Cecilia, sino con sus hermanos mayores. En esa rama de la familia son muchísimos. ¿Por qué lo preguntas?

—Por nada, simple curiosidad —contestó ella.

No creyó relevante hablar a su padre de la llamada de la marquesa, solo podía preocuparle que se metiera en líos.

—¿Mamá está en casa? —preguntó cambiando de tema.

—No, se fue a ver a tu hermano y a las niñas y aún no

ha vuelto. Se habrá quedado hasta que se acostaran las pequeñas.

—Ya me imagino —dijo pensando en sus sobrinas.

—A ver si vienes pronto a verlas, que hace mucho que no nos visitas y crecen muy rápido.

—Claro, el próximo puente que haya voy para allá sin falta —prometió—. Bueno, pues ya llamaré en otro momento para hablar con mamá. Dale un beso muy gordo de mi parte, y otro para ti.

—Lo mismo digo, hija, un beso, y cuídate mucho.

4

Al día siguiente todo transcurrió con normalidad en la redacción. Las noticias sobre el accidente seguían ocupando la actualidad con los diversos actos organizados en homenaje a las víctimas, se había producido un nuevo bombardeo israelí en Gaza y continuaba la expectación ante una inminente huelga general en España.

Antes de volver a casa, Elena decidió llamar a la fundación para hablar directamente con Irina Ionescu y resolver de una vez por todas aquel embrollo.

—Buenas tardes, ha contactado con la fundación Verdes-Montenegro, ¿en qué podemos ayudarle?

La voz femenina que contestó parecía pertenecer a una mujer ya entrada en años, y se notaba que muchos de ellos los había dedicado a repetir esa misma frase.

—Buenas tardes, quería hablar con Irina Ionescu —pidió Elena.

—¿De parte de quién? —preguntó la mujer, arrastrando exageradamente la última sílaba.

—De Laura Fernández.

Algún tipo de instinto le había hecho camuflarse tras

otro nombre, no quería exponerse ni darse a conocer cuando todo aquello no iba con ella. Darío la miró sorprendido y levantó una ceja. Elena le hizo un gesto para quitarle importancia al asunto. Tras un rato de espera, la mujer volvió a dirigirse a ella.

—Disculpe, pero la señorita Ionescu no puede atenderla en este momento. ¿Quiere dejar algún recado?

—No, preferiría hablar con ella directamente.

—Me temo que eso no va a ser posible.

No le daba opciones.

—¿Y si la llamo un poco más tarde, tal vez? —sugirió Elena.

—No creo que pueda ponerse tampoco más tarde.

—¿Y cuándo podría hablar con ella? —preguntó exasperada.

—Uff —resopló la hermética telefonista—. No sabría decirle. La verdad es que es complicado porque siempre está muy ocupada, ya sabe.

Elena no sabía, no, ni por qué era tan complicado localizar a Irina, ni cómo hacer que esa mujer diera su brazo a torcer. Tenía que haber previsto una reacción así. Al fin y al cabo, era lo que la marquesa le había advertido.

—Ya, pero, verá. Es que necesito hablar con ella —trató de sonar desesperada mientras le daba vueltas en la cabeza a la explicación que daría si su interlocutora le preguntaba el motivo.

—Si quiere, déjeme el recado y yo se lo haré saber —dijo la telefonista con escaso interés.

—No hace falta. Si no me puede pasar con ella, la llamaré al móvil —respondió Elena, tratando de aparentar que conocía bien a Irina, para ver si así la dejaban hablar con ella de una vez.

—Muy bien —cortó rápidamente la mujer—. Muchas

gracias por su llamada, sentimos no haber podido ayudarla.

Y colgó.

Elena se quedó un momento pensando en la extraña conversación que acababa de mantener. Realmente daba la sensación de que en la fundación no querían que contactaran con Irina. La cuestión era quién y por qué.

—¿Va todo bien, Laura? —preguntó Darío con sorna.

—Sí, eso creo —contestó ella, sin lograr sonar muy convencida.

Afortunadamente, él no indagó más acerca de esa extraña llamada.

Elena decidió que volvería a llamar al día siguiente por la mañana, confiando en que la señorita Rottenmeier trabajara a media jornada y que no hiciera ese turno, pero se equivocaba. Cuando al día siguiente llamó y escuchó de nuevo ese inconfundible «Buenos días, ha contactado con la fundación Verdes-Montenegro, ¿en qué podemos ayudarle?» colgó de inmediato. Se quedó mirando fijamente al teléfono, pensando en cómo podía superar esa barrera, hasta que Darío le puso la mano en el hombro.

—Ele, ¿estás bien? —dijo, sacándola de su ensimismamiento.

Y entonces se le ocurrió.

—Darío, ¿puedo pedirte un favor?

Por la cara que puso, Elena se dio cuenta de que le había cogido por sorpresa. La verdad es que llevaba un mes sin apenas dirigirle la palabra, sin mirarle siquiera a no ser que fuera estrictamente necesario, y ahora volvía a clavar sus grandes ojos color miel en él. Él contestó atropelladamente, azorado incluso.

—Claro que sí, lo que quieras, ya lo sabes.

—Necesitaría que hicieras una llamada. Aunque creo que sería mejor esperar a esta tarde.

Rottenmeier podía sospechar, no debía subestimar al enemigo.

—Vale. ¿Y a quién tengo que llamar, o qué tengo que decir?

—Nada, solo tienes que preguntar por una persona y si se pone me la pasas —explicó ella.

—Muy bien, sin problema. Encantado de ayudar, en serio.

A Elena le sonó excesiva tanta voluntariedad y se atrevió incluso a sonreír para sus adentros.

Esa tarde descubrieron que su plan tampoco iba a servir de mucho. A pesar de que Darío desplegó todas sus artes para la conquista, que no eran pocas, no consiguió sacarle a Rottenmeier ni una palabra sobre Irina, y mucho menos que se pusiera al teléfono. Según la telefonista de la fundación, había salido de gira fuera de España esa misma mañana.

—Pero hay algo raro, me ha dado la sensación de que mentía —le dijo Darío cuando colgó.

Se quedó mirando a Elena con la incomodidad de aquel que ha perdido la confianza con alguien de quien había estado tan cerca. Y, aun temeroso de recibir alguna respuesta incómoda por meterse en asuntos que no eran suyos, se armó de valor y le preguntó:

—Elena, ¿quién narices es Irina Ionescu?

Elena le miró y sintió que era el momento de decidir entre empezar a normalizar su relación o seguir esquivándole como hasta ahora. Él se mantuvo a la espera, síntoma de que quería que eligiera la primera opción, y, tras un instante de silencio, Elena decidió contarle la historia. Igual a él se le ocurría algo que la ayudara, e incluso pudiera ser que esa aventura les uniera de nuevo, quién sabe si hasta el punto de que él volviera a interesarse por ella, algo que Elena deseaba con todas sus fuerzas cada noche al acostarse y cada mañana nada más despertar.

Antes de volver a casa al finalizar el día, Elena pensó en pasarse por casa de la señora Ramiro para llevarle algo de fruta fresca y hacerle un poco de compañía. Abrió la puerta con la llave que le había dado su nieto Valentín, agradeciéndole enormemente que se hiciera cargo de tanto en tanto de la abuela. Agradecimiento que, todo hay que decirlo, cada Navidad se materializaba en una paletilla ibérica de la que Javi y ella daban buena cuenta.

Para no asustar a la anciana, que cada vez tenía el oído más deteriorado, se acercó casi gritando por el pasillo antes de asomarse a la salita donde, según supo por el sonido de la televisión, se encontraba la mujer. La casa, a pesar de estar un piso más alto que la suya, era más oscura debido a su orientación y a las gruesas cortinas que cubrían las ventanas. Elena le había dicho en numerosas ocasiones a la señora Ramiro que si ponía unos estores ganaría alegría y ahorraría electricidad, pero ella se limitaba a sonreír y darle unos golpecitos en la mano, gesto que Elena traducía en que a esas alturas de la vida no iba a ponerse a cambiar las cortinas.

Tras asegurarse de que la mujer se había enterado de su presencia, Elena desanduvo el camino hasta la cocina y encendió el viejo fluorescente. La cocina no era la originaria, ya que el edificio tenía casi cien años, pero ya hacía más de treinta desde su última remodelación, por lo que los muebles de madera y los azulejos floreados se veían muy anticuados y descascarillados. Elena fregó los cacharros que se acumulaban en la pila y guardó la fruta en la nevera, apartando antes de ello un par de piezas que llevó, junto a un plato y unos cubiertos, a la sala de estar. Allí, se hundió en una butaca y se apoyó sobre la mesa camilla para preparar la fruta. El plato se movía sobre el mantel de ganchillo, uno de los múltiples manteles que la señora Ramiro había tejido antes de que la artrosis le impidiera practicar una de sus aficiones favoritas.

Mientras la anciana comía la fruta que la joven le había preparado con esmero, cortándola en trozos pequeños para que no le costara mucho trabajo masticarlos, Elena le contó el pequeño avance que había hecho con Darío. A veces pensaba que esas sesiones de pseudopsicoterapia le hacían casi más bien a ella que a la señora Ramiro. Lo que estaba claro era que las dos salían ganando, y que cuando se separaban ambas se sentían un poco menos solas.

Tras cerca de dos horas de conversación en las que la señora Ramiro volvió a contarle su historia con el señor Ramiro, y después de comentar las noticias de un programa del corazón, Elena se aseguró de que la anciana no necesitara nada más y volvió a su casa y a su vida. Así era como veía ella esas visitas, como un alto en el camino, un momento en el que el tiempo se detenía, un espacio por el que no pasaban los años, que no sabía de la existencia de las redes sociales ni de internet.

Durante la cena puso a Javi al día de los avances de la investigación y, después de aguantar un buen rapapolvo por haber vuelto a hablar con Darío, logró que su amigo se centrara en decidir con ella cuáles debían ser los siguientes pasos a seguir. Javi empezó a exponer su opinión. Creía que Elena podía hacerse pasar por la hermana, no, mejor, la hermanastra de Irina, hermana de padre, que este tuvo sin saberlo tras dejar embarazada a una turista española años antes de conocer a la madre de Irina. Elena se iba escurriendo en la silla al tiempo que Javi se crecía con la historia, y solo se salvó de caer al suelo porque en ese momento sonó el teléfono.

—¿Diga? —contestó rápidamente.

—Quería hablar con la señorita Elena Verdes-Montenegro.

—Soy yo —respondió.

La voz se identificó como la marquesa viuda de Lezma, aunque para entonces Elena ya la había reconocido. Quería averiguar si había podido hablar con algún familiar que la acercara a Irina Ionescu. Cuando Elena le dijo que no, la marquesa le pidió que se vieran en persona. Quedaron para desayunar el sábado en una cafetería del lujoso barrio de Salamanca.

5

La semana terminó sin grandes novedades y el sábado amaneció frío y soleado. Elena se levantó temprano y tras recoger la casa se dio una larga ducha caliente. Se lavó cuidadosamente el pelo y le aplicó una mascarilla, se hidrató a fondo la piel y se paró delante del armario pensando en qué modelo debería ponerse una persona normal para desayunar con una marquesa. Finalmente se decidió por un sencillo vestido de entretiempo.

Salió de casa con bastante tiempo, por lo que decidió asomarse al parque del Retiro antes de ir a la cafetería. La mañana era fría, el mes de octubre se había metido en faena nada más empezar, y el viento alborotaba el cabello de Elena, por lo que se lo recogió en una alta cola de caballo, subió el cuello de su chaqueta y echó a andar.

Bajó por el paseo de Recoletos hasta la plaza de la diosa Cibeles, que observaba impertérrita a los primeros viandantes. Antes de cruzar la Castellana, contempló el palacio de Correos, cubierto por unos andamios que delataban alguna nueva reforma. Aun así, la belleza de uno de los edificios más bonitos de la capital, y el contraste de su blancura con el azul del cielo, la embriagó una vez más.

Cuando el semáforo le dio paso, reanudó su paseo matutino. Subió por la calle de Alcalá hasta la puerta del mismo nombre, testigo privilegiado también del crecimiento y la historia de la ciudad. Elena disfrutaba imaginándose cómo había sido esa zona antes de que fuera asfaltada, con el olor a polvo y los coches de caballos cruzando delante de la puerta, y un poco más tarde, tal vez, a una florista con un cesto vendiendo nardos.

Se adentró un poco en el Retiro, atraída por sus árboles ya coloreados de otoño, y se sentó a observar a la gente que había por allí. Deportistas metropolitanos que recorrían el perímetro del parque sin descanso mientras el personal de mantenimiento lo ponía a punto, grupos de turistas que se hacían las primeras fotos del día, niños montando en bicicleta o haciendo equilibrios sobre sus patines, y ancianos que daban un paseo del brazo de sus cuidadores.

Cuando Elena se decidió a mirar el reloj ya eran casi las once, así que se encaminó hacia su destino final.

Le sorprendió el aspecto de lujo caduco que tenía el establecimiento en el que le había citado la marquesa. Por la edad y la clase social de la clientela que albergaba, se veía que la cafetería había vivido tiempos mejores. No dejaba de ser exquisita, pero pedía a gritos un buen cambio de imagen, tal vez la reconversión en espacio *delicatessen* que habían sufrido casi todas las pastelerías y cafeterías clásicas de Madrid.

El local, con forma rectangular, tenía todo el frente ocupado por una larga barra en cuyos taburetes se encaramaban los clientes más jóvenes o atrevidos, mientras que el resto de ellos se sentaba más cómodamente en las mesas que había frente a los grandes ventanales que daban a la calle. Las mesas estaban cubiertas por gruesos manteles rojos y tapetes blancos, y las sillas, forradas con terciopelo granate como la moqueta, se veían ya muy desgastadas por el uso. El alto techo que sujetaba dos enormes lámparas de cristal, y que, por supuesto, carecía de aislamiento acústico, potenciaba el gran bullicio del lugar, donde cientos de tazas chocaban contra los gruesos platos, la vieja máquina de café funcionaba a todo gas, y los comensales se saludaban a gritos como cada mañana desde hacía a saber cuánto tiempo. En la pared lateral, un enorme espejo duplicaba todo lo que sucedía en el local, y en el aire flotaba una dulzona mezcla de perfume caro y mantequilla.

Elena se dirigió hacia la mesa de la esquina, donde había quedado con la marquesa. Mientras se acercaba, estudió a la elegante mujer que la ocupaba. Tendría cerca de ochenta años, el cabello blanco y largo recogido en un elegante moño y el frente cardado. Llevaba una blusa de seda, también blanca, y había apoyado en la mesa un fino bastón con empuñadura de plata. No pudo ver su cara, puesto que la tapaba el ejemplar del ABC de ese día. Encima de la mesa había una taza y una pequeña jarra que debía de contener alguna infusión.

—¿Señora marquesa? —preguntó Elena, sintiéndose algo extraña con el tratamiento.

Sin apartar la vista del periódico, la mujer le hizo un gesto para que se sentara. Estando a su lado, Elena pudo observarla mejor. Era algo regordeta, no tenía muchas arrugas y llevaba unas minúsculas gafas para leer. Sus manos, elegantes y cuidadas, estaban cubiertas de pequeñas manchas oscuras que delataban su edad, y adornadas con espectaculares sortijas que debían de costar cada una el sueldo de Elena de medio año. Como pendientes lucía dos enormes perlas y un collar a juego con ellas.

Por fin, la marquesa echó la cabeza para atrás, dobló cuidadosamente el periódico y se quitó las gafas antes de mirarla con unos vivarachos ojos azules.

—Así que tú eres Elena —dijo, y se quedó observándola con detenimiento.

—Sí, señora.

—¿Y qué quieres? —preguntó.

—Bueno, en realidad ha sido usted la que me ha llamado —contestó Elena confundida.

—Que qué quieres para desayunar —matizó la mujer, con una casi imperceptible sonrisa.

—Oh, claro —comprendió Elena, nerviosa. Tomó la carta que le dio la marquesa y decidió con rapidez—. Tomaré tortitas y café.

La marquesa sonrió por fin ampliamente, le gustaba la gente con apetito. Pidieron las tortitas y el café para Elena y una ensaimada para ella.

—Perdona que no te saludara como es debido, es que si interrumpo la lectura me pierdo. La verdad es que me cuesta cada vez más leer el maldito periódico, no sé por qué no lo escriben con letra más grande. Aunque tampoco tengo claro si merece la pena tanto esfuerzo para leer siempre lo mismo.

Elena sonrió amablemente.

—En fin, querida, cuéntame cómo te ha ido —pidió la marquesa, estudiando a las personas que ocupaban las mesas más próximas, como si temiera que alguien las espiara.

A Elena el gesto le pareció un poco excéntrico.

—Verá, antes de nada quería aclararle una cosa en relación con mi apellido. Yo soy Verdes-Montenegro, pero en realidad no conozco a esta rama de mi familia. He estado hablándolo con mi padre y, por lo que he averiguado, además de estar lejos en el árbol genealógico, ha habido hasta dos saltos generacionales, por lo que podríamos decir que yo soy prima segunda del padre de Cecilia Verdes-Montenegro, la mujer de Fernando Lledó, el empresario. Pero me temo que hasta aquí llega nuestra relación, ni yo les conozco a ellos ni ellos me conocen a mí.

La marquesa seguía atenta la disertación de Elena, aunque parecía algo decepcionada.

—Así que no tengo a quién acudir ni estoy en mejor posición que usted misma para averiguar algo —concluyó Elena.

—Está claro que no, porque entre otras cosas yo sí que conozco a tu familia. Pensé que al ser Verdes-Montenegro tu primer apellido serías familiar directo, pero por lo que veo me equivocaba.

Con gran delicadeza, como si de un cirujano se tratara, cortó un trozo de ensaimada y se lo llevó a la boca. Elena se sentía como una impostora.

—De todas formas, he estado intentando localizar a Irina —dijo, tratando de compensar el desengaño causado.

La marquesa volvió a interesarse en ella y echó otro rápido vistazo a las mesas vecinas.

—He llamado varias veces a la fundación, pero no he conseguido que me comunicaran con ella. Dijeron que estaba de gira fuera de España, pero la verdad es que creo que mentían.

La marquesa se limpió cuidadosamente los labios y cogió el periódico de nuevo. Elena pensó que había dado por finalizada la conversación, pero entonces la mujer encontró la página que buscaba y, triunfante, le enseñó su contenido. El titular del artículo era claro, «Los alumnos de la fundación Verdes-Montenegro ponen en pie al Auditorio Nacional» y, bajo este, con letra más pequeña, «Irina Ionescu vuelve a hacer magia con su violín». El concierto había tenido lugar la noche anterior.

—Pero, ¿entonces? —musitó Elena, sin entender lo que aquello significaba.

Miró atentamente las dos fotos que acompañaban el artículo. En una estaba Irina con un elegante vestido largo tocando el violín. En la otra, un palco del auditorio.

—Esa señora es Cecilia Verdes-Montenegro —indicó la marquesa.

Elena miró atentamente la foto.

—A su derecha está su hijo mayor, Rafael, con su esposa, Margarita Solano. El de atrás es otro hijo suyo, la señorita debe de ser su novia.

Elena sabía que el otro hijo era Alejandro, a pesar de que la calidad de la foto del periódico no le dejó reconocer la mimética expresión que tenía en las fotos de internet. La chica que le acompañaba parecía una modelo, guapísima, delgadísima y, a pesar de la falta de color de la foto, rubísima.

—Cecilia es una de las mujeres más listas que he conocido jamás —dijo la marquesa señalando a Cecilia con uno de sus ensortijados dedos—. Su padre era Guillermo Verdes-Montenegro, el heredero de una de las mayores fortunas de este país. Por supuesto, era un hombre muy habilidoso en las relaciones sociales, que además tuvo el buen ojo de casarse con la hija de un militar que resultaría clave en el alzamiento del treinta y seis. Se convirtió así en gran amigo del régimen y hombre de confianza de Franco primero, y absoluto defensor del rey Don Juan Carlos después.

Elena dejó el periódico abierto por la foto familiar encima de la mesa y tomó su café mientras escuchaba la historia que le relataba la marquesa.

—Gracias a eso multiplicó su fortuna, ayudado por unas licencias que le concedieron para la importación y que supo interpretar y compartir convenientemente. Cuando en los años cincuenta el Generalísimo levantó la mano al comercio exterior, Guillermo Verdes-Montenegro ya tenía mucho trabajo adelantado en cuanto a contactos se refiere, por lo que con poco esfuerzo se convirtió en uno de los comerciantes más prósperos del país. Al principio se dedicaba sobre todo a la gran distribución, aunque también era proveedor oficial del Estado de uniformes y material de oficina, y de artículos de lujo para los miembros más favorecidos de la sociedad, sobre todo extranjeros y miembros del régimen. Al finalizar la dictadura comenzó a abrir establecimientos por toda España. Eran pequeñas tiendas que tenían un poco de todo y que, como comprenderás, en aquella época en la que nadie tenía nada, tuvieron un grandísimo éxito. Y a partir de ahí empezó a crecer en la industria, la construcción, y hasta hizo sus pinitos en los medios de comunicación. El matrimonio que, al menos de cara a la galería, siempre fue ejemplar, tuvo doce o trece hijos, no recuerdo bien. La más pequeña de todos ellos es Cecilia.

El camarero se acercó a la mesa y aprovecharon para pedir otro café para Elena y un té para la marquesa.

—Entonces, ¿la fortuna de los Lledó viene de la familia de Cecilia? —dedujo Elena.

—La verdad es que no —prosiguió la marquesa—. Durante su última etapa, Guillermo tuvo muy mala suerte o malos consejeros en sus operaciones en la bolsa. Esto hizo que dejara de invertir en sus negocios, lo que coincidió con que hubo varios accidentes en sus fábricas. Tuvieron especial repercusión los de una fábrica de telas que tenía en Beuda, en Gerona, donde murieron varios trabajadores. Los sindicatos acabaron levantándose duramente contra él, sufrió varias huelgas en las que causaron grandes destrozos y las ventas terminaron viéndose afectadas. El imperio se iba reduciendo y su imagen de empresario de éxito se vio muy dañada.

»En mil novecientos cincuenta y siete, Guillermo sufrió un infarto cerebral y quedó fuera de la circulación. Cecilia tendría unos quince años cuando sus hermanos mayores pasaron a hacerse cargo de la gestión de las empresas familiares. La falta de acuerdos hizo que aquello se convirtiera en una guerra abierta que terminó con la disolución y reparto de lo poco que quedaba. Y, como supondrás, siendo Cecilia la más pequeña de todos, prácticamente no recibió nada. Pero se tenía a sí misma y una enorme voluntad. Tenía claro el nivel de vida que quería llevar, y aprovechó los contactos de sus padres para acercarse a algunos de los ricos herederos de aquel entonces. Era una joven muy bonita. La recuerdo con sus largas trenzas negras y sus fríos ojos verdes, con una piel tan blanca que parecía una muñeca de porcelana.

»En los dos años siguientes a la enfermedad de su padre se vio forzada a madurar y a convertirse en una elegante y moderna mujercita. Todas las demás temíamos la competencia que se nos echaba encima, menos mal que para entonces yo ya hacía varios años que me había casado con Justo, que entonces era el futuro marqués de Lezma. Se decía de Cecilia que encargaba revistas extranjeras para hacerse ropa a la moda y que se insinuaba a los novios de algunas de sus amigas. Empezó a crearse muy mala fama y pronto en la capital no quedó ninguna mujer de alcurnia que la quisiera como nuera.

»Un buen día, de la noche a la mañana, sus padres dijeron que tenía una enfermedad respiratoria, neumonía creo recordar, y la enviaron a Alicante a casa de unos conocidos de la familia para que el sol secara sus pulmones y la humedad le facilitara respirar. Hay quien dijo entonces, con muy mala intención, que en realidad se había quedado embarazada y la habían escondido allí. No creo que fuera así, simplemente querrían que dejara de ponerse en evidencia. No supimos de ella en más de un año, hasta que volvió a Madrid del brazo de su rico y recién estrenado marido, Fernando Lledó.

»Se iban a instalar aquí porque él quería abrir mercado para la empresa de su padre, un grupo constructor. Aunque se ha esforzado muy bien en disimularlo, siempre se ha dicho que Cecilia se avergonzaba de su familia política y de su marido, unos nuevos ricos sin ningún tipo de educación ni clase. Durante los primeros años de su matrimonio, Cecilia tenía a Fernando comiendo de su mano, lo que aprovechó para convertirle en algo más parecido a un caballero. Dicen que le educaba como a un niño, y que si en alguna ocasión él dejaba ver en público por algún descuido su verdadera cuna, ella le cerraba las puertas de su dormitorio. A pesar de ello tuvieron cinco hijos. Bueno, en realidad fueron seis, pero uno de ellos murió en el parto. Era el hermano gemelo de Rafael, el hijo mayor. Las malas lenguas decían que él mismo mató a su hermano y que esta era una muestra de que el primogénito había salido a la madre. Qué barbaridad.

La marquesa sacudió la cabeza con incredulidad, sumida en sus recuerdos, y dio un último sorbo a su té.

—El caso es que Fernando acabó hartándose de los desprecios de Cecilia. Los últimos años se ha dejado ver acompañado de muchas mujeres, casi todas bastante vulgares, la verdad. Debía de estar buscando la antítesis de su esposa. Ella se refugió en sus hijos, a los que adora aunque haya sido bastante estricta en su educación. Dicen que él ha intentado divorciarse en numerosas ocasiones pero que ella siempre se ha negado en rotundo. Una cosa es que de puertas para dentro cada uno haga su vida y otra cosa es que los demás se enteren de su fracaso, algo en lo que estoy completamente de acuerdo. Los trapos sucios se han de lavar en casa. Así que se supone que siguen viviendo juntos, aunque parece ser que él pasa la mayor parte de las noches en un ático que tiene su empresa cerca de aquí, en la calle Alfonso XII, con vistas al parque del Retiro.

—¿Y ella? —preguntó Elena con verdadero interés.

—En la casa familiar, un bonito palacete en Castelló. Él no se ha atrevido a alejarse mucho, como ves.

—¿Y ella vive sola? —siguió indagando Elena.

—En realidad, recuerda que oficialmente lo hace con su marido, que pasa de vez en cuando por allí, entre otras cosas porque todavía vive allí alguno de sus hijos. Los dos pequeños, creo.

—¿Son dos chicos?

—No lo sé. De los cinco hijos vivos sé que hay dos mujeres y tres varones, pero aparte de que el mayor es Rafael, no sé en qué orden van los demás. Hay algunas cosas que se me olvidan.

Justo cuando un rastro de melancolía amenazaba con asomar en su mirada, a la marquesa se le iluminó toda la cara con una amplia sonrisa. El objeto de su alegría era un jovencísimo adolescente con incipiente acné que se aproximaba hacia ellas con un tebeo en la mano.

—¡Hola, abuela! —gritó casi desde la puerta.

—Te he dicho que no se grita así en los sitios públicos —le reprendió la marquesa cuando las alcanzó, pero su abrazo y la forma en que cubrió de besos al muchacho restaron cualquier efecto a sus palabras—. Este niño tan guapo es mi nieto, Carlos. Carlos, esta señorita es mi amiga Elena.

—Encantada de conocerte —le dijo Elena al chico, cogiendo la mano que este educadamente le tendía.

—Anda, ¿por qué no te tomas una Coca-Cola en la barra y te lees el tebeo mientras mi amiga y yo terminamos nuestra conversación? —dijo la marquesa y, tendiéndole un billete, continuó—. Y de paso nos invitas al desayuno.

—No, por favor, déjeme que pague yo —se apresuró a decir Elena.

—Ni hablar, hoy eres mi invitada —sentenció la marquesa.

Sin duda era una mujer que difícilmente aceptaría un no por respuesta. El chico cogió el dinero y trepó a uno de los taburetes de la barra.

—En fin, siento que no me hayas podido ayudar, Elena, pero de verdad te agradezco la intención. Lo que no sé es cómo haré ahora para dar con Irina Ionescu.

—¿Por qué cree que no nos dejan contactar con ella? —quiso saber Elena.

—No lo sé, pero te aseguro que yo lo he intentado de todos los modos que he podido. No he acudido a Cecilia, claro, porque no quiero que se inmiscuya en esto. Además, a mi amiga Catalina no le hubiera gustado nada, siempre tuvieron una pésima relación.

—Y entonces, si no es indiscreción, ¿cómo es que si tan mal se llevaban le dejó parte de su herencia a una alumna de su fundación?

—Porque Catalina, en su juventud, tuvo una estrecha relación con Andrei Popescu, el primer maestro de Irina. Pero me temo que esa historia es larga también y mi pequeño Carlos no aguantará mucho tiempo ahí sentado.

—Claro —contestó Elena, aunque le hubiera gustado saber algo más de aquella historia—. ¿Y qué piensa hacer para localizar a Irina?

—Ojalá lo supiera —contestó tristemente la marquesa sin apartar la vista de su nieto.

Elena se quedó un rato pensando mientras miraba a través del gran ventanal. Había mucha más actividad en la calle que cuando ella había llegado, y no paraba de pasar gente cargada con bolsas de los elegantes comercios del barrio. De tanto en tanto algunos de los viandantes entraban en la cafetería para tomarse un vino, que el camarero de turno acompañaba de unas aceitunas encebolladas a modo de aperitivo.

—Si quiere yo podría acercarme a la fundación y volverlo a intentar —se oyó decir Elena, sorprendiéndose ella misma de sus palabras.

—¿De verdad harías eso por mí? —preguntó la marquesa esperanzada.

Elena la miró a los ojos.

—A cambio de una cosa —pidió.

La marquesa le mantuvo la mirada muy firme.

—A cambio de que me cuente la historia de su amiga Catalina y el maestro de música —la sorprendió Elena.

Tras meditar unos segundos, la marquesa sonrió y asintió.

—Trato hecho —dijo—. Pero para ello tendrás que venir a merendar a mi casa.

—Estupendo. —Elena le devolvió la sonrisa—. Entonces hagamos una cosa. La semana que viene me acercaré a la fundación y, con lo que averigüe, la llamo y quedamos para vernos.

—Muy bien. Y si tardo en tener noticias tuyas, ¿puedo volver a llamarte? —rogó.

—Claro, siempre que no se enfade si no hay novedades.

—No lo haré —prometió.

Elena se levantó y se puso la chaqueta, dispuesta a marcharse.

—Hazme un favor —le pidió la marquesa—. Cuando salgas, dile a mi nieto que venga.

—De acuerdo. Ha sido un placer conocerla, señora marquesa.

—Violeta, puedes llamarme Violeta —concedió ella.

Elena sonrió, le pareció un nombre muy apropiado.

—Está bien, Violeta. La llamaré en cuanto tenga novedades. Y muchas gracias por el desayuno.

La mujer asintió y, tras pasear de nuevo una mirada recelosa a su alrededor, se puso las gafas y tomó el periódico para estudiar la foto de Cecilia con más detenimiento. Elena, cautivada por la escena, se marchó.

6

El lunes a primera hora, mientras Elena se servía su sagrado café matutino, Darío entró en el *office* para coger una botella de agua.

—Buenos días —dijo.

—Buenos días —contestó Elena.

—¿Qué tal el fin de semana? —preguntó él, apoyándose en la encimera, sin intención de marcharse.

—Bien —respondió ella removiendo el café.

—¿Qué has hecho?

—Vaya, ¿acaso te interesa lo que haya hecho? —contestó Elena sin pensar lo que decía.

No se atrevió a mirarle a la cara, pero tampoco se sintió culpable. Él la conocía lo suficiente como para saber que antes de tomarse el primer café del día tenía la guardia baja y una peligrosa tendencia a la sinceridad.

—Pues claro que me interesa —replicó él, algo enfadado.

«Elena, no discutas, no sea que acabe mal y termines otra vez hundida en la miseria», se dijo.

—Muy bien. Pues te diré que he hecho algunos avances en mi aventura musical. —Era mejor distraer la atención hacia ese momento que contar el triste y tedioso fin de semana que le siguió.

—¿Sí? ¿Has conseguido hablar con la violinista? —se interesó él.

—No, pero he conocido a Violeta.

—¿Y quién es Violeta? ¿La telefonista?

—No. —Elena acompañó su negativa con un gesto—. Es la marquesa, la que me llamó a casa con todo este asunto.

En ese momento se les unió Bárbara, que les miró extrañada por verles tranquilamente charlando y tomando un café. Se dieron los buenos días y Elena siguió hablando con Darío.

—He decidido que voy a ir a la fundación —le dijo.

Durante las largas horas del fin de semana, Elena había pensado mucho en la historia de la marquesa, en por qué la telefonista de la fundación le había dicho que la violinista estaba fuera de España cuando Violeta le había demostrado que no era así, en los motivos que podía haber tenido la fallecida Catalina para dejarle algún objeto, muy apreciado por ella, a una joven extranjera que estudiaba en una fundación musical a cuya patrona no parecía apreciar mucho y, sobre todo, en de qué objeto podría tratarse ese legado. Algo en su interior le decía que detrás de todo ello podría esconderse una historia digna de ser contada. Tal vez fuera la oportunidad que llevaba varios años buscando para dar el salto a la redacción del periódico.

—¿En serio? ¿Vas a ir a la fundación? —Darío se inclinó hacia ella.

—¿Qué fundación? —La curiosidad de Bárbara crecía por momentos.

—La fundación Verdes-Montenegro —contestó Darío, orgulloso de saber más que ella.

Bárbara le había dejado bien claro de qué lado se había posicionado tras su ruptura con Elena y desde entonces su relación era muy tirante. Elena le aclaró de qué hablaban.

—El otro día llamó una señora a casa y me pidió ayuda para contactar con una violinista, una tal Irina Ionescu, que estudia en la fundación Verdes-Montenegro.

—¿Y por qué te llamó a ti? Si tú no conoces a esa gente, ¿no?

Bárbara ya se había ocupado años atrás, cuando se conocieron, de averiguar el parentesco de Elena con una de las familias más ricas de España. Elena sabía que entonces se había quedado algo decepcionada, Bárbara se movía en un círculo en el que el linaje era muy importante.

—No les conozco, no, pero ella pensó por mi apellido que sí. Es marquesa, ¿sabes? —le dijo para compensarla por habérselo contado todo a Darío antes que a ella.

—¿De verdad? —se interesó Bárbara a regañadientes, como una niña pequeña que no quisiera salir de su enfado pero a quien estuvieran tentando con un caramelo.

—Sí. Y el sábado nos conocimos. Es una mujer mayor, muy fina y elegante, toda adornada con perlas y joyas.

—¿Y cuándo vas a ir a la fundación? —interrumpió Darío, que empezaba a sentirse fuera de la conversación y no le gustaba.

—No lo sé, el miércoles o el jueves. Hoy tengo que hacer la compra y mañana tengo cita con la señora Ramiro.

El martes era el día en el que solía visitar a la anciana y no creía justo dar prioridad a los asuntos de la marquesa.

—Yo el miércoles no puedo, pero si quieres el jueves te acompaño.

La oferta de Darío realmente sorprendió a Elena, que no supo cómo interpretarla. No tenía mucho tiempo para pensar y no se le ocurrían muchas razones para rechazarle. Y la verdad era que tampoco quería hacerlo.

—Preferiría no ir sola —reconoció—. Había pensado en ir directamente a hablar con el director y decirle que estoy interesada en entrevistar a Irina para el periódico.

El folletín que se había inventado Javi para establecer contacto con Irina no había acabado de convencerla.

—Perfecto, entonces yo seré tu fotógrafo.

Darío sonrió y Elena sintió una punzada al recordar todas las fotos que le había hecho cuando estuvieron juntos, muchas de las cuales ella le obligó a borrar. Ahora sentía un gran alivio por ello.

Él se levantó y salió de la sala. Elena le dio el último sorbo al café.

—Ha pasado el fin de semana con Ana —dijo Bárbara de pronto.

—¿Ana? —preguntó Elena, haciendo un enorme esfuerzo para que el café bajara por su garganta.

—La nueva recepcionista, la morenita. Ha pasado el fin de semana con ella, la he oído cuando se lo contaba a Mónica.

Mónica era la otra recepcionista, la veterana. Elena removió la cucharilla en la taza de café vacía.

—Lo siento, Ele.

Bárbara le dio unos golpecitos en la espalda al tiempo que le quitaba la taza de café de las manos y la dejaba en la pila.

—Vamos —le dijo antes de acompañarla a su mesa.

Hasta el último momento Elena mantuvo la esperanza de que Darío se echara para atrás en su ofrecimiento de acompañarla a la fundación. Sin embargo, decidió que no tenía sentido pedirle directamente que no fuera. El hecho de que él hubiera rehecho su vida no tenía por qué cambiar las cosas. Si quería seguir teniendo relación con él, debería conformarse con su amistad.

Así, la semana fue fluyendo sin grandes novedades, salvo para la señora Ramiro. El martes, como de costumbre, Elena subió directamente al piso de la viuda, pero para su sorpresa al salir del ascensor se encontró con su nieto Valentín. Iba vestido con traje, lo que descolocó aún más a Elena, ya que Valentín nunca había visitado a la señora Ramiro entre semana, por lo que siempre le había visto con vestimenta informal, generalmente consistente en prendas oscuras y pasadas de moda. A Elena siempre le había parecido un hombre bastante gris, pero ese martes parecía extrañamente luminoso. Tal vez fuera el traje de chaqueta, o la rejuvenecedora sonrisa, o que había sustituido sus redondas gafas metálicas por unas finas gafas de pasta que le favorecían mucho más.

—¿Le ha pasado algo a tu abuela? —preguntó Elena antes siquiera de saludarle.

—No, qué va —sonrió él, agradeciendo su preocupación mientras sujetaba la puerta del ascensor para ella—. Está bien, esperándote. ¿Tú cómo estás, todo bien?

—Sí, gracias.

—Bueno, perdona que te deje, pero tengo prisa —se despidió.

Elena utilizó una vez más su llave para entrar en la casa y se dirigió directamente a la salita.

—¿Cómo está, señora Ramiro? ¿Se encuentra bien? —preguntó algo ansiosa.

—Claro, hija, ¿por qué no iba a estarlo?

—Acabo de ver a su nieto, me ha sorprendido verle aquí un día de diario.

—Sí, a mí también —dijo ella—. Pero no te preocupes que no me ha pasado nada. Valentín venía a contarme que tiene una novia. Quería preguntarme si me parecía bien que merendásemos juntos los tres el viernes, por mi cumpleaños.

—Vaya, eso es estupendo.

—Sí, me alegro mucho por él. Un hombre necesita una buena mujer que le cuide.

—Bueno, su nieto ya es mayorcito para cuidarse solo —contestó Elena, aunque, repentinamente consciente de la edad y mentalidad de la mujer, añadió—: Pero siempre es bueno tener a alguien que te haga compañía.

Se quedó callada, pensando en sí misma.

—¿Hoy no me vas a preparar la fruta? —preguntó asombrada la anciana.

—Pensé que lo habría hecho Valentín —contestó Elena.

—Se ofreció a hacerlo pero le dije que no hacía falta, que ya lo harías tú.

Así que Elena se marchó a la cocina a cumplir el encargo. Mientras elegía las piezas de fruta más maduras, sonrió por el significado tan grande que podía tener un acto tan sencillo como pelar una manzana.

Finalmente, el jueves llegó, y poco antes de que fuera la hora de salir del periódico Darío le pidió a Elena que le diera diez minutos para rematar un trabajo antes de partir juntos hacia la fundación Verdes-Montenegro. En resumidas cuentas, el hombre mantenía intacta su intención de acompañarla. Mientras le esperaba en la calle, Elena vio cómo cruzaba unas palabras en la recepción con Ana, quien la miró con cara de pocos amigos. Ella desvió su mirada. Hacía frío y el día era gris.

—Vamos —le dijo Darío cuando se reunió con ella, al tiempo que le tendía un casco.

Ella lo tomó. Lo conocía bien, como tantas chicas antes que ella, pensó, torturándose una vez más.

La sede de la fundación Verdes-Montenegro era una mansión en la calle del Maestro Ripoll, una zona residencial de chalets unifamiliares entre la calle Serrano y el paseo de la Castellana. El edificio azul estaba rodeado por un cuidado jardín francés en cuyos bancos una decena de jóvenes charlaban y reían. Algunos de ellos, muy pocos, ensayaban con distintos instrumentos. Más tarde leerían en un cartel que una norma de la escuela les conminaba a practicar solamente en las salas preparadas para tal fin, de forma que la convivencia con los vecinos fuera pacífica.

Según se acercaban al edificio, Elena se empezó a poner nerviosa y agradeció no estar sola. Miró a Darío y le sonrió. Él le devolvió la sonrisa y le cogió la cintura mientras le cedía el paso para entrar en la fundación.

La pequeña recepción, formada por una mesa de caoba maciza iluminada por una pequeña lámpara de cobre de aspecto antiguo, marcaba el inicio de un largo pasillo cubierto de baldosas de cerámica que formaban figuras geométricas. Al fondo del mismo, una puerta acristalada desembocaba en la parte trasera del jardín.

Tras un viejo ordenador, que ocupaba gran parte de la mesa, se asomó una señora con una corta melena castaña. Llevaba el escaso pelo que tenía recogido con una diadema que imitaba carey y unas pequeñas gafas a juego que acentuaban la forma redonda de sus facciones.

—Buenas tardes —les miró inquisitiva, esperando a que empezaran a hablar.

Era Rottenmeier, no cabía duda. Elena se quedó paralizada mirándola, no sabía cómo empezar. Darío se dio cuenta y, con la mejor de sus sonrisas, se inclinó sobre la mesa.

—Buenas tardes, señorita, disculpe que la molestemos. Queríamos hablar con el director, si es posible.

Ella les miró desconfiada por encima de las diminutas gafas.

—¿Tienen una cita con él?

—La verdad es que no —lamentó Darío—. Pensamos que si pedíamos cita a lo mejor tardaba en dárnosla y nos gustaría que el reportaje que venimos a hacer se publicara la semana que viene.

Ella pareció interesarse al ver que eran periodistas y los repasó cuidadosamente con la mirada, evaluando a qué publicación podrían pertenecer. Se puso de pie. Era menuda e iba vestida con una blusa oscura salpicada con flores diminutas y una larga falda marrón que le cubría las piernas hasta debajo de la rodilla. Unos zapatos con cordones remataban su recatado aspecto.

—Voy a ver si puede recibirles, pero les advierto que no le va a gustar nada. Siempre insiste en que se le visite con cita previa.

—Estoy seguro de que sabrá convencerle. Y, si lo hace, dé por hecho que la mencionaremos en el reportaje que estamos preparando. Reflejaremos lo profesional que es y lo eficientemente que gestiona la fundación.

Darío remató su ataque con un coqueto guiño, provocando que la mujer se sonrojara antes de adentrarse presurosa en el pasillo. Desde la entrada, pudieron ver cómo llamaba a una puerta y desaparecía tras ella.

—A ver si hay suerte —deseó Darío.

—Si depende de ella, está hecho. La tienes en el bote —contestó Elena, algo avergonzada también.

Darío le cogió un instante la mano.

—Me alegro de que volvamos a ser amigos, Ele —dijo, mirándola fijamente a los ojos.

—Ya —contestó ella y, removiéndose incómoda, apartó la mirada y liberó su mano—. Gracias por acompañarme, Darío. De no ser por ti me hubiera dado la vuelta antes de entrar.

Afortunadamente, su embarazosa conversación se vio interrumpida cuando oyeron una puerta al cerrarse y los presurosos pasos de la secretaria aproximándose de vuelta por el pasillo. Se paró frente a ellos con la cabeza alta y sus pequeñas manos entrelazadas.

—Parece que van a tener suerte, pero tendrán que esperar unos minutos a que el señor director termine con otra visita. Pueden sentarse ahí si lo desean —dijo la menuda mujer, señalando con la cabeza un pequeño banco Luis XVI que había frente a la mesa.

Darío, motivado por el éxito obtenido, tomó las riendas de la conversación.

—Muchas gracias, señorita...

—Delia Apolinar.

—Muchas gracias, señorita Delia. ¿Podemos asomarnos un momento a la puerta del fondo para ver el jardín? Parece muy bonito.

—Sí que lo es, pero si no fuera por mí el vago del jardinero lo echaría a perder —se quejó Delia.

—Era de esperar que estuviera usted pendiente de estos detalles también —dijo Darío, negando con la cabeza para enfatizar su pretendida incredulidad ante tanta profesionalidad.

Elena, asombrada por la descarada manipulación de Darío, le siguió a través del pasillo.

El jardín trasero era muy similar al que precedía a la

casa, solo que algo más grande. Un seto bajo rodeaba un pasillo empedrado en forma de cruz. Los cuatro cuadrantes estaban cubiertos por césped con aspecto de recién cortado y en el centro de la cruz había una mesa redonda de piedra con dos bancos semicirculares a ambos lados, de piedra también. Había empezado a caer una lluvia fina.

Se giraron al oír voces en el pasillo, cuyas luces acababa de encender la eficiente señorita Delia. La puerta del despacho del director estaba abierta y de él habían salido dos hombres. Uno de ellos se giró al percibir su presencia y les miró un instante. Era un hombre joven, alto y muy bien parecido. Tenía el cabello rubio muy corto, lo que resaltaba la forma cuadrada de su frente y de su mandíbula. Unas largas pestañas enmarcaban sus expresivos ojos azules, y al sonreír mostraba una blanquísima y perfecta dentadura. Llevaba un traje de chaqueta rayado gris claro y unos zapatos negros con la punta alargada. Su ropa y su acento al hablar delataban su procedencia de Europa del Este. El otro hombre, bajo y gordo, más bajo y gordo aún gracias a la apostura de su acompañante, le guio hasta la salida y, tras despedirse de él, volvió al despacho. Darío y Elena se dirigieron hacia la mesa de la señorita Delia y, justo cuando estaban a punto de alcanzarla, sonó el teléfono. Delia se apresuró a descolgarlo y evitó mirarles mientras asentía. Tras colgar se dirigió a ellos.

—Acompáñenme —pidió.

Entrar en el despacho del director era como hacerlo en la guarida de un oso. Densas cortinas de terciopelo impedían el paso de la luz natural al mismo. Una gran mesa cubierta de papeles y libros de contabilidad ocupaba la mitad del espacio, dejando la otra mitad a unos viejos sofás de cuero. En las paredes colgaban fotos de personalidades asistiendo a actos de la fundación y varios diplomas a nombre de Armando Vázquez, el desaliñado hombre que se levantó para saludarles e invitarles a ocupar los sofás.

Ver a Armando de cerca confirmó a Elena la mala impresión que le había causado al verle de lejos. Llevaba un traje cuyos brillos sugerían que tenía que haber sido sustituido tiempo atrás, el nudo de la corbata estaba torcido y tenía un lamparón en el centro de la misma que captaba todas las miradas.

—Y bien, ¿en qué puedo ayudarles? Me ha dicho Delia que son periodistas —dijo, aplastando nerviosamente su despeinada y grasienta cabellera.

—Efectivamente. Mi nombre es Elena y soy periodista de *El Café de la Mañana*. Él es Darío, fotógrafo del periódico.

Darío tamborileó con sus dedos sobre la funda de la cámara, como para demostrar con ello que lo era.

—Queríamos hacer un reportaje sobre la fundación, a través de una entrevista a uno de sus estudiantes. Hemos leído una reseña sobre el último concierto que dieron en el Auditorio Nacional y sobre el gran éxito que tuvieron, especialmente una violinista, no recuerdo el nombre. —Elena interrumpió su discurso como si tratara de recordar.

El director no mordió el anzuelo y permaneció callado, aunque volvió a pasarse una mano nerviosa por la cabeza.

—Irina Ionescu —ayudó Darío, sonriendo ampliamente a Elena por su ocurrencia.

—Eso, Ionescu —continuó ella—. Nos gustaría poder entrevistarla y a través de esa entrevista hablar de la fundación.

Armando Vázquez se removió en su silla.

—¿Tiene que ser Irina? —preguntó.

—Bueno, es lo que nos gustaría, sí.

Armando hizo un chasquido con la lengua y volvió a atusarse el pelo, más despacio esta vez, mientras parecía reflexionar sobre su respuesta.

—Creo que sería mucho mejor que entrevistaran a otra persona. La señorita Ionescu no lleva mucho tiempo con nosotros y no refleja, cómo decirlo, el espíritu de la fundación. Además, no les dará mucho juego, es muy tímida y no domina el idioma. Creo que sería mucha mejor opción que conocieran a Luis Molero, un joven director de orquesta, muy virtuoso y español. Luis es un gran profesional, sin duda una promesa de nuestra música. Lleva tres años con nosotros y ya ha recibido muchas ofertas de grandes orquestas para colaborar con ellas.

El director había descartado a Irina de un plumazo y con una seguridad que parecía impedir cualquier oposición razonable. Cada vez más convencido, continuó con su discurso.

—Precisamente el último concierto lo dirigió él y su majestad la reina doña Sofía me dijo: «Armando, este hombre va a llegar muy lejos.» Y su majestad sabe mucho de música, muchísimo, le encanta. Siempre que su agenda se lo permite asiste a nuestros conciertos, es una gran amiga de la fundación.

Elena le cortó, tratando de volver a centrar la conversación en Irina.

—Sin duda podemos entrevistar al señor Molero en otra ocasión, es una idea excelente, tomamos nota. —Miró a Darío en busca de apoyo y él asintió con complicidad—. Pero la verdad es que para esta ocasión necesitamos hablar con Irina.

—Yo les aseguro que Luis Molero no les decepcionará.

—Estoy convencida, señor Vázquez, pero tiene que ser Irina. El director del periódico lo dejó claro, ¿verdad, Darío?

Darío asintió de nuevo.

—Irina y la fundación o un reportaje sobre un joven cantante americano.

Ante el silencio del director, Elena sacó una tarjeta de presentación de su bolso, su última baza, y se la puso delante.

—Aquí tiene mi tarjeta —dijo, mostrándola de forma que Armando pudiera leer fácilmente su apellido.

El hombre cogió la tarjeta, la miró detenidamente y devolvió la vista a Elena tratando de ocultar su sorpresa. Ella se lanzó a por todas.

—Tal vez prefiera que lo trate directamente con Alejandro, su presidente.

Tanto el director como Darío la miraron sorprendidos. Armando volvió a mesarse los cabellos con ambas manos y al fin respondió.

—Vengan el sábado a mediodía. No hace falta que molesten al señor Lledó. Además, como ya sabrá, él preside la fundación pero la que la dirige es su hermana Blanca. Con mi ayuda, claro.

—Claro —contestó Elena al tiempo que se levantaba del sofá—. Muchas gracias por su tiempo y ayuda, señor Vázquez. Nos vemos el sábado.

Tenía prisa por salir de allí. Atravesaron rápidamente el pasillo y se despidieron de la señorita Delia. Al salir a la calle, la lluvia que ya caía en abundancia les permitió correr hasta la moto sin que su carrera pareciera una huida. Una vez lejos de miradas indiscretas, se abrazaron para celebrar su éxito.

—¡Lo has conseguido! Ya tienes una cita con tu violinista —rio Darío.

—Eso parece. Ahora a ver qué le digo.

—Bueno, tienes un par de días para pensártelo.

Durante un instante permanecieron abrazados, con la lluvia resbalando por sus caras y el corazón de Elena palpitando con fuerza. Su cuerpo temblaba, no sabría decir si por el frío o por la proximidad de su antiguo amante. Darío pareció dudar por un momento, pero finalmente la soltó y la ayudó a ponerse el casco.

—Anda, sube, que te acerco a casa antes de que cojas una pulmonía —dijo con cariño.

Al llegar al portal de la casa de Elena, Darío no se quitó el casco, demostrando así que no quería continuar lo que fuera que hubiera pasado al salir de la fundación. Elena trató de ocultar su decepción y le devolvió el suyo para entrar rápidamente en el portal. Estaba chorreando y excitada después de los acontecimientos del día, lo que suavizó la decepción por la fría despedida de su ex novio.

Una vez seca y bien pertrechada con una gruesa chaqueta de lana y los calcetines más gordos que encontró, decidió llamar a Violeta, la marquesa, para contarle sus avances. Quedaron en que el sábado por la tarde Elena iría a merendar a su casa, tal y como habían acordado en su último encuentro. Ella le contaría los resultados de la entrevista que iba a tener con Irina y la marquesa le relataría la historia de su amiga y el maestro de música. Al despedirse, Elena tuvo la impresión de que le había contagiado a la marquesa su nerviosa alegría por los avances conseguidos.

7

El viernes pasó rápido, con la mezcla de cansancio y alegría que caracteriza el inicio del fin de semana. Tras salir del trabajo, Elena decidió regalarse una tarde de compras y, al llegar a casa a última hora de la tarde, advirtió que alguien había introducido una nota por debajo de su puerta. Era un folio doblado en dos en el que ponía su nombre y el de Javi y en el que se leía: «Chicos, si os apetece un trozo de tarta de cumpleaños de la abuela Ramiro, pasaos por su casa. Os esperamos, Valentín.»

Elena estaba muy cansada y era tarde, pero sabía que a la señora Ramiro le haría ilusión que subiera a felicitarla y que la velada no se alargaría mucho. Sacó un pequeño paquete de una de las bolsas con sus últimas compras y subió al piso de arriba. Como sabía que la mujer tenía invitados, llamó al timbre en lugar de utilizar su llave, pero al ver que nadie acudía abrió la puerta por sí misma. No se oían voces, solamente el televisor. Llegaba tarde.

—¡Vaya, parece que llego tarde! —exclamó por el pasillo para anunciar su llegada—. Muchas felicidades, señora Ramiro.

Cuando llegó junto a ella, besó con cariño a la anciana.

—Justo acaban de marcharse —le contó ella.

—He llegado tarde a casa, lo siento —se disculpó Elena—. Y Javi ha debido de salir. ¿Lo han pasado bien?

—Sí, muy bien.

La mujer parecía algo inquieta.

—¿Y bien? ¿Qué tal es la novia de Valentín?

—Bueno, es agradable.

La anciana se miraba las manos mientras se las frotaba despacio.

—No lo dice muy entusiasmada, ¿ha pasado algo?

—No, qué va, todo ha ido bien —contestó la mujer, sonando poco convincente.

—¿Entonces?

—¿Entonces qué?

—Algo la preocupa, señora Ramiro —atajó Elena—. ¿Quiere que lo comentemos?

—Me han pedido que me vaya a vivir con ellos —confesó al fin la anciana.

—¡Pero eso es estupendo! —celebró Elena—. Así no pasará tanto tiempo sola.

—Tendría que dejar mi casa, aunque ya les he dicho que no la pienso poner en venta.

—¿Y les pareció bien?

—Sí, de hecho Valentín dijo que podría venir cuando quisiera, que él mismo me traería. Que luego vete tú a saber, porque ellos viven en un chalet a las afueras de Madrid, en un sitio de esos alejado de todo.

Elena comprendió el dilema de la anciana.

—Bueno, pero también piense que esas zonas residenciales son más tranquilas y podrá salir a dar paseos. ¿La novia de su nieto trabaja? —preguntó.

—Sí, trabajan los dos en la misma empresa, pero tienen

una muchacha interna. Dicen que me haría compañía. Creen que ella me gustará, pero no sé. Es extranjera.

—Pues a mí me parece muy buena idea —afirmó Elena convencida—. Pero piénselo tranquilamente, no tiene que tomar una decisión esta misma noche. De hecho, esta noche está para celebrar su cumpleaños. Tenga, le he traído un regalo.

Desenvolvieron juntas el paquete y la señora Ramiro se mostró encantada con el pañuelo que le había comprado Elena. Al poco rato, la mujer reconoció que estaba agotada y Elena se retiró para dejarla descansar y de paso acostarse ella también.

«La noche se me complicó, tendrás que perdonarme que no te acompañe a la entrevista con Irina, lo siento mucho. Buena suerte, reina, ya me contarás. Un besazo, Darío.»

Tenía que haberse esperado el mensaje con el que desayunó. ¿Qué iba a hacer ahora? ¿Cómo iba a enfrentarse sola a la entrevista con Irina? Y, sobre todo, ¿cómo justificaría la ausencia del fotógrafo?

En ese momento entró en la cocina Javi, en pijama y arrastrando sus zapatillas de andar por casa. Tenía el pelo revuelto y los ojos aún a medio abrir.

—Buenos días, Ele.

—Hombre, buenos días, no esperaba que te levantaras tan temprano —contestó ella feliz a su somnolienta tabla de salvación.

—No es tan temprano, ¿no? Son más de las diez.

—¿No saliste ayer? —se extrañó ella.

—No, estuve en el Remigio tomando unas cañas y cuando estaba a punto de declararme a Nacho, ¿sabes quién entró en el bar? —No esperó respuesta—. Su novio.

—¿Tiene novio?

—¡Vaya que si lo tiene! Soy un idiota, Ele. ¿Cómo pude pensar que iba a fijarse en mí?

A Javi le gustaba compadecerse de sí mismo cuando alguna aventura no le salía bien, pero Elena era testigo de que eso era algo que sucedía la menor parte de las veces. Y a esto se añadía que, al lado de la vida amorosa de Javi, la suya era una simple anécdota.

—No digas eso, Javi, tú vales muchísimo. Él se lo pierde. Además, el chico tampoco es para tanto.

—Nunca encontraré a mi media naranja —se lamentó él.

—Claro que sí, tonto. Solo tienes que dejar de buscarla.

—¿Y qué voy a hacer si no la busco? —preguntó horrorizado.

—Pues mira, para empezar, esta mañana podrías acompañarme a la fundación.

Javi la miró sorprendido.

—Darío me ha dejado tirada —reconoció Elena.

—¡Hijo de su madre! ¡Pero cómo se puede ser tan insensible!

Tras cinco minutos en los que se desahogó focalizando en Darío todo su rencor hacia los hombres, Javi volvió a quedarse callado mirando a Elena.

—Solo tendrías que acompañarme y hacer algunas fotos, te dejaría mi cámara. Y, a cambio, luego te invito a comer. —Elena juntó sus manos como si estuviera recitando una plegaria—. Por favor, Javi, por favor, te necesito. Eres el único que puede ayudarme. Y seguro que lo harías tan bien...

—Está bien, te acompañaré —cedió su amigo, y ella se lanzó a abrazarle agradecida.

Cuando se reunieron en el hall, un minuto antes de que Elena empezara a desesperarse, entendió el motivo del retraso de su amigo. El atuendo que lucía era más apropiado para un safari fotográfico que para retratar a un músico, pero prefirió no hacer ningún comentario al respecto y no correr así el riesgo de quedarse finalmente sin acompañante.

En el trayecto desde la parada del autobús a la fundación, el viento les golpeó con fuerza. Hacía otro día frío y desapacible.

—¡Por lo menos no llueve! —Javi tuvo que gritar para hacerse oír.

Elena, que iba un par de pasos adelantada, sujetaba la cámara de fotos contra su pecho para que no se golpeara mientras intentaba abrocharse la chaqueta por encima de ella. Se internaron en la calle Maestro Ripoll y atravesaron rápidamente el jardín delantero de la sede de la fundación. Entraron de golpe en la casa y cerraron la puerta tras ellos. Se hizo el silencio. Les tomó varios segundos acostumbrarse a la ausencia de viento y poner en orden su ropa y su cabello. Mientras seguían adecentándose, Elena se adelantó hacia la mesa de la recepción, en la que una chica muy joven estudiaba unos pentagramas.

—Buenos días —saludó esta dulcemente.

—Buenos días —contestó Elena, sonriendo a aquella recepcionista tan diferente a la señorita Delia—. Teníamos una reunión con Irina Ionescu, somos periodistas de *El Café de la Mañana*.

—Oh, sí. Pasen por aquí, por favor.

Se dirigieron hacia el despacho del director. La muchacha abrió la puerta y se mantuvo fuera del despacho, invitándoles a entrar.

—Esperen aquí un momento, por favor. En seguida les atenderán.

—Muchas gracias —contestó Elena, tirando de Javi para que entrara en la habitación.

Nada más cerrarse la puerta, su amigo se abalanzó sobre la mesa del despacho y empezó a abrir los cajones.

—¿Pero qué estás haciendo? —susurró Elena escandalizada.

—¿No estamos aquí para investigar? —replicó él—. Recuerda que no te dejaban contactar con Irina, tal vez encontremos por aquí algo que lo explique.

—¡Venga ya! ¡Sal de ahí! —ordenó ella apurada—. ¿Qué crees que es esto, una película de acción?

—Shhhh —chistó él—. ¡Vigila la puerta!

—Dios mío, ¿pero por qué te he traído?

Elena, angustiada, pegó la oreja a la puerta del despacho, alerta ante la posible llegada de alguien que les descubriera.

—Vaya con los rusos, sí que apoyan a los suyos.

Elena se volvió hacia Javi, que pasaba las hojas de un cuaderno azul con tapas de cuero. Estaban llenas de listados de nombres con cantidades de dinero anotadas a su lado.

—Stoicescu, Petrescu, Mihai, Vasili, Moldove —leyó.

—Calla, viene alguien —le apremió Elena.

Javi guardó cuidadosamente el cuaderno en el cajón del que lo había sacado justo a tiempo de que no le viera el hombre que estaba abriendo la puerta.

—Hola, buenos días. Soy Luis Molero.

Una vez realizadas las presentaciones, Elena y el director de orquesta se sentaron en uno de los viejos sofás de cuero. Javi se quedó de pie, apoyado en la pared, con la cámara colgándole del cuello.

—Me parece que les ha sorprendido mi entrada —dijo Luis.

—La verdad es que sí, esperábamos a la señorita Ionescu —se sinceró Elena.

Luis esbozó una comprensiva sonrisa y pasó a explicarles que el director le había dicho que, tras informarles de que Irina tenía una audición esa mañana, habían decidido entre todos que el entrevistado fuera él. En ese momento, le sorprendió el flash de la cámara de Javi. Le miró extrañado, pero rápidamente volvió a centrarse en Elena.

—La verdad es que nos interesaba hablar con Irina para que nos presentara la fundación e hiciera una comparativa con la Universidad Nacional de Música de Bucarest. —Ella le dio la explicación que había inventado para Irina el día anterior.

—En ese caso, me temo que yo no podré ayudarles —replicó Luis.

—Por favor, tutéenos.

Elena se tomó un instante para decidir qué hacer a continuación. La astucia de Armando la había tomado absolutamente por sorpresa, ni siquiera se había planteado que se la fuese a jugar de esa manera. Javi daba vueltas alrededor de ellos, enfocando a Luis con la cámara. Él, algo incómodo con la situación, se levantó para irse.

—Bueno, siento el malentendido. Digamos que el señor Vázquez es bastante dado a generar confusión.

Elena no entendió el comentario, pero decidió que si Luis estaba enfadado con Armando Vázquez, tal vez fuera el momento perfecto para tener una pequeña charla con él.

—¿Lleva mucho tiempo en la fundación? —preguntó.

—¿Armando? —dijo Luis Molero, confundido.

—No, usted.

—Oh, por favor, si vamos a tutearnos, lo haremos todos —pidió—. Llevo casi tres años. Primero hice la carrera de piano y toqué profesionalmente unos años, pero me picó el gusanillo de la dirección. Me estoy preparando para dirigir una orquesta.

—Algo que no haces nada mal, según tengo entendido —apuntó Elena, recordando lo que Armando les había contado acerca de él.

—Gracias —respondió Luis orgulloso.

—Seguro que eres muy habilidoso —añadió entonces Javi, justo antes de apretar de nuevo el disparador de la cámara.

Tras hacer la foto, se apartó la máquina de la cara y le dedicó una entregada sonrisa a Luis quien, para sorpresa de Elena, se la devolvió.

—Bueno, dicen que no lo hago del todo mal.

La complicidad que se estaba creando entre los dos chicos animó a Elena a seguir.

—Luis, ¿por qué has dicho que al señor Vázquez le gusta crear confusión?

—Armando es un hombre hermético. No es fácil adivinar sus intenciones. Con los estudiantes es muy estricto y distante. La única persona de la que parece preocuparse es precisamente de Irina.

—¿De verdad? —se asombró Elena.

—Y por supuesto de Blanca Lledó y los amigos de la fundación —dijo entrecomillando sus palabras con los dedos.

Volvió a tomar asiento.

—¿Y de Irina por qué? —Elena le invitó a seguir hablando.

—Quién sabe, aunque sospecho que algo tiene que ver su relación con uno de los benefactores, un compatriota suyo rumano.

Ella se acordó del joven rubio que había visto en su anterior visita a la fundación.

—¿Y qué relación es esa?

—No lo sé. Serán hermanos, o novios. Irina no es muy habladora —explicó Luis.

—¿Crees que ella está en la fundación por ese hombre?

—Si entró por él, es indudable que ha sabido ganarse su sitio por méritos propios. Irina es una de las mejores músicas que he visto en mi vida. El violín es parte de su cuerpo, tiene una técnica perfecta, consigue un sonido transparente, transmite una expresividad, una emotividad... Apostaría a que Irina hará historia en el mundo de la música.

Había auténtica pasión en las palabras de Luis, palabras que acompañaba con movimientos de sus manos, como si estuviera dirigiendo una orquesta imaginaria. Javi seguía haciéndole fotos sin descanso.

—¿Conoces a Andrei Popescu? —preguntó Elena tímidamente.

Luis sonrió y Javi captó una vez más la sonrisa misteriosa de ese hombre de cabellos negros y piel aceitunada.

—¿Quién no conoce a Andrei Popescu? Andrei Popescu ha sido el mejor violinista del siglo veinte —sentenció con rotundidad.

—¿Ya no toca?

—No, está retirado. Hace muchos años que empezó a sufrir un raro síndrome que le produce parálisis en las manos. Perdió la flexibilidad que tenía en los dedos, que os aseguro que era mágica, y se retiró de los escenarios. Parece ser que no era nada físico, sino algún tipo de somatización.

—¿Miedo escénico? —aventuró Elena.

—Tal vez. En cualquier caso, ya es un hombre muy mayor.

—Yo tenía entendido que había sido maestro de Irina.

—Y lo fue. Él no siempre puede tocar, pero hay días en los que logra parecerse al gran músico que un día fue. Y, además, lleva la música en las venas, y para enseñar eso es suficiente.

—¿Te ha hablado de él Irina alguna vez? —Elena continuó interrogándole.

—Como te comentaba, Irina es parca en palabras, pero cuando habla casi siempre es de él. Le idolatra. Estuvo con él desde muy pequeña.

—¿Sabes si siguen en contacto?

Luis se revolvió en el sofá. Su gran expresividad mostraba que, por algún motivo, la pregunta le incomodaba.

—Por lo visto hace un tiempo que no sabe nada de él, pero será mejor que le preguntéis a ella.

—¿Por qué?

—Porque es un tema personal de Irina en el que no tengo por qué meterme —respondió él algo molesto—. Aunque no sea una persona muy sociable, Irina es mi amiga, y no creo que a ella le gustara enterarse de que voy hablando de ella con desconocidos.

Elena sintió que el director de orquesta iba a dar por concluida la reunión y lanzó su última pregunta.

—Luis, ¿crees que podríamos hablar con ella?

Luis encogió los hombros como respuesta y se levantó de su asiento.

—Bueno, pues si no puedo ayudaros en nada más, quisiera aprovechar lo que queda de mañana para estudiar.

Les acompañó a la entrada.

—Muchas gracias por todo, Luis. Ha sido un placer conocerte —se despidió Elena.

—Si me das tu dirección de correo electrónico, puedo enviarte las fotos —le dijo Javi al músico cuando este se giró hacia él.

—Claro. —Luis sonrió antes de anotar su dirección en un papel—. Espero que te guste cómo han quedado.

—Estoy seguro de que sí —respondió un entregado Javi.

Y, tras un cruce de tímidas miradas y sonrisas entre los dos hombres, Elena y Javi salieron de la fundación.

—Podría estar horas mirando esta foto.

Javi estaba revisando las fotos que había hecho al director de orquesta. El resultado era fantástico, de haberlas necesitado para un reportaje habrían resultado perfectas.

—¿A ver? —pidió Elena.

Él le tendió la cámara a su amiga, que estudió en la pantalla la cara de Luis Molero, el lacio y negro flequillo bailando sobre sus ojos rebosantes de pasión, los pómulos altos, la cuidada barba enmarcando sus gruesos labios, tan sonrientes en alguna de las fotos.

—¿Cuántos años tendrá? —preguntó Javi al tiempo que cogía una porción de pizza.

—¿Treinta y muchos? —Elena observaba la última foto, las expresivas manos volando en el aire, el obturador de la cámara incapaz de fijarlas en la imagen.

—Ele, creo que me he enamorado —dijo Javi.

Ella rio.

—Ya lo sé.

Guardó la cámara y se sirvió un poco de ensalada. La Trattoria Peppino estaba medio vacía, como era habitual desde que Giuseppe aterrizó en el barrio un año atrás. Era un napolitano muy alegre y simpático que siempre que iban les recibía con grandes aspavientos.

—Por lo menos hemos sacado algo de la visita —dijo Elena descorazonada.

—A ver, no desesperemos —la regañó Javi, centrándose de nuevo en el asunto que les había llevado ese día a la fundación—. Veamos qué información tenemos. Por un lado, hemos constatado que definitivamente Darío es un capullo.

—Javi, ahora no, por favor —rogó Elena.

—Está bien, está bien —la tranquilizó él—. Segundo, está claro que alguien no quiere que contactes con Irina.

—El director de la fundación —continuó ella.

—Efectivamente. Lo que no sabemos es el motivo, aparte de porque debe de ser una persona detestable.

—Tendrías que verle —dijo Elena, recordando el descuidado aspecto de Armando—. Mira que pareció asustarse cuando amenacé con hablar con mi supuesta familia..., parecía realmente convencido de que no tenía opción cuando salimos del despacho.

—Tal vez sucedió algo después —sugirió Javi—. Igual no es el único interesado en que no molestemos a la violinista.

La teoría de Javi explicaría el cambio de opinión de Armando. Incluso había mentido a Luis Molero para que se presentara a la cita.

—En tercer lugar —continuó Javi, feliz con su papel de detective—, sabemos que Irina tiene un novio rumano que es benefactor de la fundación.

—Por cierto, que creo que le vi —reveló Elena, mirando fijamente a los ojos de su entregado compañero.

—¿Dónde? —casi gritó él, incrédulo.

—En la fundación, cuando fui con Darío. Tuvimos que esperar a que nos atendiera el director porque estaba reunido, y cuando salió del despacho vi a su acompañante. Era un chico rubio, muy guapo, con aspecto y acento del este. Pensé que sería ruso.

—Como los otros benefactores del libro del director. Tal vez fueran todos nombres rumanos.

—Puede ser —le siguió ella—. También hay otra cosa que me extraña, y es que Irina haya perdido el contacto con su profesor, Andrei Popescu.

—Dicen que la distancia es el olvido.

Elena sonrió.

—Puede que sí, o puede que no. Si a nosotros no nos dejan contactar con Irina, tal vez a él tampoco.

Terminaron la comida y salieron del restaurante. El viento se había calmado, pero por el color del cielo y la nitidez del ambiente parecía que se avecinaba una tormenta. Se dirigieron hacia su casa.

—¿Y qué le vas a decir esta tarde a la marquesa? —preguntó Javi.

Elena ya le había estado dando vueltas a esa cuestión. Tenía la sensación de que la ausencia de avances defraudaría a la marquesa y, aunque sabía que era absurdo y que estaba haciendo todo lo que estaba en su mano, esto le hacía sentirse mal. Por ello, tras la conversación con Luis Molero, había decidido cuál sería su siguiente paso.

—Que voy a ir a ver a Blanca Lledó Verdes-Montenegro.

8

—Recuerdo como si fuera ayer el día en que Andrei salió de nuestras vidas —comenzó a relatar la marquesa—. La cara de Catalina, llena de churretes de maquillaje a causa de las lágrimas. Cuánto lloró ese día, parecía que nunca iba a parar. Y no había manera de hacerla hablar. Hasta que días después se confesó conmigo y sus atropelladas palabras secaron sus ojos, y pudo seguir adelante con su vida. Luego llegó a ser muy feliz, no te creas. Con su marido e hijos, los clubes y asociaciones de las que formaba parte... Eso sí, después de aquel verano no volvió a ser la misma. Pero empecemos la historia desde el principio, Justo siempre me decía que desvelo todos los finales antes de tiempo...

Conocieron a Andrei a finales de junio del año mil novecientos cincuenta y tres. Ese día, Catalina y Violeta habían quedado en un parque cercano a su casa para comentar las últimas noticias relacionadas con los preparativos de la boda de Violeta y Justo, para la que apenas quedaba un mes. Catalina seguía entusiasmada las explicaciones de su amiga, porque el dependiente de la joyería Galatea le había dado el chivatazo a su madre de que su novio, Alfonso Villamil, había encargado una sortija de pedida. Parecía que pronto se prometería ella también, algo que llevaba toda la vida esperando. Todas lo hacían en aquella época, era lo que la sociedad esperaba de ellas, que se casaran y se dedicaran a cuidar lo mejor posible de su, a poder ser, numerosa familia.

Hacía un día precioso. El calor todavía era soportable y el sol se reflejaba en las ventanas de los edificios, en la arena del parque y en la alegría de la gente. Las dos amigas se sentaron en un banco a la sombra de un árbol para repasar juntas la lista de invitados y configurar la distribución de las mesas, aun sabiendo que la última palabra al respecto la tendrían las madres de Violeta y Justo. Llevaban un rato riendo e imaginando qué pasaría si juntaran a la tía Amparito, tan puritana ella, con Bruno Medina, sospechoso de gustarle más los pantalones que las faldas, o si sentaran a su amiga común María Eugenia Velada con Rodrigo, el hermano de Catalina, de quien estaba perdidamente enamorada, cuando precisamente vieron a este último acercándose a ellas. Caminaba lentamente, con las manos en los bolsillos, mientras hablaba con un desconocido acompañante. Los dos hombres formaban una extraña pareja. Rodrigo era bajo, fornido y muy moreno, y su acompañante alto, delgado, con el cabello rubio y los ojos claros. El desconocido vestía un moderno y exquisito traje de chaqueta cuyas estrechas hechuras contrastaban con la moda que en esa época se llevaba en España. Además de que, desgraciadamente, en la España de entonces muy pocas personas podían permitirse un traje con la calidad de aquel.

—Señoritas, por fin os encontramos. Quería presentaros a Andrei Popescu.

Ambas muchachas se pusieron de pie para saludar al amigo de Rodrigo.

—Andrei es un gran violinista. Acaba de llegar de Francia. —Rodrigo continuó su discurso en francés para que su acompañante pudiera entenderlo—. Ha venido para dar un concierto a principios de agosto ante el mismísimo general Franco y todos sus ministros.

Se produjo una pausa mientras los recién presentados se evaluaban. Los gorriones piaban exaltados, revoloteando entre las ramas del árbol.

—¿Y de dónde lo has sacado, si se puede saber? —preguntó Violeta entre dientes y en español, sin dejar de sonreír al acompañante de su amigo.

—Me lo ha presentado José Manuel Bassave, el socio de mi despacho. Me ha pedido que le presente a mis amigos y le enseñe Madrid en sus ratos libres. A cambio, nos invitará a todos a su fiesta de Navidad.

La fiesta de Navidad de los Bassave era una cita obligada en el calendario social de la aristocracia madrileña. La gente era capaz de hacer cualquier cosa para conseguir una invitación y poder ir a codearse con las celebridades del momento. Y ellos solo tendrían que dejarse acompañar por el músico para formar parte del selecto grupo de asistentes. No parecía un mal negocio, especialmente si se tenía en cuenta que Andrei estaría en Madrid poco más de un mes.

Todas estas disertaciones cruzaron las mentes de Catalina y Violeta que, casi a la par, llegaron a la misma conclusión, y tendieron sus manos para estrechar la del joven violinista. Y, con la misma determinación, comenzaron a practicar el idioma que con tanto empeño les habían enseñado las religiosas del colegio San José de Cluny.

—Así que viene usted de Francia —dijo Violeta con perfecto acento.

—Sí, señorita. De París.

—Oh, París, qué ciudad tan fascinante. Justo, mi futuro esposo, estuvo allí hace unos meses y dice que es muy elegante y moderna. Nos trajo un ejemplar de la revista *Elle*. Todo parece tan distinto...

—Sí, París es una ciudad muy abierta —sonrió él amablemente.

A lo que Catalina, que era muy patriota y muy contraria a la laxa moral del país vecino, contestó con los ojos brillando de orgullo.

—Y tan diferentes que somos. Como que aquí tenemos principios.

—¿Le gusta a usted España, señor Popescu? —preguntó Violeta rápidamente, tratando de desviar la atención que había acaparado su amiga.

—Me gustan el sol de Madrid y sus bonitas muchachas —contestó él, sin apartar la mirada de Catalina—. Pero, por favor, ustedes pueden llamarme Andrei.

El desafortunado primer encuentro no duró mucho. El largo viaje había dejado a Andrei exhausto, y pronto expresó su deseo de ir a instalarse en el hotel en el que se alojaría durante su estancia en Madrid. Además, dijo que tenía que contactar con el personal del teatro en el que tendría lugar el concierto para que supieran cómo localizarle en caso necesario.

Antes de marcharse y dejar de nuevo a las muchachas inmersas en la organización de la boda de Violeta, Rodrigo sugirió que se encontraran todos de nuevo al día siguiente para cenar, de forma que pudieran planificar juntos la estancia de Andrei en España.

Hasta la hora de la cena, Catalina no dedicó ni un minuto a pensar en el insolente nuevo amigo de su hermano. Estaba completamente volcada en la puesta en marcha de la guardería de la iglesia, y sus únicos pensamientos fuera de esa labor los dirigió a volver a fantasear con el momento en el que Alfonso pediría su mano. Le gustaba imaginarse cómo sería la conversación con su padre. Alfonso, tan serio como siempre, con su mejor traje, moviendo la pierna como solía hacer cuando estaba nervioso. Y su querido padre, al otro lado de la mesa, estudiando a Alfonso como si fuera uno más de sus pacientes, valorando si sería un buen esposo para su única hija. Catalina confiaba en que se lo pareciera, aunque no lo tenía muy claro. Su padre era una persona pragmática. Era médico, heredero de una larga dinastía de prestigiosos cirujanos. Le gustaban más las evidencias que las ideas, y no había querido involucrarse políticamente en ningún sentido. Entre sus pacientes se contaban algunos de los hombres más poderosos del país, pero también abría su consulta a los más necesitados.

De hecho, de ahí había surgido la idea de Catalina de poner en marcha la guardería. Había observado que los días en que su padre atendía a la gente con menos recursos, acudían a la consulta muchas mujeres acompañadas de sus hijos, puesto que no tenían con quién dejarlos. En esas ocasiones, el doctor le pedía a su hija que se hiciera cargo de ellos, no tanto porque no les estorbaran con sus llantos y demandas de atención, como para proteger a los pequeños de aquello que se pudiera ver u oír en la consulta. Y así, Catalina, tratando con los pequeños y con sus madres, comenzó a entender lo desamparadas que se encontraban esas pequeñas familias. Las madres eran muchachas muy jóvenes, que habían llegado de pueblos de toda España para buscarse la vida en la capital, principalmente trabajando en el servicio doméstico o en uno de los cientos de talleres de costura que se habían abierto en la ciudad. Muchas de ellas, por culpa de algún novio, o de los mismos señores de la casa en la que trabajaban, se quedaban embarazadas, y no se atrevían a decirlo ni siquiera a sus familias. Y muchas eran también las que, para deshacerse del problema, entregaban a los niños en adopción. Pero para las que decidían no hacerlo, los críos se convertían en un lastre que les dificultaba incluso salir a buscar su sustento. Catalina había estado largo tiempo dándole vueltas al tema, hablando con unas y otras, hasta que por fin decidió buscar el apoyo de la única persona que podía ayudarla.

—Padre, cuando termines la consulta, quisiera hablar de algo contigo —dijo una tarde, nerviosa, con la cabeza asomando por la puerta del despacho de su padre.

—Pasa, Catalina, hija. Los pacientes pueden esperar. Lo que tengas que decirme es más importante.

Don Rodrigo llevaba tiempo viendo a su querida Catalina algo distraída y, como buen médico, sabía que lo mejor era atajar los problemas cuanto antes.

—Verás, he estado pensando en todas estas mujeres que vienen a tu consulta. Te habrás dado cuenta de que muchas de ellas vienen cargando con una o varias criaturas.

La muchacha se revolvía las manos, y el doctor empezó a preocuparse por el cariz que tomaba la conversación. Había procurado ser un padre comprensivo y justo con sus hijos, y transmitirles lo que había aprendido de sus ancestros, a buscar la verdadera causa de los males y a tratar a todo el mundo por igual. Sabía que esto contrastaba con la rígida educación de la época y con las consignas conservadoras que les trasladaba su propia esposa, pero quería que sus hijos fueran capaces de pensar por sí mismos. Y en esos días temía que se le hubiera ido la mano en su empeño. Esa misma mañana le había tenido que prohibir a Rodrigo que se viera con un mozo con el que al parecer empezaba a entablar una amistad. Se trataba de un tal Fermín, a quien apodaban el Sindicalista por sus frecuentes encuentros con la policía, cuyas secuelas había tenido que atender ya en varias ocasiones el buen doctor. Rodrigo hijo le había conocido en la consulta durante una de esas visitas, pero al parecer su amistad había trascendido más allá de ella y les habían visto charlando en varias ocasiones por el barrio. Y, aunque esa mañana le había negado airadamente estar enredado en nada con él, el médico se vio obligado a pedirle, por su bien y por el de toda la familia, que no volviera a verle más. Y ahora tenía delante suyo a su pequeña Catalina dándole un discurso sobre las necesidades de las mujeres trabajadoras.

—Y, hablando con algunas de ellas —continuó la hija, ajena a los pensamientos del padre—, he visto que este mismo problema lo tienen a la hora de trabajar. Muchas no saben qué hacer con los niños, o los dejan solos en las habitaciones que comparten con otras familias. Incluso, como tú bien sabes, algunas acaban perdiendo sus trabajos por meter a sus hijos a escondidas en nuestras casas.

—Lo sé, hija. Estos tiempos son complicados para los que no han tenido las mismas oportunidades que nosotros. Pero, desgraciadamente, no conviene que nos involucremos demasiado en su lucha. Tú ya haces lo que puedes por ayudar. Tu labor en el ropero de la parroquia y en las otras actividades que organizáis con los jóvenes de Acción Católica es encomiable.

—Lo sé. Lo sé, padre. Pero se me había ocurrido que podría ser buena idea poner en marcha una guardería en la iglesia.

El doctor miró a su hija con verdadero interés y calló para dejarla hablar.

—Además, nos permitiría acercarnos a estas mujeres y trabajar con sus familias materias como hábitos saludables, de higiene, o incluso catequizarlas, qué sé yo.

El padre de Catalina se mantuvo en silencio, escuchando con orgullo el discurso que su hija parecía haber practicado largamente.

—¿No te parece buena idea? —preguntó ella temerosa cuando por fin terminó de contarle sus planes.

—Me parece una idea brillante, hija. Absolutamente brillante. Es más, si quieres yo mismo iré contigo a planteársela al padre Graciano, a quien estoy seguro de que entusiasmará. E incluso, si te parece bien, cuando ya esté todo en marcha puedo pasarme de vez en cuando para velar por la salud de tus mocosos.

Catalina se lanzó agradecida a los brazos de su padre y, pocos días después, comprobaron juntos que el cura se iba a ilusionar con el proyecto tanto como ellos.

La guardería ya llevaba en marcha varias semanas y la lista de mujeres interesadas en apuntar a sus hijos crecía cada día. Catalina terminaba sus jornadas exhausta, lo que de hecho había sido motivo de discusión con Alfonso. Su novio creía que se lo tomaba demasiado en serio, y ya le había advertido de que cuando se casaran tendría que dejar la guardería para dedicarse a sus propios hijos. Pero lo que Alfonso no valoraba era que, aparte de cansada, Catalina se sentía muy satisfecha y orgullosa de su trabajo. Y esto influía positivamente en su fuerte carácter. Tanto como para, cuando llegó esa tarde a casa, decidir ocuparse personalmente de los preparativos de la cena y redimirse así con su hermano y su amigo por su descortés comportamiento la tarde anterior. El extranjero no era en absoluto de su agrado, pero eso no era motivo para dejar de comportarse como la señorita bien educada que era.

Así que ordenó que lustraran la cubertería de plata, escogió la mejor vajilla y dispuso ella misma la cristalería de Baccarat. Después, eligió un bonito vestido y se arregló con esmero, confiando en ablandar con ello el corazón de Andrei y que olvidara así su grosera actitud con él.

Violeta fue la primera en llegar. Cuando el timbre volvió a sonar, Catalina se acomodó el vestido y se encaminó hacia el pasillo.

—Espere, Nati, ya abro yo —le dijo a una de las muchachas que se dirigía presurosa hacia la entrada.

Andrei la saludó con una encantadora sonrisa y una mirada de asombro. Recién aseado y afeitado, aún tenía el cabello algo húmedo cuando llegó a casa de los Palacios. Había desechado su elegante traje para no parecer presuntuoso ante sus nuevos amigos, y se había puesto en su lugar una sencilla camisa blanca que el calor de Madrid le había obligado a remangar, dejando al aire unos antebrazos que comenzaban a dorarse con el sol del estío. Al ver que la propia Catalina se había dignado a abrirle la puerta no pudo ocultar su asombro, y se alegró sobremanera de haber hecho un alto en el camino para comprarle un ramo de flores con el que sellar la paz.

Catalina, por su parte, comprendió que en lugar de seducir a su adversario había sucedido más bien lo contrario. Asumió su derrota con elegancia y, al tiempo que tomaba el ramo de flores de las manos de Andrei, se preguntó cómo era posible que el día anterior en el parque no hubiera advertido lo atractivo que era el músico.

Una vez que los cuatro ocuparon sus asientos en la gran mesa de caoba del comedor de los Palacios, Andrei manifestó su extrañeza al ver que cenarían solos.

—¿Y vuestros padres no nos acompañarán? —preguntó en cuanto tuvo ocasión.

—Nuestro padre ha tenido que salir. Es médico, y sus pacientes reclaman continuamente sus cuidados —explicó Rodrigo y, tras mirar brevemente a su hermana, añadió—: Y nuestra madre hoy se encuentra indispuesta.

La madre de Rodrigo y Catalina sufría de accesos de melancolía que la podían mantener en cama durante días, pero Rodrigo pensó que no era el momento de compartir eso con alguien a quien apenas conocían.

—Su padre es un médico de gran prestigio, ¿sabe, Andrei? —explicó Violeta, distrayendo la atención de la madre de sus amigos—. No es rara la ocasión en la que vienen a buscarle incluso del Pardo. Aunque eso, como comprenderá, es altamente confidencial.

Andrei improvisó un gesto de admiración para complacer a Violeta y, acto seguido, se dirigió a Catalina con el fin de averiguar algo que le interesaba más.

—¿Y sus novios? ¿Tampoco se unirán a nosotros en esta encantadora velada?

—Justo está estudiando —volvió a intervenir Violeta, sin percatarse de que la pregunta no iba dirigida a ella—. Él siempre está estudiando, aunque obviamente ya tiene el título de ingeniero. Fue la única condición que le puso mi padre para poder casarse conmigo.

Catalina no contestó a la pregunta de Andrei, y se limitó a devolverle firme la mirada. Por un instante, Andrei creyó perderse en esos ojos azabache que le transmitían una gran pasión y fortaleza. Catalina, con sus grandes ojos negros, su cabello rebelde y la piel del color de la canela, poseía una belleza étnica que resultaba especialmente atractiva para un extranjero como Andrei.

—Yo nunca las dejaría solas —acertó a decir.

La promesa del violinista quedó suspendida en el aire, llenando la habitación de silencio. Catalina sintió que debía defender su mundo frente a esa amenaza de ojos verdes y, limpiando cuidadosamente sus labios con la servilleta de hilo, se dispuso a hacerlo.

—Y díganos, Andrei. Su nombre no parece francés, y tiene usted un extraño acento.

—Tiene usted razón, *mademoiselle* —contestó él tras aclarar su garganta—. Mi nombre es rumano.

—¿Solo su nombre?

—No, mi sangre también —admitió.

—En Rumanía son comunistas, ¿no, Rodrigo? —preguntó ella con toda su mala intención.

Su hermano carraspeó incómodo.

—Es terrible la represión que en esos países sufre la Iglesia católica —continuó ella imparable—. Gracias a Dios, aquí el Generalísimo puso orden y triunfaron los nacionales, si no nos habrían crucificado a todos.

—Tal vez por eso Andrei se fue a Francia, Catalina —la reprendió Violeta.

Pero Andrei no hablaría de su pasado. En lugar de ello, le dirigió a la joven una divertida sonrisa de derrota y les preguntó a los demás si, ya que habían terminado de cenar, les gustaría escucharle tocar el violín. Los cuatro amigos se acomodaron en el salón y Andrei procedió a agasajarles de la mejor forma que sabía.

Aquella fue la primera de las muchas veladas que los cuatro compartirían ese verano, en las que tuvieron el honor de disfrutar en privado de la maravillosa música del que llegaría a ser el gran Andrei Popescu.

Después de aquel día, estuvieron un tiempo sin verse, cada uno ocupado en distintos asuntos. Andrei continuaba organizando el concierto, Violeta su boda, Rodrigo estaba inmerso en un caso importante del despacho y Catalina seguía dándole vueltas a la ampliación de la guardería. Eran muchos los niños que esperaban entrar a ella y estaban viendo la posibilidad de trasladar sus actividades a un local de mayor tamaño. Para poder hacerlo, Catalina quería organizar una gran colecta. Tal vez pudieran hacer una fiesta benéfica, o quizás una rifa, pensaba distraída una tarde mientras colocaba en las estanterías los cuentos infantiles que acababa de donarles una familia del barrio. Tan abstraída estaba realizando esta labor, que no vio a la mujer que acababa de entrar en el aula.

—¿Es usted la señorita Catalina?

—Sí, señora —contestó, sin pararse a mirar quién preguntaba por ella.

Esa noche volverían a cenar con Andrei, y no quería retrasarse.

—¿Catalina Palacios? —insistió la mujer.

—La misma.

—¿La hermana de Rodrigo Palacios?

Catalina se volvió con curiosidad, no entendía a qué se debía la desconfianza de aquella mujer. Al verla, su cara le resultó vagamente familiar.

—¿Puedo ayudarla en algo? —preguntó, dejando a un lado los últimos cuentos que le faltaban por colocar.

La mujer restregó las palmas de sus manos contra el sucio mandil que cubría su falda. Parecía muy nerviosa.

—Tengo un mensaje para su hermano —dijo.

Catalina dirigió una rápida mirada a la puerta del aula para asegurarse de que nadie más las oía.

—Dígame —exigió preocupada.

—Soy la hermana de Fermín, ya sabe.

La mirada de Catalina debió de reflejar su confusión.

—Fermín, al que llaman el Sindicalista —explicó la mujer algo apurada—. Necesita hablar con su hermano de un asunto urgente. Mañana a las cinco vendrá a recoger a su sobrino.

Y, una vez que dijo esto, se marchó sin esperar respuesta. Catalina tardó un rato en comprender de qué conocía a la mujer, era la madre de uno de sus nuevos pupilos. Cada mañana la veía pasar a lo lejos con varios niños pegados a sus faldas, pero nunca se había detenido para entrar en el local de la iglesia. Siempre era el mayor de los críos el que se desviaba del camino para dejar al pequeño en la guardería.

Contrariada por la extraña visita, Catalina se esforzó en terminar sus tareas para poder marcharse lo antes posible. De camino a casa, volvió a ocupar su mente en la búsqueda de los fondos que iban a necesitar para ampliar la guardería. Iba tan distraída que a punto estuvo de cruzarse en el camino del trolebús. La tarde estaba nublada, hasta podría ser que esa noche acabara lloviendo. La gente se apresuraba para volver a sus casas. A su lado pasó un grupo de alegres jóvenes que, cogidas del brazo y riéndose de alguna broma, ocupaban casi todo el ancho del paseo. Catalina aprovechó su paso y reemprendió su camino tras ellas, decidida a llegar a casa sana y salva para la cena.

—Y esta mañana estuve en el Teatro Español, donde se celebrará el concierto. —Andrei les contaba lo que había estado haciendo esos días—. Después comimos en Casa Alberto, una taberna cercana al teatro, con los directores del Ministerio de Educación Nacional, que es el organismo que me ha invitado para que viniera a tocar a España.

Lo que no les contó fue que también había tenido ya varios encuentros con Walter Crowley, el pelirrojo corresponsal del periódico inglés *The Times*. Ni que casi no había podido apartar de su mente ni un minuto a Catalina, que en ese momento parecía completamente ajena a la conversación.

—El teatro tiene una acústica excelente —siguió, tratando de captar su atención—. Mañana temprano empezaremos los ensayos, tal vez quieran venir algún día a verlos.

Pensar en el día siguiente sacó a Catalina de su ensimismamiento y le trajo a la mente su encuentro de esa tarde.

—Por cierto, Rodrigo —dijo—. Hoy ha venido una mujer a la guardería con un recado para ti.

—¿Para mí? —se sorprendió su hermano.

—Sí. A mí también me extrañó. Dijo que era la hermana de un tal Fermín, ¿del sindicato? —dudó—. Y que este quería hablar de algo urgente contigo. Mañana a las cinco de la tarde estará en la guardería.

Una sombra de intranquilidad cruzó el rostro de Rodrigo.

—¿No me diga que trabaja usted en una guardería? —preguntó Andrei, extrañado de que una joven de buena familia como Catalina trabajara.

—En la guardería de la iglesia —contestó ella, evitando su mirada—. La pusimos en marcha hace unas semanas para ayudar a las mujeres trabajadoras del barrio.

Andrei se sorprendió todavía más al oír aquello. No sabía cómo encajar esa información con la imagen de muchacha frívola que se había formado de Catalina.

—Fue una idea suya —apuntó Violeta entre bocado y bocado.

—Esa mujer de la guardería, ¿te dijo algo acerca de qué quería hablar su hermano conmigo? —preguntó Rodrigo, volviendo al tema anterior.

—No —contestó su hermana, para luego dirigirse a Andrei—: ¿Acaso creyó que mi única utilidad era vestir correctamente la mesa?

Andrei sonrió.

—No, de que sería usted de utilidad para muchas otras cosas no tengo ninguna duda desde el primer momento en que la vi.

Catalina sintió cómo le ardían las mejillas ante el descaro del violinista y desvió su mirada hacia el mantel, aunque no a tiempo de ocultarle la sonrisa de orgullo que se había dibujado en su rostro.

—No sé qué puede querer —siguió Rodrigo, pensando en voz alta, ajeno al intercambio que se había producido entre Andrei y su hermana.

—Bueno, mañana lo averiguarás —quiso zanjar Violeta, que empezaba a aburrirse ya del asunto.

—Pues no sé cómo lo voy a hacer. Mi padre me ha prohibido que me vea con él.

—¿Y eso por qué? —preguntó su amiga extrañada.

—Al parecer el chaval ha tenido algún encontronazo con la policía, y mi padre teme que me meta en líos. Me lo he encontrado en alguna ocasión paseando por el barrio y alguien ha debido de irle con el chisme de que nos traíamos algo entre manos.

—Menuda tontería, ni que te fueras a unir a la disidencia —protestó Violeta.

Todos rieron su ocurrencia.

—Si quieres yo puedo acompañarte mañana, Rodrigo —se ofreció entonces Andrei—. Así nadie sospechará de tu encuentro con el revolucionario, y yo podré comprobar si es cierto que tu hermana tiene un corazón debajo de ese bonito vestido que lleva.

Poco antes de las cinco de la tarde del día siguiente, los dos jóvenes accedían a la iglesia de San Manuel y San Benito, residencia y centro de oración de los padres agustinos. Como parte del horario de verano, el padre Graciano había suspendido el culto durante las horas más calurosas del día, así que apenas encontraron en el templo a media docena de personas esperando a ser oídas en confesión. Andrei había visitado muchas iglesias desde que salió de Rumanía, todas ellas muy diferentes de la pequeña capilla en la que había pasado su infancia acompañando a su padre. Pero hubo algo en San Manuel y San Benito, puede que sus aires bizantinos, el sutil olor a incienso, o el inesperado color azul de la cúpula, que le evocó la pequeña iglesia cubierta de frescos con escenas bíblicas donde su padre celebraba la liturgia.

Rodrigo le salvó bruscamente de sus recuerdos, tirando de su brazo para conducirle por los laberínticos pasillos hasta la guardería. Esta no era más que una pequeña sala que había sido transformada con dibujos e ilustraciones en un alegre cuarto de juegos. Probablemente por la propia Catalina, a quien pudieron distinguir desde la puerta, sentada en el suelo y rodeada por un círculo de niños. Los pequeños se peleaban por sus atenciones, y ella les entretenía leyéndoles cuentos, cantándoles canciones y enseñándoles juegos nuevos.

Andrei observó sorprendido cómo la rebelde y hermosa muchacha que conocía se había transformado como por arte de magia en la mujer más dulce del mundo. Rodeada de aquellos mocosos, Catalina se veía realmente feliz. Andrei pensó que aquella era la escena más bella que había visto jamás, y hubiera deseado seguir observándola en secreto por más tiempo, pero la cita de Rodrigo llegó puntual y su presencia alertó a Catalina. Rodrigo les hizo un gesto para indicarles que iba a ausentarse unos minutos y Catalina y Andrei asintieron. Cuando Rodrigo desapareció, Catalina invitó a Andrei a que se uniera a su peculiar reunión. Para sorpresa de la joven, este no solo aceptó, sino que se dispuso a desenfundar su violín ante la atenta mirada de los niños. Esa tarde Andrei rememoró todas las canciones de su infancia y las tocó y cantó para los ilusionados niños y su bonita maestra. Y, cuando llegó el momento de marcharse, por fin vio en los ojos de Catalina una brizna de camaradería.

—Y bien, ¿qué quería el tal Fermín? —preguntó más tarde Violeta mientras cenaban.

—Nada importante. Quería pedirme que le ayudara a trasladar a casa de su hermana unas cajas que le había dado el padre Graciano —contestó Rodrigo.

—Pues vaya, tanto misterio para nada.

Catalina miró a Andrei con una expresión divertida.

—Por cierto, Andrei, el repertorio de esta tarde, ¿no será el que estás preparando para el Generalísimo, verdad? —bromeó.

—Eso tendrás que averiguarlo cuando vengas a verme ensayar —la retó él.

En algún momento de esa tarde juntos habían empezado a tutearse sin darse cuenta.

—Solo si me prometes que volverás algún día a la guardería. A los niños les encantará.

«¿Solo a los niños?», quiso preguntar él. Pero se conformó con los enormes avances que había conseguido ese día.

Después de esa tarde, Andrei regresó varias veces con su violín a la guardería, y a cambio sus amigos fueron a verle ensayar. La amistad y la admiración mutua fue madurando en esos encuentros entre Andrei y Catalina, y en las cenas que compartían los cuatro después fue creciendo la complicidad.

Hasta que una tarde se pusieron de acuerdo para ayudar a Rodrigo a cumplir el encargo de Fermín, *el Sindicalista*. Quedaron en la iglesia, y Rodrigo y Andrei cargaron las cajas en el viejo Citröen que les había dejado el doctor. Catalina, más alegre que nunca, bromeaba acerca de la escasa fuerza que tenían los dos ilustrados.

—Más le hubiera valido al tal Fermín llamar a algunos obreros amigos suyos —dijo entre risas.

Una vez en el coche, recorrieron la ciudad hasta más allá de la calle Arturo Soria. El suelo empedrado desapareció bajo las ruedas del Citröen y se convirtió en un irregular camino de tierra por el que cada vez le era más complicado avanzar. Los amigos se asían donde podían para amortiguar los brincos del vehículo. Eran ya principios de julio y hacía mucho calor. El buen humor con el que partieron se fue esfumando poco a poco según se endurecían las condiciones y el paisaje. Cuando por fin llegaron a su destino, vieron que se trataba de una casa muy humilde, prácticamente una chabola. Allí vivían la hermana de Fermín y su cuñada, ambas viudas, con los once hijos que sumaban entre las dos. Los muchachos les recibieron formados en un lateral de la sala por orden de edad. Tenían las mejillas coloradas por la limpieza a la que les habían sometido sus madres de cara a la visita de los señoritos, y les miraban con sus enormes ojos llenos de asombro. Andrei volvió a la puerta tan pronto como dejaron las cajas en el suelo, dispuesto a salir de allí lo antes posible. Su expresión, en su tez más pálida aún de lo habitual, era inescrutable. Entonces, la hermana de Fermín entró en la salita con una botella de gaseosa en las manos y se la ofreció a Catalina.

—Tenga, señorita Catalina. Tome usted este refresco como muestra de nuestro agradecimiento por su ayuda. Hace mucho calor hoy y esto le ayudará a llevarlo mejor.

Realmente hacía mucho calor, y más en esa pequeña habitación. Catalina notaba cómo su floreado vestido se le pegaba a la piel debido al sudor. Cuando tomó la botella que le tendía la mujer, Andrei susurró en su extraño francés, con un acento más marcado que nunca:

—Catalina, no lo aceptes, ¿no ves que para ellos es un lujo que no se pueden permitir?

Se acercó hasta ella y, tomándola del brazo, la acompañó hasta asomarse a la segunda habitación de la casa. Se trataba de una pequeña cocina sin más contenido que el fuego, una pila con alguna prenda a medio lavar y una pequeña mesa en la que había un paquete de arroz, cuatro patatas medio podridas y poca cosa más.

Catalina ahogó un sollozo por lo que estaba viendo y comprendió que Andrei tenía razón. Respiró hondo y volvió a la primera sala. Tratando de esconder su desasosiego tras una sonrisa, se dirigió a la mujer que le había dado la botella.

—Pensándolo mejor, ahora no tengo sed. Pero se lo agradezco igualmente. Por favor, permítame darles el refresco a los niños, que seguro que lo disfrutarán más que yo.

Acercándose a ellos preguntó quién era el mayor. El más alto, que tendría apenas doce años, levantó tímidamente la mano. Catalina se aproximó a él, se agachó hasta ponerse a su altura y, entregándole la botella, le dijo:

—Entonces tú eres ahora el hombre de la familia y por lo tanto serás el encargado de asegurar que todos bebéis un sorbito de la botella.

Muchos años después de aquello, Catalina aún diría conmovida que nunca olvidaría la expresión henchida de orgullo del mayor de los muchachos y la entregada sonrisa de sus diez compañeros.

De vuelta a casa aquella tarde, ninguno de los amigos tenía ánimos para charlar. Rodrigo conducía distraído, Catalina no dejaba de reprocharse su infantil actitud y Andrei veía pasar la ciudad por la ventanilla del coche perdido en sus recuerdos. Al llegar a casa de los Palacios, Andrei le pidió permiso a Rodrigo para invitar a su hermana a un refresco en una cafetería cercana. Ella al principio lo rechazó avergonzada, pero él insistió. Rodrigo, como no podía ser de otra manera, les acompañó. No podía dejar a su hermana sola con un hombre. Pero se sentó con unos amigos en una mesa cercana para dejarles algo de intimidad. Cuando llegaron los refrescos que habían encargado, Andrei comenzó a hablar:

—Siento haberte avergonzado hace un rato, Catalina —empezó a decir mientras giraba nervioso su vaso sobre la mesa—. Pero es que esos muchachos me han traído a la mente recuerdos muy tristes. Hace unos años perdí a tres hermanos por culpa del hambre y de la guerra. Yo vengo de un pueblo del norte de Rumanía, donde el clima es extremadamente duro y frío, no puedes imaginar cuánto. Antes de la guerra mi familia tenía una pequeña granja gracias a la cual nos surtíamos de alimentos y sobrevivíamos, sin pretensiones, pero sin carencias importantes. Sin embargo, cuando estalló el conflicto, llegó un momento en el que no había dinero ni para alimentar a los pobres animales. Mis padres se vieron obligados a sacrificarlos y ponerlos a la venta, pero pronto el dinero que obtuvieron con ello se terminó también. Apenas les quedó suficiente para comer una vez al día, una sopa aguada que engañaba un poco al hambre mas no alimentaba nada. Ese invierno, con pocos meses de diferencia, mis tres hermanos pequeños murieron de pulmonía. La enfermedad les mató, pero la malnutrición que sufrían les impidió hacerle frente. Esos niños me han recordado mucho a ellos. De ahí mi imperdonable actitud.

Los ojos de Andrei reflejaban la tristeza más infinita que Catalina había visto nunca. Conmovida, y más avergonzada aún después de la confesión del rumano, no pudo detener sus propias lágrimas.

—No llores, mi hermosa Catalina. No pretendía con esto hacerte llorar. Solo quería que entendieras mi reacción. Por nada del mundo quise ser grosero contigo o hacerte el menor daño.

—Perdóname, Andrei —rogó ella.

—No tengo nada que perdonarte, tú no podías saberlo.

Sus manos se juntaron sobre la mesa. Él la acariciaba con sus finos y largos dedos.

—Sí, perdóname, por favor. Me he comportado como una estúpida desde que llegaste. Debes de pensar que soy una tonta malcriada.

—No digas eso —pidió él, mientras le secaba una lágrima que resbalaba por su mejilla.

—Es la verdad y tú lo sabes. No sé por qué, contigo me siento insignificante, como si mi vida no tuviera sentido —siguió Catalina, tratando de serenarse para no llamar la atención de los demás comensales, especialmente de su hermano—. Puedo predecir cómo será cada minuto del resto de mi vida, ¿sabes lo que es eso? Pasaré de depender de mi querido padre a hacerlo de Alfonso, y dedicaré toda mi vida a darle hijos y a procurar que nada les falte. Pero ¿qué hay de mí? Ese otro mundo que representas, con tantas cosas por ver y hacer, con la libertad de elegir y la posibilidad de hacer lo que uno quiera. Me da mucho miedo, Andrei. Porque me haces desear cosas que no puedo tener. Me haces pensar que todo aquello en lo que siempre he creído es mentira, y que soy una cría que vive en una nube de engaño. Por eso me pongo a la defensiva, porque me confundes y me pones nerviosa.

Andrei se perdió en sus profundos ojos negros.

—¿Hago que te pongas nerviosa? —preguntó, animado por la sospecha de que era algo más lo que estaba provocando ese torbellino en Catalina.

Sus dedos seguían dibujando círculos sin fin en la mano de ella. Su mirada recorrió su brazo, su hombro, su cuello, como si imaginara lo que sería extender esa caricia por su suave piel.

—Tú también me pones nervioso a mí —admitió—. Ojalá pudiera llevarte conmigo a París, ojalá las circunstancias no fueran las que son.

Cuando unos días más tarde Catalina le relató la escena a su amiga Violeta, decidieron que el músico debía de referirse con esas palabras a la relación de ella con Alfonso. Catalina estaba radiante y, aunque aseguraba que no sentía nada por Andrei, se había pintado los labios de un tono de rojo algo más subido de lo habitual. Se estaban arreglando para ir a una fiesta que organizaba el embajador de Estados Unidos con motivo del cumpleaños de su hija. Cuando llegaron a la residencia del embajador, la música ya escapaba por las ventanas abiertas del edificio.

Y qué diferentes eran aquellas canciones de las de Concha Piquer o Jorge Sepúlveda que habitualmente tronaban por su edificio. Aquella música invitaba a bailar. En cuanto Justo y Alfonso vieron aparecer a sus novias, acudieron veloces en su búsqueda y las arrastraron a la pista de baile.

Llevaban varias canciones haciendo volar sus faldas al ritmo de la música cuando vieron llegar a Andrei. Estaba muy elegante, vestido con un esmoquin y con el pelo engominado, aumentando así el contraste con su blanca piel. Le acompañaba Walter Crowley.

Los dos hombres se sentaron en una de las múltiples mesas que vestían con sus largos manteles azules, blancos y rojos el elegante salón, e iniciaron una animada conversación, lo que no impidió que Andrei, sentado estratégicamente, se deleitara a través del humo de sus cigarros con los pasos de baile que al ritmo de la orquesta le dedicaba Catalina. En la primera pausa que hizo el cuarteto de bailarines, Andrei les presentó al desgarbado periodista inglés.

—¿Acaso va a hacer un reportaje sobre el concierto del señor Popescu? —preguntó Justo, esforzándose por mostrarse sociable, tal y como le había prometido a Violeta.

—Por supuesto que no —contestó arisco el británico—. Yo soy un observador político, un periodista serio.

Justo se quedó con las ganas de preguntarle de qué conocía entonces a Andrei, pero se guardó la pregunta para sí. A cambio se encogió de hombros, tomó a Violeta por la cintura y la hizo girar varias veces sobre sí misma antes de invitarla de nuevo a la pista de baile.

La animada noche continuó avanzando entre bailes, copas y risas, hasta que en un momento de descanso entre canción y canción, el inglés abandonó su mesa y, poco después, Andrei fue tras él. Catalina no tardó más de una canción en darse cuenta de su ausencia y, entre giro y giro en los brazos de Alfonso, le preguntó con gestos a Violeta dónde estaban. Pero esta se encogió de hombros, más interesada en las manos de Justo, que la estrechaban con firmeza contra sí. Cuando apareció Crowley de nuevo y solo, Catalina se excusó con Alfonso para ir al lavabo.

—Voy a refrescarme un poco, estoy algo mareada —le dijo.

—Espera, que te acompaño.

—No, por favor, no hace falta —rogó ella—. Ve a buscarme un ponche, ¿quieres?

Y, tras besar la mejilla de su novio, se dirigió a la puerta por la que había visto salir a Andrei.

Se encontró en un gran hall revestido de mármol blanco. Del centro del mismo nacía una escalera cubierta por una alfombra de flores y rodeada por una barandilla que parecía estar hecha con una imposible enredadera de oro. Catalina supuso que marcaba el acceso a las estancias privadas de la familia del embajador. Sonrió con timidez al colosal hombre que custodiaba la escalera y, como si supiera hacia dónde se dirigía, echó a andar por un pasillo que se abría a su izquierda. Pasó frente a un salón en el que varios jóvenes fumaban puros y charlaban como habían visto hacer a sus padres. Un rápido vistazo a sus rostros descartó la presencia de Andrei. Catalina sonrió disimuladamente, por si alguno se había percatado de su presencia, y siguió caminando. Pasó por delante de varios despachos, probablemente pertenecientes a los agregados de la embajada, y comprobó uno por uno que estaban cerrados con llave. El último pomo se le resbaló de las manos, húmedas a causa del calor y los nervios. Trató de serenarse y, al ritmo de los fuertes latidos de su corazón, se dirigió a la última puerta. Estaba abierta. Conducía a lo que parecía un archivo, o un cuarto de luces. Cuidadosamente, comenzó a empujar la puerta para averiguarlo cuando alguien tiró de ella desde el interior. Abrió la boca para gritar, pero una cálida mano se posó sobre ella. Y, en la penumbra, reconoció los ojos verdes que escrutaban su rostro.

Andrei estaba tan pegado a Catalina que podía notar

cómo su pecho subía y bajaba al ritmo de su alborotada respiración. Olía a perfume y a ponche, y, tras sentir su cálido aliento en la palma de la mano, no pudo evitar probar a qué sabrían sus carnosos labios rojos. Los saboreó despacio, con delicadeza, recreándose en ellos. Y después la miró a los ojos, negros como una noche sin luna.

Tuvo que hacer un enorme esfuerzo para separarse de ella. Catalina tardó unos segundos en notar el frío vacío que había dejado Andrei en su pecho y, haciendo uso del mismo empeño que había necesitado el músico instantes antes, echó a correr por el pasillo sin pararse a mirar atrás.

Irrumpió en la fiesta con las mejillas arreboladas y le rogó a Alfonso que la acompañara de vuelta a casa.

Después de la fiesta, cayó enferma. Estuvo una semana en la cama, febril y desasosegada. Todos lo atribuyeron al ponche de la embajada. Todos menos Andrei y ella.

Andrei, aunque trató de aparentar lo contrario, no estaba más en sus cabales que ella. Pero tenía asuntos pendientes que tratar con Crowley, y debía ultimar los preparativos del concierto, así que se obligó a aparentar normalidad. Le preguntó a Rodrigo por su hermana más veces de las que la prudencia recomendaba, pero afortunadamente Rodrigo no sospechó nada. Y así, en una situación generalizada de histeria y calor, llegó el martes veintiuno de julio, el día en que Justo y Violeta se casaron.

Los novios estaban radiantes, él enfundado en un elegante chaqué y ella luciendo un bonito vestido de seda y un velo de tul, que sujetaba a su cabeza con una extraordinaria tiara de perlas que le había dejado para la ocasión su futura suegra, la marquesa de Lezma.

Para descanso de Catalina, Andrei no estuvo en la boda. Había sido invitado junto al señor Crowley a la recepción que cada dieciocho de julio celebraba el general Franco en La Granja, y quisieron aprovechar el viaje para conocer la provincia de Segovia. Tras el enlace, Violeta y Justo partieron de viaje de novios a Santander.

Con la boda de su amiga superada y empujados por el calor de Madrid, Rodrigo y Catalina decidieron trasladarse unos días a la finca de verano que tenía su familia en Torrelodones, a los pies de la sierra del Hoyo, casi llegando a Guadarrama. Allí, en las más de cuatrocientas hectáreas salpicadas de alcornoques y pinos, Catalina confiaba en recuperar la serenidad antes de tener que volver a enfrentarse a Andrei el día del concierto. Tenía la cabeza hecha un lío y el corazón con las cosas más claras que nunca. Y mucho miedo, un pánico atroz a hacer frente a la realidad: que se había enamorado perdidamente del extranjero de cabello pajizo. Y la sola idea de lastimar a Alfonso, de traicionar su confianza, hacía que le doliera el alma en los largos paseos que daba por la finca de su padre.

Faltaban dos días para el concierto cuando una tarde, volviendo de uno de estos paseos, Catalina oyó voces procedentes del salón. Pensando que finalmente sus padres se habían animado a unirse a ellos, encaminó sus pasos hacia allí, agradecida por tener al fin algo que la distrajera de sus amargos pensamientos. Pero a quien se encontró fue al protagonista de todos sus desvelos. Y vio reflejada en sus ojos su misma angustia. Tras un escueto saludo, se excusó para ir en busca de un poco de agua. Necesitaba ganar tiempo y aire para respirar. Pero él la siguió hasta la cocina.

—Catalina —dijo acercándose a ella.

—Me alegro de que hayas venido, era necesario que habláramos —se adelantó ella, tratando de aparentar una determinación que no poseía y dándole la espalda mientras, con mano temblorosa, se servía un vaso de agua—. Lo del otro día en la embajada fue un error tremendo que no debe repetirse.

Pero Andrei dio el último paso que les separaba, agarró sus hombros para volverla hacia él y la besó de nuevo. Catalina creyó oír cómo su fuerza de voluntad caía al suelo para hacerse añicos, y se aferró a ese hombre que estaba acabando con su juicio para evitar romperse ella también.

—¿Estáis bien? —preguntó Rodrigo, acercándose por el pasillo.

La pareja se separó con brusquedad antes de que el hermano de Catalina entrara en la cocina. Ambos le miraron como si no entendieran lo que les había preguntado.

—El vaso, se ha roto —explicó Rodrigo, con la sensación de que en la cocina había sucedido algo más que eso—. ¿Estáis bien?

—Sí, sí, estamos bien —contestó al fin Catalina, con la mirada perdida entre los cientos de trozos en que había quedado convertido su vaso de agua.

Alertada por el estruendo, apareció también una criada, que se dispuso a recoger el desaguisado.

—Vayamos a cenar. Pedí que pusieran la mesa en el jardín, hace una noche muy agradable —invitó Rodrigo, con el ceño fruncido por el esfuerzo que estaba haciendo para entender qué era lo que se le había escapado en aquella escena.

Después de cenar, se cubrieron con chales y mantas para poder alargar la velada. También contribuyó a mantenerles calientes el vino de la bodega de su padre que había descorchado Rodrigo. Una vez más, Andrei tocó el violín para ellos, para ella, iluminado por unas velas que mostraban solo a ratos la emoción en sus ojos. Catalina, escudada por las sombras, observó sin tapujo el rostro de su amado, y comprendió que no tenía opción, que nunca la había tenido.

Al día siguiente, cuando Catalina bajó a desayunar, alcanzó a ver cómo el Renault cuatro-cuatro de Walter Crowley abandonaba el camino de acceso a la casa solariega. En el comedor solo encontró a su hermano, hojeando el periódico del día.

—¿Y Andrei? —dijo, antes de desearle siquiera los buenos días.

—Se ha ido con el señor Crowley.

—¿A dónde? —preguntó angustiada, poniéndose la mano en la boca del estómago, desde donde sentía una gran presión que subía hacia su pecho.

—Creo que a la embajada de Francia y luego al teatro. Tenían que ultimar algún detalle para mañana. Pero volverá esta noche, puedes estar tranquila —respondió Rodrigo, tomando un sorbo de su café y sin querer ver en el rostro de su hermana el reflejo de la vergüenza por saberse descubierta.

Esa última noche, Catalina se puso su mejor vestido para impresionar a Andrei. Esperó en su habitación, sentada frente al tocador, hasta que al caer el sol oyó el ruido del motor del cuatro-cuatro acercándose por el camino de piedra. Tras arreglarse la onda de pelo negro que cubría su frente y repasar el carmín de sus labios, llenó de aire sus pulmones y bajó la escalera. Pero, para su inmensa desolación, al llegar abajo vio cómo Andrei estaba a punto de salir de la casa. Llevaba sus maletas consigo.

Al notar la presencia de Catalina, Andrei se quedó paralizado ante su belleza. Llevaba un vestido que se ajustaba estratégicamente a su cuerpo, del mismo rojo fuego de su boca, y las ondas de sus cabellos enmarcaban sus grandes ojos negros, que en ese momento brillaban de rabia y desolación.

—Walter, por favor, espérame en el coche. Salgo en un momento —le pidió Andrei a su amigo.

El inglés asintió y salió de la casa.

—Me dejas sin palabras, Catalina. Estás deslumbrante.

Los ojos de ella se empañaron, lo que le empujó a acercarse y tomar sus manos.

—Catalina, discúlpame, debo marcharme urgentemente a Madrid. Desearía tanto quedarme contigo esta última noche..., pero no puedo.

Las lágrimas brotaron de los ojos de ella, que no quiso ya hacer nada para evitarlo.

—No llores, amor mío —rogó Andrei, besando reverencialmente sus manos—. Oh, Catalina, vida mía. ¿Quién me iba a decir cuando me enviaron aquí que iba a encontrar a alguien como tú? Espero que no te ofenda si te digo que nunca jamás había deseado tanto estar con alguien, tanto que me duele. Siento cómo mi alma se desgarra por alejarme de ti.

Aproximó su mano para borrar con sus finos dedos las lágrimas de ella. Después, lentamente, sustituyó sus dedos por sus labios, y siguió hablando en susurros.

—Daría todo lo que tengo por cambiar las cosas, y entonces te pediría que te vinieras conmigo a Francia, o adonde fuera. Pero no puede ser.

Y la besó. Con suavidad primero y con intensidad después, saboreando las lágrimas saladas que ella seguía derramando. Hasta que por fin logró separarse de ella y volvió a decir, antes de irse:

—No puede ser y lo siento tanto.

9

La noche del concierto el calor decidió darles una tregua, y a última hora de la tarde cayó una de esas tormentas tan típicas de la estación veraniega en Madrid. Tras hacer noche en Aranda, Justo y Violeta llegaron a mediodía de su luna de miel, y apenas tuvieron tiempo de deshacer el equipaje en su nuevo hogar y descansar un poco del viaje antes de empezar a arreglarse para la gran velada. Ella se había reservado para la ocasión un bonito vestido blanco con lunares negros que se ajustaba en la cintura con un gran lazo y que se abría después en una voluminosa falda por debajo de la rodilla, como dictaba la moda de entonces. Era la primera aparición pública del matrimonio y Violeta quería que Justo se sintiera orgulloso de su recién estrenada mujercita. Y lo estuvo, siempre lo estuvo el bueno de Justo.

El joven matrimonio llegó pronto a la plaza de Santa Ana, por lo que tuvieron tiempo de tomarse una horchata en La Suiza antes de acercarse a disfrutar del ambiente que rodeaba el teatro. La temperatura era fresca y las calles, todavía mojadas por la reciente tormenta, brillaban y olían a humedad. Delante del teatro no cesaban de parar lujosos coches de los que bajaban elegantísimas mujeres engalanadas con sus mejores vestidos y joyas, sujetándose del brazo de sus influyentes maridos, muchos de ellos militares que lucían el uniforme de gala. Algunos se pararon a saludarles, ya que eran amigos de los padres de Justo, los entonces marqueses de Lezma. Otros entraban directamente en el teatro, aunque Justo siempre sabía decirle a Violeta quiénes eran. Todos ellos formaban parte del círculo más cercano al Generalísimo.

Por fin, de uno de los coches bajaron Catalina, Alfonso y Rodrigo. Ella iba muy elegante, con el pelo recogido en un moño bajo y un bonito vestido morado de seda salvaje. Todos se alegraron mucho de reencontrarse y, mientras los chicos bromeaban sobre el nuevo estado civil de Justo, Catalina se abrazó a Violeta como si se aferrara a un flotador en medio de un naufragio. Cuando se separó, Violeta pudo ver su mirada de desasosiego, y notó cómo sus manos y su voz delataban el estado de nervios en que se encontraba.

—Señores, vayan buscando los asientos que Catalina y yo vamos al lavabo a retocarnos antes de que empiece el concierto —improvisó, apartando a su amiga del grupo.

—¡Pero si acabamos de salir de casa! —protestó Justo.

Ella le guiñó un ojo cómplice como respuesta y arrastró a Catalina hacia el interior del edificio modernista.

El pequeño pasillo que precedía a la sala bullía de gente ansiosa ante el espectáculo que iba a comenzar. El ambiente festivo, las voces y las risas contrastaban dolorosamente con la mirada de Catalina. En el cuarto de baño, la cola de alborotadas mujeres las disuadió de intentar entrar, y Violeta arrastró a su amiga hacia el piso superior, donde pudieron arrinconarse para no ser vistas.

—¿Qué te pasa, Catalina? —pudo preguntar al fin, preocupada.

—Ay, Violeta, que me he enamorado —respondió su amiga.

—¿Cómo que te has enamorado?

—Que me he enamorado locamente de Andrei y no quiero que se vaya. Me muero solo de pensar que podría no volver a verle después de esta noche. —Las lágrimas brotaron de sus angustiados ojos—. Nunca había sentido algo así, ni siquiera por Alfonso. Dios mío, pobre Alfonso. Esto es horrible. ¿Qué voy a hacer, Violeta?

—Tranquilízate, mujer —contestó esta, tratando de buscar una solución al dilema de su amiga.

—¿Crees que me estoy volviendo loca? —preguntó Catalina angustiada.

—No digas tonterías.

—Esto que estoy haciendo debe de ser un pecado horrible. Pero, Violeta, lo peor de todo, es que me da igual.

—¡Catalina! —Su amiga la llamó al orden.

—Te hablo en serio, me da igual todo. Solo pienso en irme con él muy lejos de aquí.

—Pero, ¿cómo puede ser que de repente te sientas así?

—No ha sido de repente, me he ido dando cuenta poco a poco. Es un hombre tan distinto a todos los que conozco... Y tiene una forma de mirarme, de hablarme, de tratarme como si yo fuera importante. Me respeta y me hace sentir mujer, una mujer muy diferente, plena y confiada.

Catalina se secó las lágrimas y pareció serenarse un poco.

—¿Le has dicho a él lo que sientes? —preguntó Violeta, alarmada porque sabía que su amiga hablaba en serio y que era capaz de hacer una locura.

—Bueno, no exactamente. Pero creo que no ha hecho

falta. Anoche, en Torrelodones, me dijo que si las cosas fueran diferentes me pediría que me marchara con él. Y me besó. Fue un beso tan distinto de los de Alfonso... Dios mío, pobre Alfonso.

Catalina se cubrió la cara con sus enguantadas manos.

—¿Pero Andrei no se vuelve a Francia mañana? —preguntó Violeta, tratando de devolver a su amiga a la realidad.

—Sí —respondió ella, las lágrimas volviendo a asomar a sus ojos.

—¿Y qué piensas hacer?

—Cuando termine el concierto, voy a ir a rogarle que me lleve con él.

Y, como colofón a su confesión, la orquesta comenzó a tocar el himno nacional. El Generalísimo había llegado al teatro y las dos amigas debían volver cuanto antes con sus acompañantes. Tuvieron que esperar hasta que el invitado de gala estuvo acomodado en su palco para poder bajar las escaleras y buscar sus butacas. La determinación que Violeta vio en los ojos de Catalina hizo que se abstuviera de aprovechar ese tiempo para decirle que todo aquello era una locura, que se estaba precipitando, que apenas conocía a ese hombre y que si hacía alguna insensatez se podría arrepentir toda su vida. En lugar de eso, se limitó a darle un fuerte abrazo antes de tirar de ella escaleras abajo.

Cuando por fin Violeta se sentó al lado de Justo, este preguntó, bajando su tono de voz al tiempo que lo hacían las luces:

—¿Se puede saber dónde estabais? ¿Ha pasado algo?

—Que te quiero mucho —le dijo ella de corazón, feliz de poder estar junto al hombre que amaba y por no encontrarse en la piel de su amiga.

—Violeta, por favor —contestó él avergonzado.

Pero, al cabo de un segundo, su mano buscó la de su reciente esposa y la apretó. Al mismo tiempo, Violeta buscó al otro lado la de Catalina, cuya mente en ese momento volaba hacia el escenario y luego hacia París, y luego a saber a dónde más.

Es difícil encontrar las palabras para describir el concierto de aquella noche. La genialidad del que llegaría a ser uno de los mejores violinistas de la historia, unida a la excelente acústica del teatro, hicieron que todos los que estuvieron allí vivieran una experiencia que recordarían el resto de sus vidas. Pero para Violeta y Catalina, que estaban con los sentimientos especialmente encendidos por lo que estaba sucediendo entre Catalina y el músico, resultó particularmente conmovedor.

Durante el descanso, los cinco jóvenes salieron al vestíbulo a disfrutar del ambiente. En cuanto encontró la oportunidad, Alfonso se separó de su novia para acercarse a Violeta.

—¿Has hablado con Catalina? —le preguntó.

—Sí, ¿por qué lo dices? —La alarma hizo que la respuesta de Violeta sonara un poco más alta de lo normal.

—¿No la has notado un poco rara? No la veía desde antes de irse a Torrelodones y me parece que está algo nerviosa.

—¿Tú crees? ¿Por qué iba a estarlo? —disimuló.

—Yo creo que está esperando que le pida la mano en cualquier momento —dijo Alfonso con aires de confesión.

Violeta no pudo evitar sonreír ante la feliz ignorancia del pobre Alfonso.

—Seguro, eso será —le contestó con toda la dulzura que él le había inspirado.

La segunda parte del concierto superó incluso a la primera. Cuando terminó, todo el teatro estalló en aplausos y hasta el Generalísimo se puso en pie. Tal fue el éxito que los músicos tuvieron que hacer varios bises. El último fue un solo de Andrei, un tiempo de una sonata tan cargada de emoción que muchos asistentes sintieron cómo se les erizaba la piel. Violeta y Catalina rompieron a llorar sin remedio, y eso que todavía no sabían que Andrei había compuesto esa pieza pensando en Catalina.

Cuando por fin se encendieron las luces de la sala, el público empezó a abandonarla con pesar, comentando la grandiosidad del violinista extranjero. Catalina aprovechó que todos estaban pendientes de que llegara su turno de seguir a la muchedumbre para pedirle a Violeta que la encubriera y adentrarse por un lateral del escenario hacia las tripas del teatro. Tuvo que hacerse hueco a empujones para poder pasar entre los músicos y los aficionados que habían acudido a su encuentro para felicitarles por su gran actuación. Tras disculparse en varias ocasiones por los codazos y pisotones que sin querer iba propinando, encontró por fin el camerino con el nombre que buscaba.

La puerta estaba entreabierta y una conversación acalorada procedía de dentro. Sigilosamente, se acercó más, y pudo distinguir las voces de Andrei y de Walter Crowley. A pesar de que susurraban, se notaba que hablaban con precipitación, y sus respiraciones eran agitadas. Catalina se quedó parada frente a la puerta sin atreverse a entrar. Aunque la conversación era en inglés, pudo distinguir los nombres del embajador de Estados Unidos, James Clement Dunn, del teniente general Vigón y de varios ministros y generales de Franco. Y, justo antes de que la puerta se abriera y el periodista inglés la sorprendiera, oyó de su boca una frase en clarísimo español: «Esos fascistas hijos de puta han matado a Velasco.»

Probablemente en ese mismo momento la rotativa del *ABC* se ponía en marcha para añadir una noticia de última hora a la portada, la del suicidio durante un interrogatorio de Manuel Velasco, uno de los líderes de la oposición al régimen de Franco.

Tras sorprenderla escuchando detrás de la puerta, el inglés tiró del brazo de Catalina para meterla en el camerino. Los dos hombres se miraron e intercambiaron frases en inglés, más alterados todavía que antes. Catalina empezó a ponerse nerviosa y a llamarles traidores y comunistas, lo que hizo que Walter Crowley se enfadara aún más y le propinara una bofetada que la dejó paralizada. Andrei le empujó a la vez que le increpaba, obligándole a alejarse de ella.

—Catalina, escúchame, no sabes lo que estás diciendo. Esto no es lo que parece —le dijo, tratando de tranquilizarla.

—Ah, ¿no? —se revolvió ella, todavía envalentonada—. Entonces explícame lo que es, porque a mí me parece que tu amigo estaba insultando a los fascistas.

Sus ojos ardían de odio. Andrei parecía desolado.

—No puedo explicártelo, mi amor. Walter se ha puesto nervioso, pero no es lo que piensa. ¿Verdad que no, Walter?

El inglés no contestó, pero Andrei le ignoró y continuó hablando con Catalina.

—Escucha, Catalina, esta misma noche parto hacia Francia. Por favor, prométeme que no vas a contarle a nadie lo que has oído.

—¿No pretenderás dejarla ir sin más? ¿Te has vuelto loco? —protestó Crowley, esta vez en español.

—¿Y qué piensas hacer si no? —contestó Andrei amenazante.

Catalina temió la respuesta del inglés, que no llegó a producirse.

—Además, ella no ha podido entender nada de la conversación, Walter. ¡Si ni siquiera habla inglés! —Y, dirigiéndose a ella de nuevo, le imploró—: Catalina, por favor, debes jurarme que no vas a decirle nada a nadie sobre este encuentro.

—Al menos deberíamos encerrarla en algún sitio hasta que salgas del país —insistió el inglés.

—No será necesario, ¿verdad que no, Catalina?

Ella negó con la cabeza.

—Creo que dejándola ir asumes un riesgo innecesario, Andrei. Piensa que no solo te la juegas tú, hay mucha más gente implicada en esto, empezando por mí.

—Apenas son unas horas y ella no dirá nada, te lo juro. Catalina, mi amor, yo sé que eres una persona íntegra y valiente y que no podrías vivir con el peso de haberme delatado. Si lo hicieras, me matarían, ¿entiendes? No dudarían ni un instante antes de apretar el gatillo.

Ella afirmó asustada, comenzando a sospechar que no iba muy desencaminada cuando les había acusado de traición.

—Catalina, yo te quiero, y sé que tú me quieres a mí también —confesó Andrei, resistiéndose a despedirse de ella y dejar que las cosas quedaran de aquella nefasta manera—. Ahora no puedo explicarte qué es lo que está pasando, sería muy peligroso para todos, pero te juro que algún día te lo haré comprender. Debes confiar en mí, aunque ahora mismo creas que no me conoces. Yo no querría que las cosas fueran así, pero en la vida muchas veces no tenemos opción de decidir. Y créeme cuando te digo que hoy, más que nunca, lo lamento.

—Andrei, debes irte —le apremió el inglés.

—Por favor, no seas demasiado dura al juzgarme, Catalina, amor mío. Piensa que las cosas no son blancas o negras, sino que casi siempre son malditamente grises. Espero que algún día lo entiendas y me perdones. Ahora debo marcharme. No volverás a saber de mí en mucho tiempo, pero rezaré para que algún día pueda volverte a ver y explicarte lo que me alejó de ti.

—Andrei, vamos —insistió el inglés agarrándole del brazo.

—Te llevaré siempre en el corazón, Catalina. Mi alma será siempre tuya.

Catalina no pudo mirarle a los ojos siquiera. Él respetó su silencio, la besó delicadamente en la frente y, tras mirarla intensamente durante unos segundos, como si quisiera grabar en su mente para siempre su imagen, se marchó.

—Andrei se irá esta noche, pero yo seguiré estando aquí. No lo olvides ni un momento —le dijo el inglés desde la puerta, a modo de amenaza—. Estaré vigilando cada maldito paso que des. Y si no soy yo, será otro. Así que ándate con ojo. Aunque no creo que seas tan estúpida de irte de la lengua. A fin de cuentas, no creo que te interese que tu relación con Andrei salga a la luz, ¿no?

10

Cuando finalizó el relato, la marquesa se quedó en silencio. Parecía exhausta después de hurgar en sus recuerdos, o tal vez estuviera simplemente recreándose en ellos. Elena paseó la vista por los inmensos cuadros que decoraban el gran salón de la casa de Violeta, dándole tiempo para que recuperara el aliento. Por fin, la anciana bebió con dificultad un sorbo del té que les habían servido. Parecía haber envejecido varios años en un instante.

—¿Nunca volvieron a verse? —preguntó Elena cuando no fue capaz de contenerse más.

—Nunca.

—¿Y por qué le dejó Catalina parte de su herencia a Irina?

—Hace diez años Catalina recibió una carta de Andrei. No me lo dijo, ella que siempre me lo había contado todo. Pero junto al testamento me dejó una nota en la que, además de expresar su deseo de dejar parte de su legado a Irina, me hablaba de la existencia de esa carta. En ella, al parecer él le explicó por fin sus motivos. Sin tratar de restarle importancia por el paso del tiempo, sin hablar de olvidar y pasar página o de la vida que posteriormente había llevado cada uno de ellos. Solo trató de justificarse para que ella le perdonara, como si el Andrei de hace cincuenta años hablara de nuevo a aquella joven Catalina de la que se había enamorado.

—¿Y cuáles fueron esos motivos? —preguntó Elena intrigada.

—No lo sé. Ella solo me escribió que entonces era muy joven y que con el tiempo había entendido al fin que efectivamente no todo es blanco o negro, y que durante esa época mucha gente se vio obligada a hacer cosas que no hubiera querido hacer. El tiempo que nos tocó vivir era mucho más duro y complicado que el que te ha tocado a ti, hija. Lo único que ella quería era demostrarle a Andrei, a través de este legado a su ahijada, que al fin le había entendido y perdonado.

—¿Y por qué no le contestó en vida?

—Supongo que no quiso remover las cosas más de lo necesario —respondió Violeta—. El mismo año en que se fue Andrei, Catalina y Alfonso se casaron. Tuvieron cinco hijos y fueron felices. Ella trató de olvidar lo que había sucedido, aunque yo sé que buscaba el nombre de Andrei en los periódicos, porque me los mostraba cada vez que lo encontraba. Pero el tiempo lo cura todo, gracias a Dios. Ahora que lo pienso, estoy convencida de que no trató de ponerse en contacto con él antes por respeto a su marido y a sus hijos.

La elegante mujer que había recibido a Elena cuando llegó, entró en ese instante en la habitación.

—Mamá, se ha hecho tarde, deberías descansar un poco.

—Sí, hija, ya vamos a terminar. Danos solamente un par de minutos más —pidió Violeta.

La hija de la marquesa hizo un gesto de fastidio y volvió a marcharse por donde había venido. Elena pensó que no debía de ser fácil cuidar de alguien con tanta personalidad como tenía Violeta.

—Ahora te toca a ti ponerme al día, aunque debemos ser breves o mi hija nos regañará a las dos —bromeó.

—Me temo que de nuevo no tengo muy buenas noticias —confesó Elena—. Esta mañana Irina no se presentó.

—¡No es posible! —exclamó Violeta con rabia.

—Pues es tal y como se lo cuento —replicó Elena, compartiendo su indignación—. Pero en su lugar lo hizo un joven director de orquesta, un tal Luis Molero, y al menos pudimos obtener algo de información. Al parecer, Irina tiene un novio rumano, un importante benefactor de la fundación. Y, por lo que hemos podido saber, no es el único rumano relacionado con la fundación.

—¿Y qué relación tiene eso con nuestra historia? —cuestionó la marquesa.

—No lo sé, no sé si tiene alguna. Pero es un poco raro, ¿no le parece? —preguntó Elena.

—La verdad es que no sé por qué habría de parecérmelo —contestó la marquesa, todavía enfadada.

Tal vez Violeta tuviera razón y no hubiera nada sospechoso en ese hecho. Elena decidió aparcar el asunto y continuar con otra de sus averiguaciones.

—Por otro lado, parece ser que hace ya un tiempo que Irina ha perdido el contacto con Andrei Popescu, al que adora. Y teniendo en cuenta las dificultades que estamos teniendo nosotros para hablar con ella, a pesar de hacernos pasar por simples periodistas, tal vez no se trate de un hecho casual.

—¿Qué quieres decir con que no es un hecho casual?

—Pues que parece que alguien quiere evitar a toda costa que Irina tenga contacto con el mundo exterior —explicó Elena.

—¿El director de la fundación?

—Él lo propicia, sin duda. Pero creo que no es cosa suya, sino que obedece órdenes de otra persona. Tal vez del novio de Irina, del rumano.

La hija de la marquesa volvió a entrar en el salón.

—Mamá, ya está bien. Son casi las diez de la noche y tienes que descansar.

Elena se sorprendió de que fuera tan tarde y se apresuró a levantarse del sofá.

—¿Qué vas a hacer ahora? —le preguntó la marquesa.

—Creo que intentaré hablar con Blanca Lledó, a ver si puede ayudarme a contactar con Irina, ya que parece que a través de la fundación va a ser imposible.

—Muy bien —contestó Violeta al tiempo que asentía—. ¿Me mantendrás informada?

—Claro, no lo dude. Que descanse, Violeta —se despidió.

Cuando Elena salió del regio edificio, el frescor del ambiente y el olor a lluvia le indicaron que por fin la prometida tormenta había terminado por descargar su furia. Pero ya había escampado, y el viento de horas antes parecía haberse calmado. Y como, previsoramente, se había llevado una cazadora consigo, decidió ponérsela y volver a casa dando un paseo. Tenía muchas ideas e imágenes dando vueltas en su cabeza. Irina, el joven Andrei, Catalina, Luis Molero. Estaba fascinada con la historia que había caído en sus manos sin previo aviso y decidida a averiguar si realmente había algún misterio tras ella.

Su casa estaba vacía cuando llegó. Tras ponerse cómoda se preparó un suculento sándwich y se dirigió con él y un cuaderno al salón, con la idea de anotar todas las averiguaciones que había hecho hasta el momento para que no se le escapara ningún detalle. Al encender la luz, descubrió tres nuevas fotografías colgadas en la pared. Sonrió. Al parecer compartiría su cena y sus pesquisas con el expresivo Luis Molero.

11

El domingo Elena se levantó cargada de optimismo. El sol había vuelto a salir en Madrid y algo le hacía presagiar que el día traería consigo avances en su peculiar investigación. Se preparó un copioso desayuno para coger fuerzas y, antes de sentarse a disfrutarlo, puso a cocer unas lentejas para la comida. Una vez que estuvieron cocinadas, apartó una ración y la puso en una tartera con una nota que decía «Para la señora Ramiro». Javi se la subiría a la anciana antes del mediodía. Después se duchó y, con el pelo todavía mojado, encendió el ordenador para localizar en el mapa la residencia de la familia Verdes-Montenegro en la calle Castelló. En internet pudo ver que la casa era un extraordinario palacete con un bonito jardín a apenas doscientos metros de distancia de la fundación Juan March. Como todavía era temprano, decidió que se acercaría a ver la exposición que anunciaba la página web de la fundación antes de aventurarse a visitar la residencia de la familia Verdes-Montenegro. Tenía la esperanza de que Blanca Lledó todavía viviera allí con su madre.

El autobús número setenta y cuatro se encargó de llevarla a su destino. Atravesó el patio de acceso a la fundación Juan March, escoltada por las esculturas de Eusebio Sempere y Eduardo Chillida, y se sumergió en el silencioso y cálido ambiente de la exposición. Veinte retratos de mujeres, de distintas épocas y estilos artísticos, le devolvieron la mirada mientras paseaba por las salas. A la salida, le envió un mensaje a su padre para decirle que había encontrado el sitio perfecto para exponer el retrato que estaba pintando de su madre. Al lado del Picasso estaría bien, pensó divertida.

Guardando de nuevo el teléfono, se dirigió al palacete y observó su ornamentada fachada color crema, oculta en su mayor parte por los altos y frondosos árboles del jardín. Miró el reloj, era casi la una de la tarde. Se aclaró la garganta, atusó su pelo con las manos, respiró profundamente para tratar de serenarse y pulsó el telefonillo. Los nervios le hacían desear que Blanca no estuviera en casa. O, mejor, que no hubiera nadie. Que hubieran cerrado el palacete y se hubieran trasladado a vivir a algún otro sitio. Que hubieran vuelto a Alicante, con el resto de la familia Lledó. Pero no fue así. Para su sorpresa, la puerta se abrió sin que nadie le pidiera identificación alguna.

Atravesó el cuidado jardín delantero y subió los cinco peldaños que ascendían hacia la porticada entrada del palacete. Los pájaros piaban felices de haber encontrado ese remanso de paz y vegetación en medio de la ciudad. Elena se planteó por un momento cuánto podría costar un edificio así en pleno barrio de Salamanca, en el centro de Madrid. No era capaz ni de imaginarlo.

Un hombre de edad avanzada vestido con librea abrió la puerta de entrada y la miró detenidamente. Automáticamente, Elena alisó su vestido y palpó las solapas de su chaqueta para asegurarse de que su aspecto era adecuado.

—Buenas tardes —dijo el mayordomo.

—Buenas tardes —contestó Elena, nerviosa—. Venía a ver a la señorita Blanca Lledó.

—¿Quién pregunta por ella? —interrogó el mayordomo, algo altivo.

—Elena, Elena Verdes-Montenegro.

—Me temo que la señora Lledó no se encuentra en casa en este momento —explicó él, en un tono tan inexpresivo como su cara.

—Vaya, lo lamento. Necesitaba hablar con ella. ¿Sabe usted si volverá pronto?

—Volverá el martes, está de viaje fuera de Madrid.

En ese momento, la puerta de acceso para vehículos, anexa a la que se había abierto milagrosamente para Elena minutos antes, se puso en marcha para dar paso a la reluciente carrocería verde de un amplísimo Jaguar. El mayordomo entornó la puerta de la casa y se dirigió presuroso al coche, dejando a Elena sola en el porche. Cuando alcanzó el vehículo, abrió la puerta de atrás dejando paso a la mujer más elegante que Elena había visto nunca. Alta, muy delgada, con una arreglada melena corta y los ojos ocultos tras unas enormes gafas de sol, vestía un clásico traje de chaqueta de firma en tonos morados, en el que Elena pensó resignada que sería incapaz de entrar incluso después de volver a su peso habitual.

Cuando la mujer hubo salido del coche, el mayordomo le dijo algo que la hizo mirar en dirección a Elena antes de enfilar su camino hacia ella. Al llegar a su altura, se quitó delicadamente las gafas de sol y la miró fijamente con unos fríos ojos verdes. Elena admiró la piel de la mujer, blanca como la cal y con escasos signos que delataran su edad.

—Buenas tardes. Soy Cecilia Verdes-Montenegro —dijo tendiéndole la mano—. Acompáñame dentro, por favor, necesito un vaso de agua con urgencia. Hace un calor horroroso y a Quitina Bohórquez no se le ha ocurrido nada mejor que entretenerme a la salida de misa, con todo el sol cayéndonos encima. Pensé que nunca me libraría de esa mujer.

Elena siguió a la irritada dama al interior de la casa. Lámparas de araña, alfombras tupidas y espléndidos cuadros y esculturas decoraban la entrada y el salón al que se dirigieron. Todo estaba escrupulosamente ordenado, flores frescas ambientaban la sala y los grandes visillos se hinchaban con el aire que intentaba entrar en la estancia.

—Antonio, por favor, cierre las ventanas y tráiganos un poco de agua fresca —ordenó Cecilia.

—Sí, señora. Ahora mismo.

La mujer se dirigió al rincón más alejado del salón, ocupando uno de los cinco sofás que Elena contó en la estancia. Estaba situado junto a un gran ventanal que se asomaba al jardín. Cecilia le hizo un gesto a Elena para que se sentara.

—¿Entonces somos familia? —preguntó directa.

—Sí, lo somos, aunque algo lejana —matizó Elena.

Cecilia frunció el ceño.

—¿Cómo se llama tu padre? —preguntó.

—Mi padre es Jesús, hijo de Juan Ignacio Verdes-Montenegro Soler. Juan Ignacio era hermano de Ramón, su bisabuelo.

El mayordomo entró en la sala con una jarra de cristal con agua fría y les sirvió sendos vasos. Cecilia bebió cuidadosamente del suyo, sintiendo cómo el agua fresca penetraba en su cuerpo al tiempo que trataba de entender la explicación de Elena.

—Yo soy prima segunda de su padre, Guillermo —aclaró la joven al fin.

—No somos familia tan lejana pues —contestó Cecilia, posando el vaso en la mesa con gran delicadeza.

—Realmente no, pero como la familia era tan numerosa, especialmente por su rama, hace años que se perdió el contacto.

—Recuerdo a tu abuelo Juan Ignacio —dijo Cecilia—. Era un hombre muy apuesto, muy alto, rubio, con bigote.

—Sí, y siempre llevaba sombrero —aportó Elena, contenta de ver que Cecilia empezaba a ubicarla.

—Es cierto. Recuerdo que visitó a mi padre en alguna ocasión después de que el abuelo Diego muriera. Lo recuerdo porque era exageradamente parecido a mi abuelo y mis hermanos bromeaban con que era este que había resucitado —por primera vez desde que se encontró con Elena, una pequeña sonrisa asomó al rostro de Cecilia—. Puede que conociera a tu padre en aquella época, porque en ocasiones tu abuelo traía a alguno de sus hijos con él para que jugásemos juntos, puesto que teníamos edades parecidas. Sin embargo, luego se perdió el contacto.

—Mi abuelo falleció cuando mi padre tenía diez años, supongo que sería por eso. Yo no le conocí, claro está, solo sé de él lo que mi padre nos ha contado.

—Bueno —prosiguió Cecilia, que parecía más cómoda ahora que habían encontrado un nexo común—. ¿Y cómo has dicho que te llamas?

—Disculpe, creo que no se lo he dicho todavía. Me llamo Elena.

—Muy bien, Elena. ¿Y a qué debemos tu visita?

—Estoy interesada en contactar con su hija Blanca y, aprovechando que iba a ver la exposición de la fundación Juan March, decidí pasarme por aquí a ver si la localizaba. Pensé que sería más fácil hablar con ella en persona que por teléfono.

Cecilia pareció meditar acerca de su respuesta mientras estudiaba fijamente a Elena con sus ojos color esmeralda, impidiéndole su exquisita educación dar ninguna muestra de si la joven le había causado una impresión favorable o no.

—¿Y te ha gustado la exposición? —preguntó de improviso.

Elena se sorprendió de que en lugar de hablarle de Blanca lo hiciera de la exposición. Se preguntó si no estaría poniendo a prueba la veracidad de su historia.

—Sí, me ha gustado mucho. Es pequeña, pero cuenta con algunos cuadros muy interesantes. Entre ellos un Picasso, *Desnudo, hojas verdes y busto*.

Los labios de Cecilia sonrieron, aunque no así sus ojos, que parecían más oscuros ahora.

—Marie-Thérèse Walter —dijo en voz baja.

—¿Perdón? —preguntó Elena, que creyó haber entendido mal.

—Es la mujer del cuadro, Marie-Thérèse Walter, una amante de Picasso.

—¿Conoce el cuadro? —se interesó Elena.

—Bastante. Me lo regaló mi marido el año pasado.

—¿De verdad?

Los ojos de Elena se agrandaron, ahora sí que estaba realmente impresionada. Cecilia pareció divertida y decidió seguir con su clase magistral.

—Cuando Picasso conoció a Marie-Thérèse, estaba casado con Olga Koklova. Olga era una bella y seductora bailarina ucraniana. Procedía de una familia noble, era hija de un general, y dicen que estaba decidida a casarse con Picasso antes de conocerle. Era una mujer muy ambiciosa que sabía utilizar bien todas sus armas para alcanzar sus propósitos. Sin embargo, aunque consiguió casarse con Picasso, no logró domarle a su antojo. La obsesión de Olga era alternar con la alta sociedad parisina, mientras que Picasso prefería la compañía de otros artistas y bohemios contemporáneos, que en aquella época como sabes no eran pocos. Finalmente, el carácter duro e intransigente de su mujer hizo que el artista acabara buscando cariño y comprensión en otros brazos. Unos de ellos, que no los únicos, fueron los de la jovencísima Marie-Thérèse, que apenas tenía diecisiete años cuando conoció al pintor en París. Él se quedó prendado de ella, de su juventud y su frescura, y la retrató en múltiples ocasiones.

Cecilia bebió un poco más de agua mientras que Elena comenzaba a atar cabos y a relacionar esa historia con la que de la propia Cecilia le había contado la marquesa. Cecilia no era hija sino nieta de militar, pero también procedía de alta cuna y era bella, rígida y ambiciosa. Según las malas lenguas, había buscado casarse con un hombre adinerado con el fin de mantener su estatus social. Y, al igual que le había sucedido a Olga Koklova con Pablo Picasso, al final su marido se había cansado de sus desplantes y se había marchado con otras mujeres. Elena se sintió como si hubiese invadido la intimidad de Cecilia sin su consentimiento.

—Mi marido estaba empeñado en hacerse con un cuadro suyo. —Cecilia sonrió con una mezcla de ironía y tristeza—. Perseguía otra obra, *Le rêve*, «el sueño», pero cuando ya había cerrado un precio con el dueño, un multimillonario de Las Vegas, este lo dañó en un accidente doméstico.

—¿Y sabe qué pasó con Marie Thérèse? —preguntó intrigada Elena.

—Nada. Tras dejarla embarazada, Picasso se acabó cansando de ella también y la dejó por otra, la fotógrafa Dora Maar.

Cecilia hizo una pausa y una extraña expresión asomó a sus ojos.

—Pero la mejor parte de esta historia es que Picasso nunca logró divorciarse de Olga Koklova. Siguieron casados hasta que ella murió.

Se hizo un incómodo silencio en el salón.

—El cuadro es muy bonito —comentó Elena, tratando de animar la conversación.

—¿Tú crees? El cubismo no me entusiasma —rebatió Cecilia—. Cedí el cuadro a la Tate Modern Gallery de Londres. Ahora lo han traído para esta exposición porque Leonor March me lo pidió personalmente. Los March son grandes amigos de la familia. Mi padre y Juan March fueron socios en varios negocios.

—En ese caso, debo darle las gracias por haber podido disfrutar del cuadro.

Cecilia sonrió y agachó levemente la cabeza, aceptando el agradecimiento.

—Volviendo al tema que nos ocupa, me temo que mi hija Blanca está de viaje.

—Sí, eso me ha dicho su mayordomo —dijo Elena decepcionada.

—¿Necesitabas hablar con ella de algo urgente?

—No, no es urgente —negó, tratando de aparentar indiferencia—. Trabajo en un periódico y estoy muy interesada en entrevistar a una música de la fundación Verdes-Montenegro. Me está resultando algo complicado contactar con ella y pensé que tal vez Blanca pudiera ayudarme.

—¿De qué música se trata?

—De Irina Ionescu —contestó temerosa y atenta a la reacción de Cecilia, que sin embargo no pareció alterarse.

—Fantástica violinista Irina, una gran elección por tu parte. Parece que sabes apreciar el arte.

En ese momento, algo pareció llamar la atención de Cecilia, que levantó la cabeza y dirigió su fría mirada hacia la puerta del salón.

Alejandro Lledó atravesó la estancia con el paso confiado de un hombre que lo tiene todo al alcance de su mano. Hacía un maravilloso día y estaba decidido a regalarse el placer de disfrutarlo, algo que no siempre le era posible debido a sus nuevas responsabilidades en el grupo empresarial de la familia. Le estaba costando más de lo que esperaba convencer a sus hermanos de la necesidad de reinventar el negocio, de abrirse a nuevos mercados y de reorganizar las empresas del grupo. Pero estaba convencido de que era necesario y de que, tarde o temprano, sus hermanos lo asumirían también. O eso esperaba. Alejandro entendía su postura, el grupo constructor era todo lo que conocían, querían que las cosas se hicieran como siempre se habían hecho y esperaban que así los grandes negocios inmobiliarios volvieran por la misma puerta por la que se habían marchado. Sin embargo, él sabía que no sería así. Había visto cientos de casos parecidos año tras año, había sido el instigador del cambio para incontables comités de dirección y no quería resignarse a ver cómo la empresa de su familia se hundía sin que nadie hiciera nada por evitarlo. Al contrario, quería prepararla para conquistar el mundo.

Años atrás, Alejandro se había formado en las mejores universidades y centros de negocio, y al terminar sus estudios había rechazado la opción fácil de incorporarse a trabajar con su padre, y no solo por orgullo. Tenía ansias de conocimiento, quería seguir aprendiendo, ver otras formas de gestionar, destripar las causas de éxito empresarial, entender las fuerzas que movían la economía. Y eso le llevó a incorporarse a una importante firma de consultoría. Lo que en principio había parecido una excentricidad a su entorno, se convirtió en un gran éxito profesional y, sobre todo, personal para Alejandro, que en su fulgurante carrera hasta los puestos directivos de la firma se ganó el respeto de la sociedad empresarial española y, lo que para él era más valioso, el de su propio padre.

Casi diez años después, Fernando había acudido a él para rogarle que entrara a formar parte del consejo de administración del grupo familiar y que asumiera personalmente la dirección de una de las empresas. «Tus hermanos te necesitan, aunque morirían antes de reconocerlo. Alejandro, hijo, yo ya estoy viejo y cansado para tanta responsabilidad, las cosas han cambiado mucho y yo ya no sé cómo moverme en este nuevo entorno. Y los números no salen, no salen.»

—Madre —dijo Alejandro a modo de saludo, para después besar a Cecilia en la mejilla—. Voy a salir a comer, he quedado con Erika.

Fue al incorporarse cuando se percató de la presencia de Elena. La saludó preguntándose qué haría su madre con aquella joven, algo que no tardaría en averiguar.

—Alejandro, hijo, hazme un favor. Esta señorita necesita verse con tu hermana Blanca, ¿podrías enviarle una invitación para la fiesta del miércoles?

Alejandro pareció casi tan sorprendido como Elena por la petición de su madre pero, como era habitual en él, no la cuestionó. Sacó su teléfono del bolsillo y se sentó cerca de la joven. Elena pensó que parecía muy diferente del hombre de internet. Vestido de calle con exquisito gusto y con el cabello peinado de un modo más informal, tenía un aspecto más juvenil y humano, aunque seguía resultando incómodamente atractivo.

—¿Cómo te llamas? —preguntó, dirigiendo hacia ella sus profundos ojos negros y sonriendo con amabilidad.

Elena, ensimismada, se sorprendió por su interés, olvidando que lo hacía a petición de Cecilia.

—Elena —contestó con apenas un hilo de voz.

—¿Elena qué más? —preguntó él de nuevo, pacientemente, a la vez que anotaba los datos en su teléfono.

—Elena Verdes-Montenegro.

Entonces él levantó sus ojos del teléfono, contrariado, y lentamente los dirigió hacia su madre, que asintió con un gesto apoyando la respuesta de Elena. Volvió a mirar a la joven que tenía delante. ¿Qué relación les uniría? Decididamente su madre sabía sorprenderle. ¿Estaría una vez más tramando algo contra su padre? ¿Preparando algún numerito para la fiesta, quizás? Alejandro sabía desde que era muy pequeño de la afición de su padre por las mujeres. Al principio le odió por traicionar a su madre y trató de demostrárselo desafiando permanentemente su autoridad y, más tarde, despreciando también la opción de trabajar junto a él. Pero el tiempo y su propia experiencia con ciertas mujeres peligrosamente dominantes hicieron que aprendiera a comprenderle. Incluso, a escondidas de su madre, había llegado a conocer a alguna de sus últimas amantes. Todas ellas eran vivarachas, cándidas y voluptuosas, totalmente opuestas a su querida madre.

Volvió a centrar su atención en Elena. Tenía un aspecto muy normal. No parecía muy despierta, pero eso no significaba que estuviera urdiendo un complot, sino más bien todo lo contrario. Levantó las cejas resignado e introdujo su común apellido en el teléfono.

—¿A dónde quieres que te enviemos la invitación? —preguntó, esta vez con menos amabilidad.

—A mi casa, por favor.

¿Le estaba tomando el pelo? La miró impaciente y ella le dedicó una inocente sonrisa. Era guapa, pensó. Entonces el semblante de ella se tornó serio y se ruborizó.

—Disculpa, vivo en la calle Libertad número once. No sé en qué estaba pensando.

Él terminó de introducir los datos mientras Elena pensaba que debía de haberla tomado por una tonta de remate.

—Bueno, tengo que irme, me están esperando —se excusó él levantándose—. Le diré a mi secretaria que te envíe la invitación mañana.

—Muchas gracias —respondió Elena, todavía deslumbrada.

—Gracias, hijo, pásalo bien —deseó Cecilia.

—Te veo luego, mamá. —Alejandro se despidió besándola, esta vez en la frente—. Encantado de conocerte, Elena. Nos vemos el miércoles.

Ambas mujeres se quedaron absortas observando a ese hombre tan magnífico abandonar la estancia.

12

Cuando el lunes al entrar en el *office* casi se dio de bruces con Darío, Elena no pudo reprimir un pequeño grito de sorpresa.

—Perdona, te he asustado —se disculpó él.

Lo había hecho, pero esa no era la causa de su conmoción, ¡no había pensado en Darío desde que recibió su mensaje el sábado por la mañana! ¡Eso suponían casi cuarenta y ocho horas sin pensar en él!

—No te preocupes —contestó, feliz por su descubrimiento.

«¿Lo estaré superando?», se preguntó a sí misma.

—Siento no haberte podido acompañar el sábado, me surgió un tema...

—Ya, claro, claro, no te preocupes —le interrumpió ella.

No le interesaban sus excusas, ¡sí que debía de estar superándolo!

—¿Y bien, qué tal te fue? —preguntó él algo avergonzado.

—Oh, genial.

Parecía increíble que solo hubiera pasado un fin de semana desde el viernes. Le habían sucedido tantas cosas en ese tiempo...

—Entonces, ¿pudiste hablar con Irina? —insistió Darío, preguntándose por qué se estaría comportando Elena de un modo tan extraño.

—La verdad es que no. Pero conocí a Luis Molero. Y a Cecilia y a Alejandro. —Y, sonriendo, añadió—: Y a Andrei y a Catalina.

—¿Has estado en una fiesta?

Ella rio.

—Algo así.

Y entonces se acordó de la fiesta. Tenía que hablar urgentemente con Bárbara, ella le aconsejaría qué hacer. Iba a rechazar la invitación, eso estaba claro, no pintaba nada en aquella fiesta de ricos y famosos. Se trataba de una gala benéfica. Antes de despedirse, Cecilia le había contado que todos los años organizaban una para recaudar fondos para algún proyecto humanitario relacionado con la música. Ese año el objetivo era crear unas becas de estudio para niños sin medios de un conservatorio boliviano.

—Bueno, pues si te puedo ayudar en algo más, solo tienes que pedirlo —dijo Darío, dispuesto a regresar a su puesto de trabajo en vista de que Elena no parecía tener la intención de explicarse.

—Pues, ya que lo dices, sí que hay algo que me gustaría pedirte —le detuvo ella—. Por lo visto hay un benefactor de la fundación Verdes-Montenegro que tiene alguna relación con Irina, no sé exactamente de qué tipo. Me gustaría averiguar algo más acerca de él, quién es, a qué se dedica, ya sabes.

—¿Tienes algo más de información sobre él?

—Solo que también es rumano. Creo que le vimos

cuando me acompañaste a la fundación, el hombre que salía del despacho del director, ¿le recuerdas? Era un chico joven, alrededor de la treintena, rubio.

—¿También le has conocido a él en esa fiesta? —preguntó Darío receloso.

—No. Pero creo que tiene algún tipo de relación con el director de la fundación, y también con Irina.

Prefirió no mencionarle el listado de nombres y cifras que había encontrado Javi en el despacho de Armando Vázquez, no se sentía muy orgullosa de haber andado hurgando en cosas ajenas.

—Había pensado que tal vez algún amigo tuyo del departamento de documentación podría obtener algo de información —le sugirió.

—Está bien, lo preguntaré —aceptó él.

—Gracias —contestó Elena con una sonrisa de alivio.

Darío abrió la puerta y se quedó mirándola un instante bajo el marco.

—Tienes buen aspecto —dijo delicadamente.

—Gracias. —Ella sonrió ante el halago—. La verdad es que hoy me siento especialmente bien.

Tras dudar un instante, él contestó.

—Me alegro.

Y tuvo que hacerse a un lado para dejar pasar a Bárbara, que entró con cara de pocos amigos.

—Buenos días —gruñó esta.

—¿Va todo bien? —dijo Elena, observando cómo Darío se alejaba de la salita.

—Ufff, tengo una resaca infernal. Ni me hables.

—¿Saliste ayer? —preguntó con un tono de censura en su voz.

Bárbara asintió con la cabeza al tiempo que se desplomaba en una silla.

—Si es que no se puede salir en domingo —sentenció Elena.

—Ya, ya, no me lo digas.

Elena sacó una taza de un armario y preparó un café bien cargado para su amiga.

—Espero que esto te haga efecto inmediato porque necesito tu ayuda.

Mientras Bárbara iba recuperando el color al ritmo que ingería el café, Elena le contó su encuentro con Cecilia y Alejandro, y se rieron juntas de la opinión que debía de haberse formado el empresario sobre ella.

—Total, que necesito saber cómo puedo rechazar la invitación con la máxima delicadeza, porque Cecilia ha sido muy amable conmigo y, además, sigo necesitando que me ponga en contacto con Blanca Lledó.

Bárbara se frotó los ojos y apoyó la cabeza entre sus manos, en un gesto que delataba su cansancio.

—A ver si te he entendido bien, que hoy estoy un poco espesa —se dispuso a resumir su amiga, con los ojos entrecerrados a causa del sueño y el dolor de cabeza—. ¿Me estás diciendo que tienes la oportunidad de conocer a Blanca Lledó, no, no, perdón, de que la madre de Blanca Lledó te la presente, en una fiesta privada en la que el cubierto debe de costar más de mil euros y tú irías como invitada, donde tendrías la oportunidad de ponerte guapa y pasarlo bien un rato y alegrarte la vista con Alejandro Lledó, y quieres que te ayude a buscar una excusa para no ir?

Elena sabía que Bárbara no esperaba una respuesta a su pregunta, así que se limitó a mirarla con cara de circunstancias.

—¿Es porque te da vergüenza ir sola, sin conocer a nadie?

El día anterior Javi le había contado que Luis Molero asistiría a la fiesta y no pudo evitar confesárselo a su amiga.

—Ele, lo siento mucho, pero tienes que ir —concluyó Bárbara.

—¡Pero si no pinto nada ahí!

—Sí pintas —la reprendió—. Podrás por fin hablar con Blanca Lledó y echarte unos bailes con ese tal Luis. Quién sabe, igual hasta surge algo y te olvidas del engreído de Darío de una vez.

—No lo creo, me parece que ha empezado a salir con Javi —le contó Elena.

—¡No fastidies!

—Ya ves. Al menos alguien ha sacado algo de todo esto —rio.

—Bueno, pues ya que hemos decidido que vas a ir a esa fiesta, ¿qué te vas a poner?

—¿El vestido negro? —preguntó Elena dubitativa.

La cara de horror de Bárbara lo descartó de un plumazo.

—¿No tienes algo más elegante?

—Me temo que no —contestó Elena con un poso de desesperanza en su voz.

—Vale, no te preocupes. Esta tarde te vienes conmigo a mi casa y te dejo algo. Tú ve pidiendo hora en la peluquería. Y no olvides que es una fiesta y el objetivo es pasárselo bien.

Más tarde ese día, Darío se acercó a Elena.

—Me ha dicho Olivia, de documentación, que hasta final de semana no nos podrá mirar nada. Por lo visto tienen un buen atasco de trabajo.

—No te preocupes, no me corre prisa —contestó Elena—. Muchas gracias por tu ayuda.

—No hay de qué.

Elena decidió ser amable, se sentía en deuda con él después de haberle tratado con tanta indiferencia esa mañana. Quién se lo iba a decir.

—¿Por qué no pudiste venir el sábado? ¿Has tenido un fin de semana movidito? —se interesó.

Antes de salir juntos, a Darío le encantaba contarle a Elena sus aventuras, y la verdad es que ella las disfrutaba también. Así que le dio la oportunidad de que lo hiciera una vez más, aunque tenía que reconocer que, al tiempo que preguntaba, se le había hecho un nudo en el estómago ante la posibilidad de que la respuesta hiciera demasiado daño.

—Bueno, sí. —Él dudó si debía compartirlo con ella.

—¿Ana? —le ayudó Elena, mientras su estómago se encogía un poco más.

Él pareció sorprendido y rehuyó su mirada.

—Sí, bueno, hemos tenido un desencuentro.

—¿Un desencuentro? —Elena no pudo reprimir una sonrisa ante la solemnidad de la respuesta de Darío.

Él la miró dolido por su burla.

—Perdona. Un desencuentro —dijo ella con seriedad.

—Sí. No le gustó mucho que me fuera contigo el otro día —explicó Darío, procurando mantener su mirada alejada de la de ella.

Elena no supo qué responder. Esa bruja que le había quitado el novio ahora quería impedir que se vieran como amigos.

—Una tontería, ya ves —disparó él.

—No te preocupes, seguro que lo arregláis enseguida. Ana es muy buena chica —replicó Elena, sin poder ocultar un matiz de ironía en su voz.

Por lo poco que la conocía, Elena tenía la impresión de que Ana era una mujer sin escrúpulos, algo que sin duda había demostrado al darse tanta prisa en conquistar a Darío después de su ruptura. Probablemente lo llevara intentando desde mucho tiempo antes de que rompieran. Si es que de hecho no lo había logrado, sospechó de repente.

Cuando llegaron al auditorio, Elena recogió el bajo de su vestido para no pisárselo al salir del taxi. Por nada del mundo quería estropear la delicada gasa del modelo que le había prestado Bárbara. Una vez en pie, lo dejó caer suavemente hasta que le cubrió los zapatos de tacón que se había regalado a juego con el vestido. El taxi arrancó tras ella y la dejó sola en la plaza de Rodolfo y Ernesto Halffter. Tras comprobar que los carísimos pendientes que también le había dejado su amiga seguían en su sitio, gesto que repetiría inconscientemente a lo largo de toda la noche, se abrazó al bolso de mano buscando el valor para avanzar hacia el gran edificio de ladrillo visto. Cuando al fin lo reunió, extrajo con manos temblorosas la invitación del bolso y se la entregó a una azafata que, tras comprobar su presencia en la lista de invitados, se la devolvió y le sonrió amablemente invitándola a entrar.

Accedió a la gran antesala del auditorio y se paró a apreciar las enormes fotografías que colgaban del alto techo. Unas mostraban palcos de distintos teatros, con elegantes relieves dorados y butacas de terciopelo. Butacas vacías que esperaban la llegada del público y el inicio de la función. Alternándose con ellas, fotografías de los sonrientes niños bolivianos que se beneficiarían de la recaudación, tocando sus precarios instrumentos musicales.

Tras el murmullo de las conversaciones que mantenían los invitados se oía una pieza de música clásica. Al llegar al final de la sala, casi a las puertas del salón de actos, Elena se volvió y descubrió que un concierto estaba teniendo lugar sobre la entrada que había cruzado minutos antes. Un camarero se le acercó con una bandeja repleta de copas de champán. Tomó una y dio un pequeño sorbo al dorado líquido. Las finas y frescas burbujas la animaron un poco y recordó lo que le había dicho Bárbara acerca de pasárselo bien y disfrutar de la ocasión.

Dio un último sorbo a la copa y se dispuso a buscar a su anfitriona, Cecilia Verdes-Montenegro.

De camino a las escaleras, rechazó con pesar a varios camareros que le ofrecían apetitosos canapés. Si no se controlaba, corría el riesgo de estropear la fantástica figura que le hacía lucir el vestido de Bárbara. A su alrededor, la gente charlaba y se reía animadamente formando pequeños corrillos. La mayoría de sus integrantes eran hombres maduros, acompañados unos de sus elegantes mujeres y otros de espectaculares jóvenes a quienes doblaban la edad. Algunos de sus rostros le resultaban familiares. Políticos, empresarios, dirigentes de clubes de fútbol y miembros de la alta sociedad establecían relaciones y cerraban acuerdos entre canapés de salmón y copas de caro champán francés.

Al no localizar a Cecilia, Elena decidió asomarse al piso superior y disfrutar del concierto que allí se vivía. Subió la escalera con cuidado de no tropezar con sus altos tacones y al llegar arriba vio cómo dos jóvenes tocaban el violín y un tercero un violonchelo. Algo apartada había una chica con un vestido largo color plata que en la siguiente pieza añadiría su voz al trío. Varias filas de sillas estaban orientadas hacia el improvisado escenario. Había sitios libres pero, como la obra ya había empezado, Elena prefirió permanecer de pie, tras la última fila, para no molestar ni a los músicos ni al público al sentarse. Apenas llevaba unos minutos ahí cuando un hombre rodeó su cintura y le susurró al oído:

—¿Te gusta, Elena?

Ella dio un respingo y se volvió hacia su inesperado acompañante. Luis Molero sonrió divertido.

—Perdona, no quería asustarte —volvió a susurrar, sin soltar su cintura—. ¿Te gusta?

Apuntó con el mentón hacia los músicos.

—Mucho, ¿son estudiantes de la fundación? —preguntó ella.

—Sí. Y la pieza es mía —dijo, henchido de orgullo.

Ella esperó a que los músicos terminaran de tocar para felicitar a Luis por su obra, felicitación a la que se unieron algunos asistentes que aprovecharon la breve pausa para dejar sus asientos y bajar a la zona donde se servía el cóctel. Cuando se hubo librado de ellos, Luis tiró suavemente de la cintura de Elena y le preguntó:

—¿Tomamos una copita de champán para celebrar mi éxito?

Elena asintió. Luis tomó su mano y la posó en el pliegue de su brazo, invitándola a que se apoyara en él. Con su ayuda, la bajada resultó mucho más fácil que la subida.

Cuando llegaron abajo, Elena le preguntó si sabía dónde podía encontrar a Cecilia y él se ofreció a llevarla hasta ella. La encontraron en el centro de la sala, acompañada de dos parejas que aprovecharon su llegada para proseguir su ronda de saludos.

—Cecilia —saludó Luis, besándole ceremoniosamente la mano.

El gesto sorprendió a Elena, que dudó sobre cómo tenía que comportarse con su anfitriona. Sin embargo, su preocupación se desvaneció cuando Cecilia, sonriendo todo lo cálidamente de que era capaz, se adelantó y le dio dos livianos besos.

—Veo que has conocido a Elena —dijo dirigiéndose a Luis.

La elegancia de la mujer en su sencillo pero exquisito vestido de gala la hacía destacar sobre todas las demás.

—Sí, ya nos conocíamos. Tenemos en común a un buen amigo —contestó Luis.

Cecilia afirmó con la cabeza en señal de aprobación. Próximo a ellos se encontraba Alejandro que, al observar la escena, se sumó al peculiar grupo.

—¿Qué tal está nuestra estrella? Has levantado grandes aplausos —saludó afectuosamente a Luis y, manteniendo la sonrisa, se volvió a Elena.

—Elena, ¿verdad? —preguntó tendiéndole la mano.

—Sí, ¿cómo estás? —respondió ella cortés.

—Alejandro, hijo, ¿sabes dónde está tu hermana? —preguntó Cecilia.

—¿Qué hermana, Virginia?

—No, Blanca —contestó su madre.

Alejandro se giró para tratar de localizar a su hermana. Estaba realmente deslumbrante vestido de esmoquin, Cecilia parecía la única del grupo que podía mantener sus ojos apartados de él. Entonces se acercó a saludarles un buen amigo de la familia, y especialmente de Alejandro.

—Jacobo, querido —le saludó Cecilia con cariño—. ¿Cómo está tu padre?

—Mejor de lo que me gustaría —bromeó él, antes de saludar con un abrazo a Alejandro y susurrarle—: ¿Has visto a la diosa que se ha traído el ruso?

Los cinco dirigieron sus miradas hacia donde indicaba Jacobo. Convergieron en una joven muy alta y delgada, con aspecto de modelo de pasarela. Tenía una larguísima melena rubia platino, casi blanca, que le llegaba hasta las nalgas, y unos extraordinarios ojos color violeta. Cuando su acompañante se volvió, de forma que el indiscreto grupo pudo verle, Elena se estremeció. Se trataba del hombre que había visto salir del despacho de Armando Vázquez.

—Mejorando lo presente —dijo Luis educadamente.

—¿Quién es él? —logró preguntar Elena, con apenas un hilo de voz.

—Es Stefan Nicolschi, un generoso amigo de la fundación que sabe muchísimo de música. A mí siempre logra sorprenderme —contestó Cecilia y, dirigiéndose al amigo de su hijo, aclaró con cierto tono de reproche—. Y no es ruso, es rumano.

Nadie parecía saber dónde estaba exactamente Blanca Lledó, aunque todos coincidían en que estaría en algún lugar del auditorio ejerciendo su labor de anfitriona. Por ello, sus familiares acordaron avisar a Elena cuando la localizaran.

Mientras tanto, Luis habló con algún miembro de la organización para que ubicaran a Elena en su mesa para la cena, donde les acompañarían otros músicos que habían estudiado en la fundación y algunos mecenas de la misma.

La cena transcurrió amenizada por una agradable conversación, que en muchas ocasiones giraba en torno a los exquisitos platos que les sirvieron.

—¿Ha venido Irina? —preguntó Elena a Luis en un aparte en cuanto tuvo ocasión.

—No, Irina no se siente cómoda en estos ambientes, ya te dije que no es muy sociable. A veces parece que solo se comunica a través de su violín.

Cuando les empezaron a servir los postres, un camarero se acercó hasta ellos y le pidió a Elena discretamente que le acompañara. La señora Blanca Lledó quería verla. Elena se disculpó con sus acompañantes y siguió al joven camarero hasta llegar al despacho del jefe de sala, frente a cuya puerta él le comunicó que Blanca esperaba al otro lado de la misma. La joven, algo nerviosa, golpeó la madera con sus nudillos.

—Adelante —se oyó que decía una voz desde dentro del despacho.

Elena hizo lo que le indicaban. Una vez dentro de la habitación, se acercó a una pequeña mesa de cristal tras la que Blanca Lledó la observaba detenidamente. El parecido con su madre brillaba por su ausencia. Era más oronda, con la piel más morena y, en general, mucho menos elegante que su progenitora.

—Siéntese, por favor —la invitó, sin molestarse en levantarse a saludarla.

Elena tomó asiento.

—Me ha dicho mi madre que quería hablar conmigo. No tengo mucho tiempo.

—Claro, procuraré ser breve. —Elena tuvo que tragar saliva para serenarse antes de continuar—. Soy periodista y me gustaría entrevistar a una alumna de la fundación Verdes-Montenegro, Irina Ionescu.

—Para estos temas tiene que dirigirse al señor Vázquez —la apremió Blanca.

—Ya lo he hecho, pero en lugar de facilitarme el encuentro con Irina, me ha remitido a Luis Molero.

—Luis es un excelente músico, me parece una gran elección —dijo Blanca, tratando de dar por zanjado el tema.

—Sin duda lo es, pero no es Irina.

—Tal vez el señor Vázquez consideró que era mejor que le entrevistara a él. Aclárele que no le agrada el cambio.

La mujer parecía impacientarse. Elena dudó un instante antes de decidirse a confesarle sus sospechas.

—Verá, tengo la impresión de que el señor Vázquez no quiere que hable con ella. Es más, creo que está poniendo trabas para impedírmelo.

—¿Y por qué iba a hacer Armando algo así? —se sorprendió Blanca.

—No lo sé, pero creo que tiene algo turbio entre manos. Algo relacionado con uno de los benefactores de la fundación, quien, además, conoce a Irina.

Blanca desvió su mirada hacia el fondo de la sala en la que se encontraban y no trató de ocultar la perniciosa sonrisa que se dibujó en su cara.

—¿Algo turbio, dice? Me parece que su vena periodística le está jugando una mala pasada, señorita —dijo, antes de soltar una carcajada.

Elena se ruborizó. No había contado con esa reacción. Su primer impulso fue el de salir corriendo del despacho, pero si lo hacía no solo no habría conseguido su objetivo, sino que probablemente no volvería a tener la oportunidad de intentarlo. Así que optó por sincerarse y le habló a Blanca sobre la llamada de la marquesa. Cuando terminó de hacerlo, Blanca volvió a reírse, de nuevo mirando más allá de Elena.

—Mire, señorita, le voy a ahorrar el mal trago de darle mi opinión sobre usted y su historia —dijo con maldad—. No sé qué le habrá contado a mi madre para hacer que la recibiera, pero haga el favor de dejar de inmiscuirse en la fundación y vaya a buscar misterios en otra parte, que aquí somos gente muy seria que ha trabajado muy duro para ser una de las más prestigiosas escuelas de música del mundo.

Con un gesto despectivo le señaló la puerta. Elena, humillada, se levantó de la silla y al girar para salir pudo ver que al fondo del despacho estaba sentado Alejandro Lledó. Entre sus incipientes lágrimas distinguió una sonrisa en su cara, era evidente que había seguido toda la conversación y que compartía la reacción de su hermana. Más avergonzada aún, Elena bajó la vista y se alejó de allí tan rápido como se lo permitieron sus tacones. Ni siquiera se planteó volver a la fiesta para agradecer su hospitalidad a Cecilia y a Luis, a este último ya le llamaría al día siguiente. Estaba deseando llegar a casa y encerrarse de por vida.

Cuando estaba a punto de alcanzar la puerta que apenas un par de horas antes había atravesado con gran ilusión, alguien la sujetó del brazo obligándola a girarse.

—¿Está usted bien?

Los azules ojos de Stefan Nicolschi la miraban con lo que parecía verdadera preocupación. Elena debía de parecer aterrorizada, ya que el hombre le pidió que se tranquilizara con una voz grave suavizada por su acento rumano.

—¿Hay algo que pueda hacer para ayudarla?

—No, no, gracias. —Elena se limpió las lágrimas con la mano—. He recibido una mala noticia, tengo que marcharme de inmediato.

—Es una lástima, la fiesta no ha hecho más que empezar y parecía estar disfrutando.

Dentro de su confusión, Elena trató de entender qué quería decir con eso aquel hombre. ¿Acaso la había estado observando?

—Sí, lo es, pero si me disculpa, debo marcharme. —Elena trató infructuosamente de liberar su brazo.

—Si me lo permite, podría llevarla a su casa —se ofreció Stefan.

—No, muchas gracias, no es necesario que se moleste —contestó ella precipitadamente.

—No es molestia, para mí sería un placer.

—No se preocupe, cogeré un taxi. Usted disfrute de la fiesta, por favor —pareció implorar Elena.

—¿Stefan?

La sideral acompañante de Nicolschi había aparecido en el recibidor. Guardando cierta distancia con ellos, dijo una frase en rumano que Elena no pudo entender, pero que logró hacer que Stefan soltara su brazo y le dedicara a Elena un gesto de despedida con la cabeza, como si le diera permiso para marcharse. Ella se apresuró a salir a la calle sin darse cuenta de que los ojos de Stefan no eran los únicos que la acompañaban en su huida.

13

Cecilia observó aliviada que los invitados a la fiesta habían empezado a retirarse. Entre los que quedaban se encontraban los asistentes más jóvenes, muchos de ellos buenos amigos de sus hijos, y algún que otro grupo de más edad que no había medido bien su consumo de alcohol. Al día siguiente sin duda se lamentarían en sus elegantes despachos.

Ella trataba de disimular su cansancio, no quería reconocer que ya no aguantaba las fiestas como cuando era joven. Había vivido multitud de ellas, actuando como anfitriona en gran parte. Al principio incluso las había disfrutado. Ahora, sin embargo, prefería la tranquilidad de su casa, la compañía de una buena novela, algún clásico del cine y hasta una cena en *petit comité*. Claro que desde que Fernando se había ido de casa apenas la invitaban a ninguna de ellas.

Ya era casi la una de la madrugada, pero no quería irse sin hablar un momento con Alejandro. Si no lo hacía esa noche, no sabía cuándo tendría la oportunidad de hacerlo. Aunque todavía vivía en casa, su hijo estaba siempre muy ocupado. Cuando no tenía algún viaje de negocios, pasaba la noche con alguna nueva conquista. Este era un motivo habitual de sus discusiones domésticas. Alejandro no entendía que el mayor temor de Cecilia era que sus hijos llegaran a ser tan desdichados como lo había acabado siendo ella. Los mayores, casados y con su propia familia, parecían tener unas vidas más estables. Pero Alejandro y Blanca, que habían vivido más de cerca los tormentosos meses previos al abandono de Fernando, no parecían superarlo.

Cecilia observó cómo su hijo pequeño hablaba con una mujer rubia, maquillada en exceso para su gusto, que no perdía oportunidad para rozarle la oreja con los labios al hablarle. Debía de sacarle por lo menos diez años. A su lado, ajeno a todo, su marido hablaba con otros hombres. Alejandro parecía divertirse, ¿significaría aquello que la tal Erika había seguido ya el mismo camino que sus anteriores parejas? No le importaba demasiado lo que le hubiera sucedido a la modelo nórdica, pero se dirigió determinada a separar a aquella víbora de su hijo.

—Alejandro, querido, por fin te encuentro —dijo, con la mejor de sus sonrisas.

—Madre, te presento a Mariví Ortega —contestó él, todavía riendo por la última confidencia de su acompañante.

—¿Señora de...? —preguntó Cecilia, sin disimular su intención.

Mariví Ortega soltó inmediatamente el brazo de Alejandro y la sonrisa se borró de su rostro. Cecilia no esperó a que contestara y volvió a dirigirse a su hijo.

—Alejandro, tengo que hablar contigo urgentemente. Por favor, acompáñame al piso de arriba, estaremos más tranquilos.

Y, cogiéndose esta vez ella del brazo de su hijo, se dirigieron hacia las escaleras. Alejandro pensó por un momento en reprender a su madre, pero sabía que no serviría de nada. Además, la escena le había resultado hasta graciosa.

En el piso de arriba, dos camareros desenfundaban las sillas que habían sido testigos de los conciertos de esa noche. Cecilia y Alejandro ocuparon dos de ellas.

—¿Qué tal estás? ¿Lo has pasado bien? —preguntó Alejandro, besando cariñosamente la mano de su madre.

—La fiesta ha sido maravillosa, sin duda tu hermana se ha superado. Pero estoy francamente agotada, hijo. Es la edad, que puede conmigo. No sé cuántas fiestas más me quedarán.

—Madre, no digas eso —protestó Alejandro, a sabiendas de que su madre exageraba para ganarse sus atenciones.

—Ya lo verás, ya —contestó ella pesarosa.

—Bueno, dime, ¿de qué querías hablarme? —preguntó él, detectando los signos de preocupación en ese rostro que tanto amaba.

—Esa chica, Elena, ¿ha hablado ya con tu hermana? —quiso saber Cecilia.

—Sí, madre.

—¿Y has estado presente, como te pedí?

—Ya sabes que sí —respondió él, ofendido por la duda.

—¿Y bien? ¿Qué quería? —Cecilia no pudo ocultar su nerviosismo.

—Hablar con una alumna de la fundación, no es nada importante.

—Sí, lo sé, eso me lo dijo. Quiere entrevistar a Irina para un periódico.

Alejandro miró a su madre contrariado.

—A nosotros nos ha dicho que la envía una marquesa por un asunto de una herencia. Y que cree que no la dejan contactar con Irina porque está sucediendo algo turbio en la fundación. Pero, como ves, esta historia no parece tener ni pies ni cabeza.

Alejandro podía ver cómo la inquietud se apoderaba aún más de su cansada madre. Sabía que le gustaba tener todo bajo control, especialmente lo que pudiera dañar la imagen de la familia.

—¿Algo turbio como qué? —preguntó Cecilia angustiada.

—No lo sé, madre, pero estoy seguro de que no tienes de qué preocuparte —respondió Alejandro, ya menos convencido de ello.

—¿La chica no os ha dicho nada más?

No iba a ser tan fácil mantenerla al margen de aquello. Y eso que él estaba seguro de que la historia no tenía base alguna.

—Cree que Armando Vázquez tiene un interés especial en no dejarla contactar con la alumna, y que en todo esto puede tener además algo que ver un benefactor de la fundación. Pero te digo que no tiene sentido, mamá.

—¿Quién? —preguntó Cecilia alarmada—. ¿Qué benefactor?

—No lo ha dicho, pero creo que se trata de Nicolschi.

Cecilia se quedó callada un momento, asimilando la información que le había dado Alejandro.

—¿Y no ha dicho nada sobre lo que ella cree que puede estar pasando? —insistió Cecilia.

—No, nada.

—¿Y Blanca qué ha dicho?

—Ha pensado que estaba chiflada —rio Alejandro.

—Y tú, ¿crees que lo está?

—No —contestó él tras reflexionar su respuesta durante unos segundos—. Creo que simplemente está equivocada.

—Bueno, pues averígualo, hijo. Y lo que averigües, cuéntamelo a mí, a nadie más. ¿Lo harás?

A Alejando le parecía que su madre estaba sacando las cosas de quicio y no quería perder tiempo en esa locura. Pero no podía negarle nada, nunca podría.

—Está bien, mamá, lo averiguaré. Pero tú vete a casa ya, anda, que es muy tarde. —Alejandro consultó su caro reloj y ayudó a su madre a levantarse—. Avisaré a Gerardo para que te recoja en la puerta.

El interior del vehículo de Cecilia se iluminaba intermitentemente al pasar bajo las farolas que alumbraban el corto trayecto desde el auditorio hasta el palacete de Castelló. Aquí y allá había gente que también estaba de retirada, un camión de la basura deteniéndose para vaciar los rebosantes contenedores, insomnes paseadores de perros y algún que otro coche. Antes de que Cecilia se diera cuenta, la familiar puerta de garaje se abría acogiéndola una vez más en su pequeña isla en el noble centro de la ciudad. Dejó que Gerardo guiara el coche hasta la misma puerta de entrada, no sabía si sus doloridos pies resistirían unos pasos más.

Antonio, el mayordomo, salió a recibirla en cuanto oyó el coche.

—¿Cómo está, señora? ¿Desea que le suban algo de comer? —preguntó solícito.

—No, Antonio, gracias, ya he cenado en la fiesta. Pero si pudieras hacer que me suban una tila, te lo agradecería. Estoy tan cansada que no sé si lograré dormir.

—Por supuesto, señora. Enseguida se la llevan.

Apoyándose en la barandilla dorada, subió las anchas escaleras de mármol y se dirigió hacia su habitación. La gran cama cubierta de mullidos almohadones la llamaba a gritos. Sin embargo, resistió el impulso de tumbarse sobre ella y entró en el vestidor para quitarse por fin los zapatos de tacón y el maravilloso vestido de firma, que dejó preparado para que alguien del servicio lo llevara a la tintorería al día siguiente. Se calzó unas zapatillas de seda blancas y se cubrió con una bata a juego que casi rozaba el suelo. El tacto de la seda contra su piel la reconfortó. Atravesó de nuevo el dormitorio para entrar en el cuarto de baño. Era el más grande de la casa, por él renunció gustosa a una *suite* con sala de estar como la de sus hijos. Porque uno de los pocos placeres de los que todavía disfrutaba en ocasiones era de los espumosos baños en el *jacuzzi* mientras escuchaba sus piezas favoritas de música clásica una y otra vez. Miró con anhelo la bañera vacía, tendría que esperar al día siguiente.

Se sentó frente al tocador y, estudiando fijamente su reflejo, comenzó a quitarse las joyas que había elegido con esmero para esa noche. Después, con gran habilidad, utilizó unos discos de algodón para desmaquillarse primero los ojos y, a continuación, el resto de la cara. Mientras se aplicaba un tónico hidratante, oyó cómo alguien entraba en la habitación y dejaba una bandeja sobre la mesilla de noche para volver a salir después. Por último, Cecilia se aplicó un carísimo y novedoso tratamiento antiedad con la esperanza de ganarle una batalla más al tiempo. Tras lanzarse una última mirada en el espejo, apagó las luces y se dejó caer en la gran butaca que había junto a la cama. Por fin, descansó los pies sobre un puf. Tomó un sorbo de la tila y, mientras sentía cómo el ardiente líquido bajaba por su esófago, no pudo evitar pensar en Elena. En su primer encuentro, supo de inmediato que le ocultaba información. Hacía falta mucha habilidad en el arte de la mentira para engañar a una experta como Cecilia

Verdes-Montenegro. Le había resultado muy extraño que esa muchacha se hubiera presentado en su casa solamente para pedir una entrevista con Irina Ionescu, pero nunca hubiera imaginado el verdadero motivo de su insistencia. Sin embargo, parecía una buena chica, humilde y educada. Tal vez Alejandro tuviera razón y simplemente estuviera equivocada. Pero tal vez no. Maldito Armando Vázquez, nunca se había fiado de ese hombre tan vulgar. Incluso en diversas ocasiones había intentado apartarle de la gestión de la fundación y dejar su puesto en manos de alguno de sus sobrinos, que sin duda lo hubieran agradecido. Pero Blanca siempre se había negado. Como hacía sistemáticamente con todo lo que ella decía.

Blanca, su pobre Blanca. Su niña pequeña, qué dulce y cariñosa fue un día. Con los ojos cerrados, casi podía sentir sus pequeños brazos aferrándose a su cuello, besándola con fuerza hasta casi hacerle daño. Al ser la pequeña y haber llegado cuando ya no esperaban nuevos miembros en la familia, se había convertido en el centro de atención de toda la casa. Aprendió rápido a ganarse el favor de todos y a salirse siempre con la suya. Para ella las normas no existían. Pero era tan alegre y risueña que todo se le perdonaba.

Tal vez, si hubieran hecho de ella una joven responsable, aquella lejana mañana no se habría saltado las últimas clases. Tal vez, si no se le hubiera dado todo lo que pedía, no habría ido a rogarle a su padre que le comprara un coche nuevo. Tal vez, si le hubieran enseñado a mirar por los demás, se habría dado cuenta de que esa mañana faltaba una de las secretarias de su padre. Tal vez, si le hubieran inculcado modales, habría obedecido a la otra secretaria y no habría abierto la puerta del despacho de su padre sin avisar. Pero lo hizo. Porque nunca imaginó que al abrir esa puerta su vida iba a cambiar, que iba a ver a su padre, su querido padre que cada noche desde hacía veinte años entraba en su habitación cuando volvía de trabajar para darle un beso, no importaba qué hora fuera, besando con esos mismos labios a la secretaria que debía haber estado en la silla vacía de la recepción. Tan entregados estaban el uno al otro que ni siquiera se dieron cuenta de que Blanca estaba allí, paralizada, aferrada al pomo de la puerta con una mueca de espanto y decepción. Estaba tan descolocada que se marchó sin advertirles de su presencia. Obviamente su padre se enteró de la visita a través de su otra diligente asistente, pero no tuvo el valor de enfrentarse a su propia vergüenza y también calló. Así que oficialmente nada cambió ese fatídico día, salvo que Blanca nunca volvió a ser la misma. Los peores rasgos de su carácter se acentuaron y se volvió déspota y humillante, especialmente con su desconcertada madre.

Unos meses después y tras un verano salvaje en el que asistió a todas las fiestas de Madrid, llegando a casa cada día bien avanzada la mañana, con los ojos inyectados en sangre por el alcohol y las drogas, Cecilia decidió tomar las riendas del asunto y enviarla a una universidad privada en Suiza. Se trataba de un internado donde devolvían al redil a las díscolas crías de la alta sociedad de todo el mundo. Pero no calcularon cuán díscolas eran hasta que, a mitad de curso, recibieron una llamada del director del centro. Habían encontrado cocaína en la habitación de Blanca y tardarían en expulsarla exactamente el tiempo que le llevara a alguien de su familia tomar un avión desde España e ir a buscarla. Fernando se desentendió del tema, así que Cecilia reunió el valor para enfrentarse al fin a su hija.

Mientras pagaba al taxista que la había trasladado desde el aeropuerto, no pudo evitar un leve temblor en su mano, que nada tenía que ver con el frío que le golpeó al salir del vehículo. Se ajustó el cuello de su gran abrigo de piel de visón y subió los peldaños para entrar en el imponente edificio de ladrillo. Ni siquiera se volvió para admirar el jardín, completamente cubierto por un denso manto de nieve.

Un solícito secretario la guio hasta la oficina del director. Frente a la puerta del mismo, en un banco de madera, Blanca esperaba cabizbaja su sentencia. Cecilia ni siquiera se paró a saludarla.

—Señora Lledó. —El director la recibió con una pequeña reverencia.

—Señor Dalmais, siento enormemente el motivo que me trae hasta aquí —se excusó Cecilia en un perfecto francés.

El director, un hombre con aspecto de sabio, de blancos cabellos y con unas modernas gafas de pasta, le explicó detalladamente el motivo de su urgente llamada. Hacía unos meses que sabían que alguien había introducido droga en el colegio mayor. Algunos chicos se comportaban de manera extraña, cuchicheando en los pasillos y dándose apretones de manos en los que intercambiaban algo más que amistad. Después vinieron los restos de porros que había encontrado el jardinero y hasta una bolsa de marihuana extraviada. Pero el día anterior habían dado con la gota que colmaría el vaso, restos de cocaína sobre la tapa de una cisterna en el cuarto de baño de hombres. Inmediatamente dieron orden de que todos los jóvenes se reunieran en el gimnasio y procedieron a registrar las habitaciones. Y, *voilà*, encontraron la prueba del delito en dos de ellas. Una era la de un joven francés, hijo de un ministro del país galo, y la otra, la de Blanca.

—Como comprenderá usted, señora, en este centro podemos hacer la vista gorda con muchos temas, pero este asunto podría convertirse en una gran mancha para la reputación de nuestra prestigiosa universidad.

Cecilia tragó saliva mientras asentía, esperando la resolución del director.

—Por deferencia a ustedes y al señor ministro no vamos a dar parte a las autoridades de nuestro descubrimiento.

Cecilia respiró al fin aliviada, al menos la acción de Blanca no tendría consecuencias legales.

—Pero lamento comunicarle que Blanca no podrá continuar sus estudios con nosotros.

—Claro, lo entiendo perfectamente —se apresuró a decir ella—. Y les agradezco enormemente que gestionen este tema con la sensibilidad que merece.

El señor Dalmais se removió inquieto en su silla.

—En cuanto a la cantidad económica que ya han abonado a la universidad por este curso universitario, espero que comprenda que servirá para compensar los gastos ocasionados por este asunto.

Ella asintió con un leve gesto y el director se puso en pie.

—Ahora tal vez quiera hablar con su hija unos instantes en privado. Pueden hacerlo en mi despacho si lo desean —dijo, antes de dejarla sola.

Cecilia estuvo tentada de rehusar su ofrecimiento, pero sabía que era mejor que, fuera lo que fuese que estuviera destrozando de esa manera la vida de su hija, se quedara en ese frío colegio de Suiza.

Esperó sentada, los ojos fijos en las blancas ramas de los árboles que casi rozaban la ventana. De pronto, escuchó cómo la puerta del despacho se cerraba y sintió la presencia de su hija en la habitación. Permaneció alerta, esperando un movimiento por parte de Blanca, su confesión, su súplica, su llanto. Pero Blanca no hizo nada, y Cecilia no pudo aguantar más la sensación de tener la mirada de la joven clavada en su espalda. Sin girarse, dijo:

—Bueno, hija, creo que ha llegado el momento de que me digas qué diablos te está pasando.

Blanca se mantuvo en silencio.

—Si no nos dices qué te pasa, no podremos ayudarte —insistió Cecilia, recibiendo de nuevo solamente silencio por respuesta—. Las cosas no pueden seguir así, Blanca. Puede que para ti esto no sea más que un juego, pero es que lo que te estás jugando es tu vida, tu futuro. Si crees que vamos a volver a Madrid y vas a seguir haciendo lo que te venga en gana, estás muy equivocada. Después de esto vamos a tener que tomar medidas drásticas. Para empezar, lo que queda de curso trabajarás en alguna empresa de tu padre y dejarás de recibir tu paga semanal.

Un pequeño movimiento de Blanca mostró que empezaba a sentirse acorralada. Cecilia continuó hostigándola, deseosa de hacerla hablar.

—Hija, creo que esto no es lo que tu padre y yo te hemos enseñado.

—¿Lo que me habéis enseñado? —Su hija emitió al fin una risa histérica—. ¿Y qué es lo que me has enseñado tú, mamá? ¿Cómo ser la mujer más infeliz y desagradable del mundo? ¿Cómo convertirme en una vieja amargada? ¿O cómo hacer que hasta tu marido te odie y se líe con su secretaria delante de tu propia hija?

Blanca empezó a llorar sin consuelo y, con cada lágrima de su pequeña, el corazón de Cecilia terminó de secarse. Sabía que Fernando no le guardaba fidelidad desde hacía muchísimos años, pero de ahí a mostrarse delante de su propia hija con otra mujer había un abismo. Eso de ningún modo lo podría perdonar. Sacó un pañuelo de su bolso y secó con él las últimas lágrimas que lloraría por Fernando.

Después, haciendo de tripas corazón, se levantó y se acercó a su hija, a quien acunó entre sus brazos hasta que finalmente se calmó.

Volvieron a Madrid en el primer vuelo que pudieron tomar. Blanca, ajena ya a todo lo que había sucedido, ojeaba revistas de moda mientras una ausente Cecilia miraba por la ventanilla del avión, disimulando su tormenta interior. Siempre había albergado la secreta esperanza de que Fernando volviera a ella, pero acababa de entender de la forma más cruel que nunca lo haría y que, después de lo sucedido, tampoco ella le volvería a aceptar jamás. En cuanto a su hija, Blanca no se había disculpado con ella por sus hirientes preguntas, pero al menos parecía haberse deshecho de sus demonios.

Ya era noche cerrada cuando por fin bajaron por la escalerilla del avión en Madrid. Antes de llegar a la terminal, Cecilia apartó a un lado a Blanca y le dijo:

—Lo que vamos a hacer ahora es lo siguiente. Vas a olvidarte de todo lo que me has dicho y de lo que viste en el despacho de tu padre. Eres muy joven, Blanca, y hay muchas cosas que no puedes entender. En la vida hay que hacer sacrificios, y yo todo lo que he hecho ha sido por vosotros, para que tus hermanos y tú ocuparais el lugar que merecíais. No te pido que lo entiendas, no me importa si lo haces o no. Pero no vuelvas a mencionar este tema nunca más si quieres seguir disfrutando de la cómoda vida que tu padre y yo te hemos proporcionado.

Por fin en la cama, con la luz apagada y con el efecto de la tila empezando a adormecerla, Cecilia rezó por que su hija no hubiera vuelto a meterse en problemas.

14

El intermitente pitido del despertador se fue abriendo paso entre los sueños de Elena, martilleando su dolorida cabeza. Cuando por fin consiguió incorporarse en la cama, la joven creyó que se iba a morir. Se encontraba moralmente abatida y físicamente agotada, prácticamente no había pegado ojo en lo que quedaba de noche cuando llegó a casa. Tras una larga ducha fría, se tomó un café acompañado de un analgésico. El día prometía hacerse eterno.

Una vez en *El Café*, se fue directa al *office* a reunirse con Bárbara. Quería pasar por su interrogatorio cuanto antes. Sin embargo, a pesar de sus temibles expectativas, su amiga se mostró excepcionalmente comprensiva.

—Bueno, Ele, no te preocupes, ya sabes cómo es esta gente —la consoló.

—Sí, ¡pero se rieron de mí en mi cara!

—Hombre, has de reconocer que la historia es un poco rocambolesca. Tampoco tienes nada en lo que basar tus sospechas y la marquesa podría ser una vieja pirada, suponiendo que al menos se creyeran su existencia —dijo su amiga.

Elena arrugó la cara como si hubiera recibido un golpe.

—Vamos, Elena, que tampoco es para tanto. Además, la que se rio fue la pija de Blanca, no tu querido Alejandro.

—No es mi querido —rebatió Elena—. Y sí se rio.

—Sonrió. No es lo mismo. Y encima te ligaste al rumano.

—Te puedo asegurar que no me lo ligué. Vaya susto me dio, me latía el corazón a mil por hora —recordó.

—¿Sería una casualidad que se acercase a ti?

Elena se encogió de hombros. Esa era una de las preguntas que le habían acompañado en las decenas de vueltas que había dado esa noche en la cama. Y algo en su interior le decía que ese encuentro no había tenido nada de casual.

—Bueno, ¿y el resto de la fiesta qué tal? Porque harías algo más aparte de humillarte delante de todos esos ricachones, ¿no?

En ese momento Darío entró en la sala.

—Qué mala cara tienes —le dijo a Elena con franqueza—. ¿Saliste ayer?

—Ayer estuvo bebiendo champán con la *beautiful people* de Madrid —la defendió una cortante Bárbara.

Darío sonrió forzado a la amiga de su ex.

—Me ha llamado Olivia, de documentación —dijo, devolviendo su atención a Elena—. Parece ser que no ha sido capaz de encontrar nada de información relativa al rumano.

—Da igual, ya no importa, se acabó la aventura —contestó Elena tajante.

—¿Por qué? ¿Has conseguido hablar con Irina? —se interesó él.

—No, no lo he conseguido. Pero tampoco sé si esto tiene sentido o es una paranoia mía.

—Bueno, si te sirve de algo mi opinión, creo que no es del todo paranoico. —Cogió una silla y se sentó a su lado—.

No has conseguido que te dejen hablar con ella, y eso que lo hemos intentado de mil maneras. Y el tipo ese que dirige la fundación tenía toda la pinta de tener algo que ocultar.

—Y no olvidemos el intento de secuestro del rumano —añadió Bárbara.

Elena sonrió ante la exageración de su amiga, pero Darío no pasó el comentario por alto.

—¿De qué estás hablando, Bárbara?

Bárbara miró a Elena dándole la opción de que contestara ella pero solo recibió una fulminante mirada por su indiscreción. Elena no quería ponerse en evidencia delante de Darío teniendo que contarle el desastre que había resultado la noche anterior.

—Nada, que ayer al final de la fiesta se acercó a Ele e insistió en acompañarla a casa —volvió a salvarla su amiga—. Se libró de él de milagro.

—Si al menos tuviéramos un nombre —deseó Darío preocupado.

—¿Del rumano? Stefan Nicolschi —contestó Elena.

Darío la miró sorprendido.

—Lo averigüé ayer —se justificó ella—. Pero, Darío, ya no tiene importancia, no le demos más vueltas.

—Nicolschi —repitió él antes de levantarse rápidamente de la silla—. Te veo luego.

Darío estuvo casi todo el día desaparecido, mientras que Elena trataba de concentrarse en sacar adelante su trabajo. Ironías del destino, la última noticia que maquetó fue la crónica social de la fiesta de la fundación Verdes-Montenegro. Buscó entre las fotos que le había enviado la agencia. Cecilia salía en casi todas ellas, posando acompañada de las celebridades que habían aportado su donativo para asistir a la cena. Elena reconoció a varios de los invitados y pudo al fin poner nombre a alguno de ellos. Alejandro también salía en varias fotos acompañando a su madre, e incluso había un par de ellas en las que posaba también Blanca, con aquella horrible sonrisa en su cara. Elena desechó estas últimas de inmediato y le asignó a la noticia una fotografía en la que posaba un nutrido grupo de elegantes asistentes. Cuando hubo terminado, repasó cuidadosamente cada foto buscando a Stefan Nicolschi. Le pareció reconocerle en una, pero estaba dando la espalda a la cámara. Volvió a una foto en la que aparecía Alejandro y la amplió para verle mejor. Estaba imponente con su esmoquin. Recordó cuando saludó amablemente a Luis Molero, y después a ella. Y también su última mirada cuando ella salió corriendo del despacho del jefe de sala. La rabia volvió a empañarle la vista, pero su frustración fue interrumpida por la aparición de una carpeta roja ante sus ojos.

—Aquí le tenemos —anunció Darío triunfal, sentándose a su lado.

Elena cerró rápidamente la foto de Alejandro y se frotó los ojos, simulando cansancio.

—¿El qué? —preguntó.

—A Stefan Nicolschi. No veas lo que nos ha costado encontrarlo.

Elena abrió la carpeta y lo primero que vio fue una foto del rumano dando la mano a un hombre, ambos muy sonrientes, frente a una nave industrial.

—Es de marzo del año pasado. Se publicó en *Noticias de la Plaza*, un periódico de la zona norte de Madrid —explicó Darío.

El pie de foto mencionaba al rumano y al alcalde del pueblo donde se había tomado la instantánea. Celebraban la inauguración de una fábrica de ladrillos en el pueblo.

—Vaya visión de negocio, montar una fábrica de ladrillos en plena crisis inmobiliaria.

Darío hizo caso omiso del sarcástico comentario de Elena.

—También se le cita en varios documentos sobre la fundación Verdes-Montenegro, aunque siempre de pasada y en referencia a asuntos económicos. Te los hemos impreso de todos modos.

—Gracias —dijo ella.

—Y hemos buscado en internet, pero no encontramos nada más que referencias a un tal Alexandru Nicolschi, que por lo visto fue general de la Securitate.

—¿La Securitate? —preguntó Elena extrañada.

—El servicio secreto que hubo en Rumanía durante la dictadura comunista.

—¿Como la KGB?

—Sí, pero en Rumanía —aclaró Darío.

A Elena le recorrió un escalofrío al asociar al hombre que había querido llevarla a casa la noche anterior con los servicios secretos de una dictadura comunista.

—Pero tu Nicolschi es muy joven para eso —dijo Darío como si le leyera el pensamiento.

—Claro —contestó ella, aunque a pesar de todo no se tranquilizó.

—También hay referencias a varios Nicolschi en distintas redes sociales, pero no parecen tener relación con el nuestro.

Tras repasar juntos toda la información que habían reunido en el departamento de documentación, Elena agradeció su ayuda a Darío y, por fin, se fue a casa a descansar.

—La Securitate, solo el nombre impresiona —dijo Javi cuando Elena terminó de ponerle al día.

Mientras su compañero de piso fantaseaba sobre la posible relación de Stefan Nicolschi con los actuales servicios secretos rumanos, Elena comenzó a devolver los papeles a la carpeta. Tenía la firme intención de entregárselos al día siguiente a la marquesa junto a su renuncia como investigadora. Su sentimiento de derrota no se debía solamente a no haber podido ayudar a localizar a Irina, sino que iba más allá. Había llegado a ver esta historia como su oportunidad para dedicarse al periodismo de investigación, pero estaba claro que había encallado en su búsqueda y no encontraba la forma de seguir adelante.

15

—¿Cecilia?

Fernando entró en el amplio salón del ático que ahora consideraba su casa. La presencia de su mujer en ese, su territorio, se le hacía enormemente extraña. Una alarma se activó en su cerebro, algo extraordinariamente grave debía de estar sucediendo para que Cecilia se hubiera presentado allí sin previo aviso.

—¿Ocurre algo? —preguntó preocupado.

Verla ahí parada, con esa mezcla de soberbia y miedo en el rostro, en su postura, le trasladó a la masía de sus padres en Alicante, a la noche en que por fin pudo hacerla suya, algo que había deseado y que se propuso cumplir desde el primer instante en que la vio.

Durante varios días antes de que sucediera, la llegada de Cecilia había sido el tema de conversación en las cenas de la familia Lledó. El padre de Fernando les había anunciado que iban a alojar por un tiempo a la hija menor de un antiguo socio y amigo suyo de Madrid, Guillermo Verdes-

Montenegro. Su amigo estaba enfermo, y al parecer a su mujer se le había ido la muchacha de las manos, así que le echarían una mano con la chiquilla y a cambio quedarían saldadas viejas deudas que Fernando tenía con Guillermo. Lo único que tendrían que hacer era acoger a la joven en la familia y mantenerla alejada de posibles escándalos durante un tiempo. Lo que por supuesto incluía, como buenos anfitriones que eran, hacer su estancia lo más cómoda y entretenida posible, introduciéndola y acompañándola a los eventos de la alta sociedad alicantina.

—¿Entendido, Fernando? —le dijo a su hijo, que no parecía prestarle atención.

—Sí, padre.

El joven Fernando sabía que con su padre lo mejor era darle siempre la razón y luego hacer lo que uno considerara oportuno. Le guiñó un ojo cómplice a Virtudes, su hermana mayor. Ella le regaló una risa gutural, que como siempre le hizo sentirse bien. No así a su padre, al que el sonido crispaba los nervios. La pobre Virtudes tenía un retraso mental que hacía que, como solía lamentarse Fernando padre, no le hiciera mucho honor a su nombre. Menos mal que seis años después de su nacimiento llegó al mundo Fernando hijo, el gran orgullo de su vida.

Cuando Cecilia llegó a Alicante, Fernando tenía ya un puesto de responsabilidad en la empresa de construcción de su padre, y la sensación de que la vida en esa ciudad se le hacía pequeña. Ansiaba progresar, ganar influencia, codearse con los políticos y hombres de negocios que salían en los periódicos. Quería irse a Madrid a probar suerte, pero todavía no se había atrevido a confesárselo a su padre.

Cuando vio a aquella muchacha por primera vez en el enorme hall de mármol de la masía, supo que tenía que casarse con ella. Era preciosa. Con el cabello negro como el carbón y la piel blanca y delicada como la porcelana, destacaba más que los lujosos muebles que su padre había hecho traer de todos los rincones del mundo. Parecía tan distante y misteriosa... Llevaba las manos cubiertas con finos guantes de encaje y mantenía la barbilla bien alta, desafiando al mundo desde sus profundos ojos verdes a medio abrir. En los días que siguieron a aquel primer encuentro, descubriría que además no le faltaba inteligencia y que su conversación era culta y sabía utilizar la palabra adecuada en cada ocasión. Y hablaba de toda esa gente de nombres y apellidos rimbombantes que él ansiaba conocer.

Además de que cumplía todos los requisitos formales que él buscaba en una esposa, su instinto animal hizo que enloqueciera con ella desde la primera vez que la vio. Mujeriego empedernido, ya no encontraba diversión en las mujeres de su pequeña ciudad. Las de su mismo entorno social, que hubieran matado por ser sus esposas, no daban la talla para sus ambiciosos planes. Y las de clase menos pudiente, que ni soñaban con casarse con él, habían pasado ya casi todas por su alcoba. Fue por ello que Cecilia acaparó inmediatamente su atención, y el desprecio con el que le trataba despertó en él un salvaje deseo de doblegarla.

En cuanto descubrió que la ambición de aquella mujer era el dinero que su familia había perdido, se las arregló para que fuera conociendo cada detalle de la fortuna Lledó. Y cuando al fin captó su interés, le contó sus planes de desarrollo para la empresa, que por supuesto pasaban por trasladarse a Madrid.

Tras cortejarla durante meses en cuantos bailes asistían y sufrir el despiadado rechazo de ella vez tras vez, y en vista de que se acercaba el momento en que ella debería regresar a Madrid, decidió abordarla con la frialdad con la que trataría un asunto de negocios.

—Cecilia, querida, sé que no soy el hombre con el que hubieras soñado compartir tu vida, y que difícilmente llegarás a amarme algún día, pero algo me hace intuir que esa tampoco es ahora tu principal prioridad. Como sabes, yo necesito una esposa que me ayude a introducirme en los círculos de poder de la capital y, a cambio, si aceptas ser tú, te prometo que siempre vivirás con los lujos de una reina. Como bien sabes soy el único heredero de la fortuna de mi padre, ya que cuando él fallezca Virtudes quedará bajo mi tutela. Y tengo la firme intención de multiplicar su fortuna de tal manera que ni nuestros hijos, ni los hijos de nuestros hijos, sean capaces de gastarse todo el dinero que voy a ganar para ti.

Ella se tomó un breve plazo de tiempo para valorar las consecuencias de unirse para siempre a un hombre tan falto de clase y educación, pero finalmente consideró que, con la posición social y el saber hacer de ella, y el ingente dinero de él, no habría puerta que se les resistiese. Y mataría por ver las caras de sus hermanos y sus supuestas amigas cuando regresara a Madrid convertida en una mujer extraordinariamente rica.

—Buenas noches, Fernando. He venido porque necesito tratar contigo urgentemente un tema relacionado con la fundación.

Era la primera vez que Cecilia visitaba la guarida de su marido y se sentía completamente fuera de lugar. No reconocía ni uno solo de los muebles y cuadros que formaban el salón, decorado con un estilo masculino y funcional, probablemente obra de algún decorador profesional. Pero lo que más le desconcertó fue ver en ese ambiente tan ajeno fotos de sus hijos y nietos. No podía negar que Fernando había sido un gran padre, a pesar de aquel nefasto episodio con Blanca.

Miró a los ojos al extraño con el que llevaba prácticamente toda su vida casada, y algo en su profunda mirada la trasladó al dormitorio de la masía de sus suegros en Alicante donde pasaron la noche de bodas. Recordó cómo esperó a Fernando en la cama, nerviosa, su cuerpo temblando ante lo que anticipaba que iba a ocurrir esa noche. Rememoró el fuego en la mirada de él cuando se quitó el batín frente a ella. Cómo la despojó del recatado camisón todo lo delicadamente que pudo, con sus toscas manos heredadas de generaciones de hombres curtidos en el trabajo duro. Cómo la devoró con su mirada primero y sus besos después, hasta lograr que dejara atrás sus inseguridades y miedos. Cómo convirtió, en definitiva, lo que ella había esperado que fuera un breve y recatado intercambio amatorio en una noche de ilimitada sensualidad y lujuria. Porque esa noche Fernando le enseñó partes de su cuerpo que ni siquiera sabía que existieran, e hizo con ella cosas que nunca había imaginado que se pudieran hacer. Esa noche, y las que la sucedieron, cambiaron por completo el concepto que tenía de su recién estrenado esposo. Durante un tiempo hasta pasó por alto su falta de refinamiento e incluso, aunque nunca se atrevería a confesarlo, llegó a enamorarse de él.

La llegada del matrimonio a Madrid coincidió con el primer embarazo de Cecilia. Dios había querido enviar a dos criaturas de una sola vez, Cecilia siempre sospechó que debido a la excesiva frecuencia de los encuentros sexuales con su marido. Durante esa época el matrimonio no se mostró mucho en sociedad, ya que con dos criaturas en su vientre Cecilia se encontraba demasiado pesada, por lo que los modales de Fernando siguieron sin suponer un problema de gravedad. Sin duda Cecilia había bajado la guardia y parecía estar completamente entregada a su matrimonio.

Los problemas comenzaron a partir del sexto mes de embarazo, cuando por prescripción médica Cecilia tuvo que guardar cama. El trabajo de Fernando empezaba a dar sus frutos, las ventas de la empresa iban creciendo y comenzaba a hacerse un hueco en los clubes de caballeros de la capital. Cuando finalmente nacieron los gemelos, uno de ellos lo hizo sin vida. Al otro lo llamaron Rafael, aquel que Dios ha sanado.

Durante su convalecencia, Cecilia empezó a tener sospechas de que su marido estaba frecuentando a otra mujer. Fernando había empezado a cuidar mucho su aspecto, se había trasladado a otro dormitorio con la excusa de no molestarla y empezó a salir por la noche y a regresar de madrugada. A Cecilia, las muestras de afecto de Fernando hacia ella empezaron a parecerle forzadas. Al principio le justificó, ya que ella no había podido atender adecuadamente sus necesidades. Dejó de amamantar a su hijo tan pronto como pudo y se esforzó por volver a atraer a Fernando a su lado. No tardó en quedarse embarazada de Virginia, pero esta vez pudo seguir acompañando a su marido a las reuniones sociales hasta muy avanzado el embarazo, convirtiéndose en testigo de los flirteos que este mantenía con algunas de las mujeres de sus nuevos conocidos. Como era de esperar, él siempre negaba este comportamiento, despreciando los celos de su mujer. Ella, en respuesta, empezó a humillarle en público corrigiendo sus modales y riéndose de su incultura. En privado, tan pronto le prohibía tocarla como se metía en su cama buscando provocar su pasión. De esos impetuosos encuentros nacieron Fernando, su segundo hijo varón, Alejandro y Blanca. Cuando esta última llegó al mundo, Fernando ya no cuidaba ni siquiera las apariencias y solía sorprender a sus amistades haciéndose acompañar de jóvenes a las que presentaba como sus sobrinas. Cuando esto llegó a oídos de Cecilia, le desterró definitivamente de su lado y juró que nunca le concedería el divorcio.

—¿Qué ocurre, Cecilia? ¿Los niños están bien? —preguntó él, devolviéndola al presente.

—Creo que sí, pero empiezo a sospechar que Blanca ha vuelto a meterse en problemas —contestó ella, evitando andarse con rodeos—. ¿Conoces a Stefan Nicolschi?

—¿Nicolschi?

—Es un joven empresario rumano, muy joven de hecho, apenas llegará a los treinta años. Tiene una empresa de materiales de construcción, tejas o ladrillos, no lo sé con exactitud.

—Nicolschi, el apellido me suena. —Fernando se esforzó en recordar—. Me parece que tenemos algunos proyectos con él en la constructora. Rafael es quien mejor lo sabrá. Pero, ¿qué tiene que ver con Blanca?

—Nicolschi es uno de los principales benefactores de la fundación. Necesito saber si es trigo limpio y, precisamente, qué relación tiene con Blanca.

La fundación Verdes-Montenegro fue un regalo que Fernando hizo a su mujer cuando su matrimonio empezó a hacer aguas. La culpabilidad y el deseo de mantenerla ocupada, y por ende lejos de su vida, le llevó a crear la fundación musical con la que sabía que ella, amante de la música y el arte, siempre había soñado. Además, podía serle útil para aliviar fiscalmente al grupo Lledó, el *holding* de empresas en el que había convertido con el paso de los años la empresa constructora de su padre. Cuando Fernando creó la fundación, decidió que lo más prudente era alejarse de su gestión dejando todo en manos de su mujer, a la que impuso la única condición de que Blanca formara parte del proyecto. Albergaba la esperanza de que esto ayudaría a que la relación entre madre e hija que él había estropeado no se rompiera definitivamente.

—Cecilia, cuéntame todo lo que sabes del tema —la apremió Fernando, dispuesto a tomar el mando de la situación.

—Ha llegado a mis oídos que podría estar sucediendo algo extraño en la fundación, pero no sé el qué, y que Stefan Nicolschi podría estar implicado. Y al tratarse de la fundación, no sería de extrañar que Blanca tuviera conocimiento del asunto.

Fernando torció el gesto.

—Te recuerdo que no sería la primera vez que se mete en líos, Fernando.

—Vamos, Cecilia, entonces era una niña.

—Lo sé —admitió ella—. De todos modos, le he pedido a Alejandro que trate de averiguar algo más sobre este asunto.

—Has hecho bien, Alejandro es la persona más adecuada —contestó su marido con un brillo de orgullo en la mirada—. Y dime, ¿qué necesitas entonces de mí?

—Quiero que investigues a Nicolschi y que revises las cuentas de la fundación. Y que hables con Blanca, para averiguar qué tipo de relación tiene con este Nicolschi, y si ella sabe algo de lo que pueda estar pasando en la fundación.

Miró a su marido fijamente a los ojos, mostrándole la sincera preocupación que sentía por la menor de sus hijas.

—Sabes que si pudiera lo haría yo misma, pero si le pido esa información recelará de mí y no quiero que piense que desconfío de ella.

Cecilia ignoró la irónica expresión de Fernando. Había quedado claro que seguía sin fiarse de su hija.

—Está bien, veré lo que puedo hacer —prometió su esposo—. Y estaré en contacto también con Alejandro.

Cecilia asintió con la majestuosidad de una reina mientras le miraba a través de sus ojos entornados.

—Una última cosa —pidió—. Si ves que realmente está sucediendo algo extraño y que en algún momento puede estallar, por favor, asegúrate de que no salpique a la fundación.

Elegante y altanera como siempre, se dio media vuelta y se dirigió hacia la puerta del salón. Entonces descubrió sobre una mesa un pañuelo y un bolso de mujer. Tras una pausa casi imperceptible, pero suficiente para avergonzar a Fernando, reanudó su marcha con la cabeza más erguida aún.

—Cecilia —la llamó él.

Ella detuvo su marcha pero no se volvió a mirarle.

—Lo siento, Cecilia, pero nunca te prometí un amor para toda la vida.

Un estremecimiento recorrió la espalda de ella.

—Sí lo hiciste, Fernando —escupió sus palabras con rencor—. Lo hiciste ante Dios el día que nos casamos y ante mí muchas noches después de eso, pero tu palabra nunca ha valido nada. No te atrevas a buscar mi perdón ahora.

Cecilia agradeció no haberse girado antes, ya que así podría ocultarle a su marido el dolor que reflejaban sus ojos de gata. Y, con toda la dignidad que pudo reunir, se marchó dejando a Fernando más solo que nunca.

16

Al salir del trabajo al día siguiente, Elena se fue directamente a visitar a Violeta con la intención de darle toda la información que había recabado y despedirse de esa historia para siempre. Afortunadamente, la marquesa se encontraba en casa. Tras saludarla y aceptar una taza de té, Elena le resumió escuetamente los últimos acontecimientos, desde su primer encuentro con Cecilia en el palacete de Castelló hasta la extraña conversación con Stefan Nicolschi al salir de la fiesta. Cuando le iba a enseñar el contenido de la carpeta con las averiguaciones de Darío, la marquesa la detuvo y le preguntó por sus impresiones sobre Cecilia. Comentaron la fuerte personalidad de la mujer y la elegancia de su casa, y Elena le contó también el impacto que le había causado la aparición de Alejandro. Cuando volvieron al tema de la investigación, Elena se sentía más tranquila y reconfortada. Sin duda era el efecto que la inteligente marquesa pretendía lograr.

—Ahora, por favor, cuéntame cómo fue exactamente la conversación con Blanca —le pidió.

Los gestos de consternación de la mujer mientras le relataba el encuentro ayudaron a Elena a liberarse en parte del desagradable poso que le había dejado la reunión.

—Entiendo, no te han tomado en serio —resumió la señora—. Te he hablado poco sobre mi querido Justo. Era un hombre muy inteligente, ¿sabes? Muy inteligente y muy bueno. Sin duda, hacía honor a su nombre.

Violeta sonrió dulcemente al recordar a su esposo. A Elena le sorprendió el repentino cambio de tema, que achacó a la edad de la marquesa, por lo que dejó que esta continuara relatándole sus recuerdos.

—A Justo le gustaba mucho la caza. Su abuelo tenía una finca en Segovia e iba muchos fines de semana con su padre, sus tíos y sus primos a cazar allí. Justo era el más pequeño de todos los primos, y sin duda el más tímido y callado de ellos. Te podrás imaginar que, debido a esto, casi siempre le tocaban las tareas menos lúdicas de la cacería, aunque a mí siempre me aseguró que le gustaba hacerlas. Una de ellas era lavar y cepillar a los perros cuando volvían del monte. La verdad es que los cánidos le adoraban, y yo creo que Justo se sentía más cómodo con ellos que tomando una copa con los hombres de la familia en el salón de trofeos. Los fines de semana que salía a cazar, yo procuraba ir a su casa el domingo por la tarde, ya que entre semana no solíamos vernos mucho a causa de sus estudios de ingeniería. El caso es que uno de esos domingos vi que sacaba de su equipaje una pequeña caja de latón. No pude aguantar la curiosidad y la abrí. ¿A que no sabes lo que encontré?

Elena negó con la cabeza, intrigada con la historia.

—Claro que no lo sabes. Ni lo imaginarías jamás. Encontré pelo. Grandes bolas de pelo de perro llenas de arrancamoños. Esa misma cara puse yo —rio Violeta, haciendo referencia a la mueca de desagrado de Elena—. Ya temía que se hubiera vuelto loco cuando con su explicación me acabó de convencer de ello. Me dijo que quería estudiar por qué esos pequeños frutos de los cardos eran tan difíciles de arrancar del pelo de los animales. Creía que el modo en que se enganchaban podía tener alguna aplicación práctica. Tras dedicar varios meses a su estudio, decidió hablar con su padre y con un profesor de la universidad sobre el tema. Ambos pensaron que era una locura y le hicieron quitarse el asunto de la cabeza.

La marquesa hizo una pausa mirando a Elena con una chispa de luz en sus ojos.

—Le confieso que no entiendo a dónde quiere llegar, Violeta —dijo Elena.

—Un par de años después de esto, un ingeniero suizo aficionado a pasear por el monte con sus perros, y harto de desenganchar cardos de sus pantalones y del pelo de los perros, inventó y patentó el velcro.

Elena guardó silencio, temerosa de reconocer que seguía sin captar el sentido de la historia. La marquesa continuó.

—A veces, querida, cuando se está seguro de algo, hay que encontrar las fuerzas para superar los obstáculos que se nos presenten y perseguir nuestro objetivo hasta el final. Es difícil hacerlo cuando parece que estamos solos en el empeño, y más aún cuando se ríen en la cara de uno, pero esto no quiere decir que la razón no esté de nuestro lado. Justo siempre se lamentó por no haber seguido adelante con su experimento. —La marquesa adoptó entonces un tono de voz más cercano—. Entiendo que ahora estés cansada y desilusionada con esta historia, pero ya no es una cuestión de que me ayudes a finalizar el trabajo. Es una cuestión de no darte por vencida.

La gran fuerza que transmitían las palabras de Violeta, que incluso había apretado sus puños para decir la última frase, provocó que Elena se revolviera en su asiento. Veía que la marquesa iba a volver a embaucarla y no quería que esto sucediese.

—Escucha, hija —continuó Violeta más relajada—. Vete a casa, diviértete el fin de semana, descansa y déjame que le dé yo una vuelta a este tema, a ver si se me ocurre alguna salida.

Y, con este nuevo propósito, aunque no del todo convencida, Elena decidió darse de nuevo un paseo hasta la calle Libertad mientras planificaba su fin de semana. Sin saber que, como empezaba a convertirse en costumbre, alguien tenía otros planes para ella.

Cuando se aproximaba al portal de su casa, vio a un hombre hablando por el móvil, recorriendo la acera de un lado a otro, con un movimiento que parecía llevar largo rato practicando. Al darse cuenta de que ella se acercaba, el hombre cortó a su interlocutor y se guardó el aparato en el bolsillo. A Elena le pareció que aquel desconocido la miraba, aunque como estaba oscureciendo no podía distinguirle bien. Tampoco reconocía su silueta. Entonces se le ocurrió que tal vez no sería demasiado tarde para subir a ver cómo estaba la señora Ramiro. Le vendría bien que la ayudara a reflexionar sobre su inminente cambio de casa. Pensaba en ello distraída cuando el hombre comenzó a andar lentamente hacia su encuentro. Ella guiñó los ojos, no era posible lo que estaba viendo. Metió la mano en el bolso para buscar la llave mientras notaba cómo su corazón empezaba a golpear con fuerza en su pecho. «Contrólate, Elena, solo faltaría que te desmayases ahora», se dijo.

—¿Elena?

Alejandro Lledó Verdes-Montenegro la esperaba en el portal de su casa. Llevaba un traje de chaqueta que parecía hecho a medida. De hecho, probablemente así era. Tenía aspecto de cansado, y en sus clásicos rasgos no había rastro de la humillante sonrisa con la que la despidió en su último encuentro.

—¿Alejandro? —respondió Elena, sin poder evitar un leve temblor en su voz.

Él se acercó a ella y le dijo en voz baja:

—Tenemos que hablar.

Elena trató de pensar con rapidez. No había tenido tiempo de pasar por casa ya que había ido a visitar a Violeta directamente desde el trabajo, y esto tenía dos consecuencias inmediatas. La primera, que su brazo izquierdo todavía apretaba contra su cuerpo la carpeta con las fotos y datos de Nicolschi, algo que no le gustaría por nada del mundo que Alejandro viera. Y, la segunda, que su aspecto distaba mucho de estar a la altura del de aquel hombre.

—¿Hay algún sitio donde podamos tomar algo tranquilamente? —añadió Alejandro, dirigiendo su mirada hacia la oscuridad del portal.

Imposible, Elena no iba a permitir que ese hombre elitista y vanidoso entrase en su humilde hogar.

—Hay un bar en la calle perpendicular a esta, el Soho —contestó Elena, señalando dónde se encontraba la calle a la que se refería—. Espérame ahí, bajo en cinco minutos.

Él la miró contrariado, creía que había dejado clara la urgencia que sentía por hablar con ella.

—Un minuto, te lo prometo —insistió Elena, mientras abría la pesada puerta de hierro y cristal lo más rápido que era capaz para no darle tiempo a responder.

Corrió escaleras arriba y entró en la casa dando un portazo y sin aliento.

—¿Elena?

Javi estaba en casa. Elena corrió al cuarto de baño sin

responder, segura de que Javier no tardaría en asomarse a la puerta. Y no se equivocó.

—¿Estás bien? —le preguntó su amigo con los ojos abiertos como platos.

—No te vas a creer quién me está esperando en el Soho.

El muchacho se cruzó de brazos y se apoyó en el marco de la puerta mientras ella daba rápidas pasadas con el cepillo a su pelo.

—No será Darío, ¿no? —dijo, dispuesto a pelear.

—¡No! Vas a alucinar —rio Elena, apartando un momento el aplicador de sombra de ojos de su cara para poder ver la reacción de Javi a lo que se disponía a decir—. ¡Alejandro Lledó!

—¡Venga ya! —respondió él sorprendido—. Pero, ¿a qué ha venido?

Elena siguió aplicándose polvos correctores que disimularan sus ojeras y un poco de brillo de labios.

—A hablar conmigo, pero no sé de qué —confesó—. Ya te contaré.

—De eso nada, ¡bajo contigo!

Javier salió corriendo por el pasillo mientras Elena trataba de disuadirle a gritos.

—Bueno, no te acompañaré, pero déjame al menos que baje a verle —rogó él de nuevo, poniendo su mejor cara de cachorro desvalido.

—Javi, por favor, que el chico ya tiene una imagen un poco peculiar de mí, como para que encima ahora crea que estoy desesperada por presentarle a mis amigos —imploró ella.

Él puso cara de fastidio, pero volvió a colgar su cazadora del perchero de la entrada.

—Está bien —dijo, con el orgullo herido—. Pero luego me lo cuentas todo.

—Te lo prometo —contestó Elena antes de besarle efusivamente en la mejilla y echar a correr escaleras abajo.

El Soho era un moderno bar de ambiente donde servían unos exquisitos cócteles. Elena localizó rápidamente a Alejandro, ya que aún era temprano y no había muchos clientes en el bar. Estaba sentado en el rincón más alejado de la barra. Se había quitado la corbata y desabrochado el primer botón de la camisa. Ojeaba unos programas de conciertos que había sobre la mesa a la vez que despeinaba un poco su pelo distraídamente. La amplia sonrisa del camarero, conocido del barrio de Javi y Elena, le confirmó que su improvisado acompañante de esa noche estaba irresistible.

—No he tardado mucho, ¿no? —preguntó Elena mientras se sentaba en la banqueta de al lado de la que ocupaba Alejandro.

El camarero se acercó con una Coca-Cola para él.

—Yo tomaré otra, Iván, por favor —le pidió Elena.

—Marchando —respondió el camarero con guasa y un guiño.

Alejandro la miró a los ojos durante lo que a ella le pareció una eternidad mientras buscaba la mejor fórmula para empezar a hablar.

—Supongo que te debo una disculpa —dijo al fin.

La cogió desprevenida. No porque no creyese que se la debía, sino porque no sabía cómo había llegado a esa conclusión.

—Supongo —contestó ella comedida, a la espera de ver a dónde quería llegar aquel hombre.

—He comprobado tu historia. Bueno, parte de ella al menos. Sé que efectivamente trabajas en un periódico.

—Hombre, pues sí —afirmó ella indignada al ver que había puesto en duda hasta eso.

—Y que conoces a la marquesa viuda de Lezma.

Elena prefirió no preguntar todavía cómo había averiguado él que la conocía. Era mejor dejarle hablar primero y que dijera todo lo que estuviera dispuesto a decir, así que se limitó a asentir con la cabeza. Él volvió a quedarse mirándola fijamente.

—¿Qué te dijo Nicolschi cuando abandonaste la fiesta?

Elena levantó las cejas sorprendida. Parecía que se había informado bien. Esperó a que Iván dejara su refresco antes de tomar las riendas de la conversación.

—¿Me has estado espiando? —preguntó con cara de incredulidad.

Lo cierto era que no se sentía muy cómoda con la idea, pero por otro lado estaba feliz porque al fin alguien la creyera.

—Necesitaba saber si mentías —se justificó Alejandro.

—Claro, y era mucho más sencillo investigarme que pensar que no tenía ningún motivo para mentir —ironizó ella.

—Elena, todo el mundo tiene algún motivo —repuso él indulgente.

—No, todo el mundo no.

Alejandro sonrió ante la inocencia de la muchacha.

—Está bien, te presento mis más sinceras disculpas.

—Ya —contestó ella sin ocultar sus dudas.

—¿Qué te dijo Stefan Nicolschi cuando abandonaste la fiesta? —repitió él, esta vez con más dulzura.

—Me preguntó si estaba bien. —Obvió el llanto que había llevado al rumano a hacerle la pregunta—. Y se ofreció a llevarme a casa.

Esto sorprendió a Alejandro, que frunció el ceño tratando de comprender.

—¿Os conocíais de antes?

—No. Bueno, yo le había visto en vuestra fundación, pero él a mí no.

Su interlocutor pareció aún más sorprendido.

—¿Entonces es cierto que has estado en la fundación?

Ella no ocultó la rabia que le provocó esa nueva muestra de hasta dónde había llegado la falta de confianza de él. Muy seria, tomó aire y le contó toda la historia. Le habló de la llamada de la marquesa, le explicó el parentesco que les unía a ellos dos y le contó las dos visitas que había hecho a la fundación, la primera para hablar con Armando Vázquez, momento en que vio por primera vez a Stefan, y la segunda para conocer a Luis Molero en sustitución de Irina.

Alejandro siguió toda la historia con gran atención, intercalando preguntas cuando quería ampliar la información. Al cabo de más de una hora, Elena se quedó mirándole, con el semblante aún serio, esperando que ese hombre tan guapo e inteligente hubiera encontrado la solución al misterio que tenían entre manos.

—¿Me dejas que te invite a cenar, para compensarte por lo de la fiesta? —preguntó él en cambio, con la cabeza ladeada, media sonrisa en los labios y una divertida mirada de derrota.

Ella no habría podido negarle nada aunque hubiera querido.

Al salir del bar a Elena le divirtió ver a Javi sentado en la barra, esforzándose por disimular su presencia.

—Vamos a un restaurante estupendo que está aquí al lado. Déjame que me asegure de que tenemos mesa.

Alejandro hizo una rápida llamada para confirmarlo.

—¿Es un sitio muy elegante? Tal vez debería cambiarme de ropa.

Él estudió deliberadamente el aspecto de la joven. Llevaba una vestimenta bastante informal, con seguridad comprada en alguna cadena de ropa de calidad cuestionable, pero a nadie de su restaurante favorito le importaría, menos aún teniendo en cuenta la ingente cantidad de dinero que gastaba en él.

—No voy a dejarte escapar de nuevo escaleras arriba —advirtió—. Estás muy guapa.

Cuando entraron en el pequeño comedor, un hombre de mediana edad recibió a Alejandro con sincero afecto. Disimuló su sorpresa ante la nueva joven que le acompañaba, tan diferente de las que su mejor cliente llevaba habitualmente al restaurante.

—Te presento a Elena, mi tía abuela —la presentó Alejandro con sorna, reprimiendo una sonrisa.

—Se conserva usted estupendamente, si me permite el comentario —le siguió la broma el chef.

Tras sentarse, el hombre les sugirió que probaran las setas de temporada y unos raviolis de foie.

—Estupendo. Y de segundo tomaremos lubina a la espalda —pidió Alejandro, confirmando con una mirada que Elena estuviera de acuerdo.

Durante la cena Alejandro le habló de su familia. Elena pudo ver que adoraba a su madre, a pesar de que había sido muy estricta en su educación, y que respetaba mucho a su padre, a pesar de todo. Estuvo tentada de confesarle que Violeta le había contado la historia del matrimonio de sus padres, pero se contuvo. Él también le habló de su hermana Blanca, asegurándole que era dulce y bondadosa, aunque al leer la incredulidad en la cara de Elena admitió riendo que a veces su carácter no dejaba ver estas cualidades. Sin saber muy bien por qué, Alejandro continuó hablándole acerca de su tensa relación con sus hermanos mayores. Le contó que estos temían que quisiera apartarles del grupo de empresas familiar, aunque la intención de él no era esa en absoluto. Le confesó lo dolido que estaba por ello. También le dijo que Blanca era la única que, junto con sus padres, parecía apoyarle en ese momento. Lo que no le dijo es que nunca había hablado tan francamente con alguien acerca de su familia y que no entendía qué le había llevado a abrirse tanto a ella. Sin duda se había propuesto ganarse su confianza para averiguar todo lo que pudiera de Nicolschi, tal y como le pidió su madre, pero tenía la sensación de haberse excedido un poco. Por un momento se sintió algo incómodo y vulnerable, pero entonces ella empezó a hablar también de su familia, de su trabajo y de su excéntrico y muy querido compañero de piso, y le hizo olvidar sus recelos. Alejandro le preguntó si estaba saliendo con Javi y ella rio ante la sugerencia confesándole que Javi era gay. Entonces él le preguntó si salía con alguien más y la mirada de ella se ensombreció. Se arrepintió en seguida de haber preguntado, no era justo, él tampoco había mencionado a Erika.

—No, ya no —contestó Elena bajando la mirada.

Él sintió el impulso de alcanzar su mano sobre el mantel para reconfortarla, pero no lo hizo. A cambio, pidió más vino.

—Bueno, ¿y ahora qué? —preguntó Elena, necesitando cambiar de tema.

—Ahora vas a dejarme a mí investigar un poco sobre esta historia y asegurarme de que todo está en orden —contestó él, autoritario.

—¿Y podremos Violeta y yo ver a Irina? —pidió Elena.

—Sí, hablaré con Armando.

—¿Y si sigue impidiendo que la veamos? —preguntó Elena, no muy convencida de la solución.

—¿Por qué iba a hacer algo así?

Ella suspiró. ¿Acaso después de todo Alejandro no se había enterado de nada?

—¿Porque es lo que ha estado haciendo todo el tiempo? —preguntó a su vez.

Él la miró cansado y ella decidió arriesgarse.

—Está bien. Hay algo que no te he contado.

Elena dobló la servilleta con cuidado, tantas veces como el trozo de tela se lo permitió. Se sentía un poco avergonzada por lo que iba a decir.

—La segunda vez que estuvimos en el despacho de Armando Vázquez, Javi encontró un extraño listado de nombres y sumas de dinero. Eran cantidades muy elevadas.

—¿Donaciones a la fundación? —intuyó él.

—Pudiera ser, pero ¿cuántos benefactores del este de Europa tiene la fundación?

—Pocos —reconoció—. Casi todo son empresas españolas. Está Nicolschi, que es uno de los benefactores más importantes, y tal vez uno o dos más. ¿Por qué lo preguntas?

—Los nombres del listado eran todos del este. No sé si rumanos, rusos o qué, pero desde luego no eran de aquí. Y había varias páginas llenas de nombres raros y cantidades elevadas de dinero.

Elena casi podía ver cómo las ideas fluían por la mente de Alejandro a través de sus ojos.

—Además, a estas alturas de la vida, digo yo que llevaréis las cuentas con la ayuda de algún programa informático, ¿no? —remató.

—Está bien —aceptó él al cabo de unos segundos—.

Evitaré alertar a Armando y averiguaré qué es ese listado. ¿Dónde está?

—En un cuaderno, en el despacho de Armando.

—Pero, ¿dónde exactamente? Necesito verlo —la apremió.

Alejandro pensó que el cuaderno podía contener la explicación que buscaba su madre. Elena le sorprendió vaciando su copa de vino de un trago antes de responder.

—En el cajón del escritorio de Armando.

—Vaya, vaya... —Una enorme sonrisa se dibujó lentamente en el rostro de Alejandro—. Yo pensando que eras un modelo de integridad, ¿y ahora descubro que te dedicas a rebuscar en cajones ajenos?

Elena se puso colorada y tardó demasiado tiempo en justificarse.

—No fui yo, fue Javi —dijo tímidamente para después contraatacar como defensa—. Entonces, ¿me vas a explicar ahora por qué decidiste espiarme?

Alejandro recibió el golpe con elegancia y respondió.

—Después de tu estampida del despacho del auditorio fui a buscarte para asegurarme de que estabas bien y vi la escena con Nicolschi. Me pareció muy raro que se acercara a ti.

Ella alzó las cejas.

—Entiéndeme, no hay nada malo en ti, pero por lo que he podido ver, digamos que el rumano no aprecia la belleza española.

El falso cumplido la hizo sonreír.

—Y por eso decidiste seguirme —concluyó.

—Bueno, yo personalmente no. Te ha seguido alguien que trabaja para mí.

—¿Al trabajo? —quiso saber.

—Sí.

—Y a casa de Violeta —comprendió Elena.

Alejandro asintió y aprovechó que ella se quedaba pensativa para pedir la cuenta.

Volvieron a casa dando un silencioso paseo, ambos pensando en la conversación que habían mantenido en la cena. De vez en cuando cruzaban alguna frase. Alejandro le ofreció su chaqueta por si tenía frío, ella le indicó alguna cosa sobre los comercios y bares del barrio. Dejaron atrás el Soho, ahora rebosante de juventud, y finalmente llegaron al portal de Elena.

—Muchas gracias por la cena, y por acompañarme —dijo ella.

—No hay de qué, lo he pasado muy bien —contestó él, sorprendido de hasta qué punto la frase era sincera.

Elena giró la llave del portal.

—Supongo que ya dejarán de seguirme.

Él afirmó con la cabeza y sonrió.

—Si te portas bien, sí —bromeó—. Aunque a lo mejor ahora empiezo a hacerlo yo.

Ella le devolvió la sonrisa, halagada, y sintió su pulso acelerarse de nuevo.

—Ha sido un placer reencontrarme con mi bisabuela —añadió Alejandro jocoso.

Elena volvió a sonreír, sintiendo cómo se le acaloraban las mejillas, y, antes de dejar que se cerrara la pesada puerta de entrada a la casa, respondió con un tímido «igualmente».

17

El sábado tardó en amanecer debido a la lluvia. Sin embargo, a Elena le pareció que la mañana no podía ser más luminosa. Remoloneó hasta tarde en la cama, recordando la cena de la noche anterior con esa nueva y encantadora versión de Alejandro. Solo pudo despegarse de las cálidas sábanas cuando a media mañana sonó el teléfono y su estómago pareció querer salir por su boca. No había dejado de fantasear con que Alejandro volviera a contactar con ella. Corrió hasta el salón donde Javi, tumbado en el sofá, hablaba animadamente con quien hubiera llamado. No era él. Decidió entonces subir a visitar a la señora Ramiro, como había pensado hacer la tarde anterior cuando inesperadamente Alejandro había aparecido en su portal. Ayudarla a valorar la opción de irse a vivir con su nieto Valentín la relajaría un poco.

Encontró a la anciana preparando una sopa para comer.

—Si finalmente decide no marcharse, debería pedirle a Valentín que cambie la cocina de gas por una de vitrocerámica, que es más segura —le dijo Elena poniendo el mantel mientras vigilaba los torpes movimientos de la mujer con el rabillo del ojo.

—Si me voy con ellos, ya no tendré que cocinar —observó esta.

—Efectivamente, eso que ganaría. Sin duda estaría muy bien cuidada.

La anciana pareció reflexionar.

—Lo poco que soy capaz de hacer ahora es lo que me mantiene viva. Allí no me dejarán hacer nada.

Elena entendía los temores de la mujer.

—Estoy segura de que encontrarán algo en lo que pueda ocuparse, si no es en casa tal vez en un centro de día, donde además podrá aprender cosas nuevas y conocer a gente que se encuentre en su misma situación. Y, no sé por qué, pero presiento que Valentín pronto le dará bisnietos con los que entretenerse de verdad.

La señora Ramiro sonrió, ese sin duda sería un aliciente para marcharse con él.

—A mis nietos apenas tuve la oportunidad de disfrutarlos de pequeños, porque vivían en Francia, y cuando murió María Eugenia y vinieron a casa la pequeña tenía ya once años —recordó.

—¿Y qué fue del padre de sus nietos? —preguntó Elena, aprovechando que esa era una de las raras ocasiones en que la señora Ramiro hablaba de aquella etapa de su vida.

—Se desentendió de ellos. Era un hombre casado y nunca los reconoció.

Elena recordó la historia de las muchachas de servicio que le había relatado la marquesa, aunque sin duda cuando la hija de la señora Ramiro tuvo a sus hijos era una época diferente, y la gente era ya mucho más tolerante.

—El otro día me contaron que después de la guerra se pusieron en marcha unas guarderías para cuidar a los hijos de las mujeres trabajadoras —le dijo a la señora Ramiro.

—Sí, la Sección Femenina era la que solía encargarse de

esos asuntos. En Almería, donde yo nací y viví mis primeros años, organizaban incluso unas guarderías temporales para cuidar a los niños de las mujeres que trabajaban durante las campañas agrícolas.

—No sabía que era de Almería —se sorprendió Elena.

—Pues lo soy. Toda mi familia es de allí, pero nos vinimos a Madrid cuando yo apenas tenía ocho o nueve años. Desde entonces solo regresamos un par de veces para visitar a la familia.

—¿Y después vivió siempre en Madrid? —preguntó Elena.

—Sí. Con catorce años entré a servir en una casa y con dieciocho me casé con Herminio, que como sabes era el hijo de un panadero de aquí del barrio de Chueca. Desde entonces siempre hemos vivido en este barrio —señaló con tristeza, consciente de que pronto se alejaría de él.

—Estoy segura de que su nieto la traerá cuantas veces quiera, aunque ya verá que cuando se haga un hueco en su nueva casa no echará esto tanto de menos como ahora cree.

La anciana retiró la olla del fuego.

—¿Vas a quedarte a comer? —preguntó.

—No, muchas gracias, aún es temprano para mí. Pero, si le apetece, le haré compañía mientras lo hace usted.

Y así lo hizo. Cuando la mujer terminó de comer, la ayudó a recoger la cocina y se aseguró antes de irse de que se quedaba bien acomodada en el sofá para echarse una merecida siesta. Cuando bajó a su casa, la señora Ramiro ya tenía los ojos cerrados.

En su turno de comida le tocó contarle a Javi con todo lujo de detalles cómo había ido la cena con Alejandro. Él se ilusionó tanto como ella por cómo habían evolucionado las cosas. Después de comer, se dispusieron a dormitar viendo la película de la sobremesa, cuando les sobresaltó el timbre. Elena miró asustada a Javi, si era Alejandro no quería que la viera vestida con su ropa de andar por casa.

—Yo abro, tú corre a quitarte eso —dijo él, comprendiendo rápidamente su angustia y mirando su ropa como si fueran harapos.

Ella corrió a enfundarse sus vaqueros favoritos y una camiseta ajustada. Probablemente no era muy distinguido, pero la urgencia le impedía pensar con claridad, así que tendría que valer.

Cuando se asomó a la entrada vio a Javi hablando con Darío. No parecía muy dispuesto a invitarle a pasar.

—Ele, es Darío —le dijo sin ocultar su decepción—. Ya le he dicho que se fuera por donde ha venido, pero insiste en hablar contigo.

—Gracias, Javi —dijo Elena, agradeciendo también con una sonrisa el gesto de su amigo.

—¿Quieres que me quede? —preguntó él desafiante.

—No, no hace falta. Déjanos solos, anda.

Y le sustituyó bajo el quicio de la puerta.

—Vaya, tienes un buen perro guardián —dijo Darío incómodo.

—Se preocupa por mí —le defendió ella—. ¿Qué quieres, Darío?

—Enseñarte esto —contestó, tendiéndole un papel.

Ella lo desplegó. Era una copia de una hoja del diario *Noticias de la Plaza*. En ella se anunciaba la parada de la fábrica de ladrillos de Nicolschi. La fecha era de apenas una semana atrás. Al parecer, la empresa estaba dando pérdidas y habían cesado temporalmente la actividad.

—Con la que está cayendo no me extraña —dijo Elena tras analizar el contenido de la noticia.

—Ya, lo extraño es que si la fábrica está parada, haya tanto movimiento en ella. Cálzate, que nos vamos.

Entonces Elena reparó en que él llevaba dos cascos.

Durante el trayecto en moto abrazada a Darío le desconcertó no sentir el familiar nudo en la garganta por la proximidad de su tacto, de su olor. Al contrario, se sorprendió imaginando cómo sería abrazar así a Alejandro Lledó. Había sido tan amable y respetuoso con ella la noche anterior, tan diferente a la imagen que tenía de él... Había pensado que sería un hombre frívolo, presuntuoso y superficial. Pero la realidad era que le había sentido cercano hablándole de su familia, bromeando con ella e, incluso, aunque no se atreviera a reconocerlo, coqueteando cuando se despidieron. Tal vez fueran solo prejuicios, tal vez fuera un hombre normal, sensible, inteligente, seguro e independiente. Y muy guapo, se dijo sonriendo. Un hombre necesitado de alguien que le amase por quien era. Se rio ante la ocurrencia y, como respuesta a la convulsión de su cuerpo, Darío le palmeó cariñosamente la pierna devolviéndola a la realidad. Al cabo de un rato, la moto tomó un desvío de la carretera y empezó a frenar.

Pasaban las ocho de la tarde cuando Darío aparcó al lado de un gran muro de ladrillo de extraño aspecto. Tras quitarse el casco, Elena pudo ver que el muro estaba formado por hileras de ladrillos de diferentes tonalidades y acabados. Debía de tratarse de un muestrario.

—¿De qué te reías antes? —preguntó Darío mientras acababa de asegurar la moto.

—De nada, estaba recordando algo que me dijo Javi —mintió Elena, avergonzada por lo pueril que era el verdadero motivo de su risa.

Darío, temiendo que el comentario de Javi pudiera tener que ver con él, prefirió no profundizar en el asunto y tiró del brazo de Elena hacia la cancela que ponía fin al muro, que en ese momento estaba abierta mostrándoles la fábrica que habían visto en el periódico. Tenía un aspecto mucho más lúgubre en esa noche sin luna. Una barrera impedía el paso de vehículos. A su lado, había una pequeña caseta de recepción. Darío arrastró a Elena hacia allí para evitar ser vistos. A pesar de que no llovía, la intensa humedad que había en el ambiente aumentaba la sensación de frío, aunque la excitación de estar haciendo algo que no debían contrarrestaba este efecto. Tras rodear la caseta, se encontraron frente a la sólida nave, una regia estructura interrumpida por dos puertas de acceso para mercancías y con un enorme portón en un lateral que podía elevarse hasta el tejado del edificio. En ese momento, el portón estaba un poco abierto, dejando escapar una franja de luz blanquecina del interior de la nave.

—¿La fábrica está en marcha? —susurró Elena sorprendida.

Darío levantó los hombros como respuesta y le señaló unos coches aparcados cerca del portón. No podían verlos bien, tan solo apreciar cómo relucían sus carrocerías por la reciente lluvia. Los dos jóvenes miraron a su alrededor. Les separaba de la nave un patio repleto de ladrillos embalados esperando que llegaran tiempos mejores para abandonar la fábrica. Tras analizar las opciones que tenían, Darío le señaló el otro extremo de la nave y, volviendo a agarrar su mano, la arrastró hacia allí. Iban ocultándose tras los palés, asegurándose de que nadie les viera antes de avanzar hacia el siguiente grupo. Cuando por fin llegaron al extremo de la nave, se encontraron con una pequeña puerta de metal. Una enorme gota de agua cayó entonces desde el tejado sobre la cabeza de Elena que, mientras se la secaba, no pudo ver cómo se las ingeniaba Darío para abrir la portezuela.

Se adentraron en la nave, dejando atrás una oficina acristalada. Desde su posición podían ver con claridad la línea de producción, un enorme e intrincado scalextric rodeado de máquinas con largos brazos articulados que en ese momento descansaban sin signos de estar en funcionamiento, ni de haberlo estado en las últimas semanas. Al final de la nave, frente al portón que antes habían visto desde fuera, había un gran camión con sus puertas abiertas. Cerca de él, unos hombres manipulaban ladrillos y los montaban en palés, para posteriormente embalarlos y cargarlos en el camión. Al cabo de un rato, un hombre se subió en una carretilla y, tras ponerla en marcha, comenzó a recorrer la nave. Esta vez fue Elena quien se percató de que iban a ser descubiertos y tiró de Darío hacia el interior de la oficina acristalada, que por suerte estaba abierta. Se acurrucaron en un rincón mientras oían el motor de la carretilla acercarse. Cuando esta parecía estar a su altura, su conductor abrió la puerta por la que habían accedido ellos segundos antes y dio un fuerte golpe al cerrarla, al que siguió el grito de uno de los hombres que estaban junto al camión.

—¡Joder, Gordo! ¿No puedes ser un poco más discreto, coño? ¡Que va a venir hasta el alcalde!

Elena trató de contener la respiración, le parecía que hacía demasiado ruido y que cualquier descuido les delataría. Pero debido a la agitación que sentía, solo consiguió acelerar más su pulso. Paseó su mirada por la oficina. Las paredes estaban llenas de gráficos de producción, señales de seguridad y algún póster con mujeres ligeras de ropa, de los que Elena pensaba que solo se encontraban en los talleres de coches. Tras unos minutos, oyeron cómo la carretilla volvía a entrar en la nave. En cuanto se aseguraron de que se había alejado lo suficiente, Darío y Elena salieron de la oficina y alcanzaron a ver cómo transportaba varios de los paquetes almacenados en el patio. Al llegar a la altura de sus compañeros, estos los descargaron y procedieron a manipularlos para después empaquetarlos de nuevo y cargarlos en el camión. Una vez visto el procedimiento, Elena le señaló la salida a Darío y este asintió. Ya habían tentado bastante a la suerte.

Deshicieron el camino hasta la recepción, ocultándose de nuevo tras las columnas de ladrillos. Cuando estaban a mitad de camino, el enorme portón de la fábrica empezó a abrirse, lo que les obligó a acelerar el paso y pegarse al muro de la recepción.

Desde su escondite, vieron cómo salía de la nave el camión que habían visto dentro, seguido por cuatro coches, dos de gama media y dos lujosos deportivos. Cuando el último coche atravesó la cancela, un hombre fornido se bajó del asiento del copiloto y la cerró antes de volver al vehículo y marcharse. Nada más hacerlo, un gran estruendo les indicó que el colosal portón de la fábrica se había cerrado. Durante unos segundos, se quedaron paralizados ante el atronador silencio que les rodeaba.

—Vámonos —dijo al fin Darío, volviendo a tomarla de la mano para ayudarla a saltar la cancela y salir así de la fábrica.

Cuando Darío aparcó frente a su portal, Elena bajó de la moto y le devolvió el casco. Él también se había deshecho del suyo.

—Ha sido increíble, qué experiencia más excitante. ¿Vamos a tomar algo y lo comentamos? —preguntó Darío, dándole a Elena un cariñoso golpe en el hombro.

—La verdad es que estoy helada, prefiero subir a casa y darme una buena ducha, si no te importa.

Él pareció contrariado, pero no insistió.

—Es raro, ¿no? Lo de la fábrica —preguntó Elena—. ¿Qué crees que hacían esos hombres?

Darío la escuchaba mientras jugaba con el manillar de la moto.

—Parecía como si estuvieran escondiendo algo entre los ladrillos. Porque, ¿por qué si no iban a abrir los palés que estaban ya empaquetados y volverlos a montar? —siguió Elena, más bien pensando en voz alta.

—Y más un sábado por la noche —Darío siguió su razonamiento—. Pero, ¿qué iban a esconder? ¿Droga?

—No lo sé. Igual deberíamos llamar a la policía —sugirió ella.

—Tal vez. Pero entonces no averiguarías qué papel juega la fundación en todo esto.

—Eso es cierto —reconoció Elena.

—Y piensa también que periodísticamente tendría mucho más valor un escándalo en la fundación Verdes-Montenegro que la detención de un simple traficante de drogas —añadió Darío.

Aquello también era verdad. Elena necesitaba analizar con tranquilidad lo sucedido esa noche, así que volvió a justificarse ante Darío por rechazar su propuesta de ir a tomar algo juntos y se marchó.

Mientras subía las escaleras de su casa iba imaginando los posibles titulares para su historia, «Escándalo en la fundación Verdes-Montenegro», «Blanca Lledó, detenida», «El grupo Lledó bajo investigación».

Al dejar las llaves en la mesa de la entrada vio una nota de Javi.

«¿¡Dónde está tu móvil!? Te ha llamado Alejandro,

quiere presentarte a Irina mañana en un concierto. Te recogerá a las seis y media. ¡Es encantador! Salgo a cenar con Luis, vamos a la plaza de Olavide. Si quieres unirte, llámame. ¡Besos!»

18

A las seis y veinticinco del día siguiente, Elena estaba clavada en el portal esperando a que Alejandro la recogiera. Se había puesto el vestido de cóctel negro, esta vez tendría que valer. Además, se dijo, esta ocasión era diferente, no iba a asistir a una cena de gala sino a un concierto normal y corriente. A las seis y media en punto un reluciente deportivo negro se paró frente a su portal. Elena se agachó para comprobar a través de la ventanilla que el conductor fuera Alejandro, quien la recibió con una amable sonrisa.

—¿Qué tal? ¿Cómo estás? —preguntó.

—Bien —contestó Elena mientras se acomodaba en el coche y aseguraba su cinturón, sintiéndose de nuevo algo intimidada en presencia de ese hombre—. ¿Y tú?

—Bien también. ¿Alguna novedad en tu investigación?

Se giró hacia ella y sonrió, aunque esta vez a Elena le pareció que sus ojos no acompañaban el gesto. No tenía pensado contarle a Alejandro su visita a la fábrica. Él volvió a mirarla, sin rastro de su sonrisa esta vez, y a ella se le ocurrió pensar que tal vez él ya supiera la respuesta a su pregunta. No sería de extrañar que la hubiera hecho seguir de nuevo.

—¿Has averiguado algo más? —insistió Alejandro.

—Poca cosa, ¿y tú? —respondió Elena, desviando su mirada hacia la ventanilla, tratando de parecer distraída.

—No he tenido tiempo, pero lo vamos a arreglar ahora mismo.

Elena supuso que se refería a Irina. Se preguntó si el concierto sería también en el Auditorio Nacional.

—¿A dónde vamos? —preguntó para averiguarlo.

—A la fundación.

Alejandro se concentró en sortear el intenso tráfico de la ciudad en hora punta, ajeno a las miradas de admiración que provocaban vehículo y conductor en la gente con la que se cruzaban.

—¿Es allí el concierto, en la fundación? —preguntó Elena al cabo de un rato para romper el silencio.

—No —respondió él misterioso.

—Entonces, ¿cómo es que vamos allí?

Él sonrió ante su curiosidad.

—Precisamente porque a esta hora estarán ya todos en el Teatro Real.

Frente a la puerta de la fundación, Alejandro sacó un manojo de llaves del bolsillo de su chaqueta.

—Se las he quitado a Blanca, espero que no atente contra tu alta integridad moral —se burló.

Entraron con sigilo, aun sabiendo que el edificio tenía que estar vacío.

—No debería haber nadie aquí, esta es la zona de oficinas y hoy es domingo —susurró Alejandro para tranquilizar a Elena, que miraba nerviosa a su alrededor esperando que alguien les descubriera en cualquier momento—. A las aulas y la residencia de los alumnos se accede por otra puerta.

Recorrieron el pasillo en penumbra hasta la puerta del despacho del director, donde Alejandro probó a utilizar tres llaves distintas antes de dar con la que abría la puerta. Una vez dentro, preguntó:

—Y bien, ¿dónde está el cuaderno?

Continuaba hablando en susurros y, siguiendo el mismo precavido instinto, volvió a cerrar la puerta con llave desde el interior de la habitación. Cuando se volvió, Elena estaba ya abriendo el cajón de la mesa del despacho. Cogió el cuaderno y se acercó a Alejandro, que se había unido a ella frente al escritorio.

—Este es —dijo ella, también en voz muy baja, mientras pasaba las páginas tratando de dar con los listados que habían ido a buscar.

Alejandro se aproximó a ella para poder ver a su vez el contenido del cuaderno cuando les sobresaltó el ruido del pomo de la puerta al girar. Elena tardó una milésima de segundo en dejar el cuaderno sobre la mesa y abrazar a Alejandro, al que besó con simulada pasión. Al ver que la puerta no cedía, comprendió que estaba cerrada con llave y, sintiendo que el mundo se hundía bajo sus pies, dio un paso atrás para mirar a un estupefacto Alejandro.

—Pensé que iban a entrar —se justificó horrorizada, sintiendo cómo un intenso calor se apoderaba de sus mejillas.

Alejandro la estudió detenidamente, todavía confuso. Vio sus pómulos encendidos y sus grandes ojos almendrados que transmitían un sincero arrepentimiento, y entonces comprendió que ella no había visto cómo él cerraba la puerta después de que entraran en el despacho.

—Perdona, de verdad que lo siento, no vayas a pensar que, yo no...

Elena se llevó una mano a la boca, tratando de evitar

decir algo que la pusiera en una situación aún más farragosa.

—¿Me pasas el cuaderno? —dijo él, desviando la atención hacia otro tema, aunque la media sonrisa que no logró contener dejaba claro que la escena le había resultado muy cómica.

Elena le tendió el cuaderno sin poder mirarle a la cara. Él fotografió con su teléfono las hojas que contenían los listados de nombres y cifras que habían ido a buscar y devolvió el cuaderno a su cajón. Cuando volvió a girar la llave para salir del despacho, Alejandro leyó la ansiedad en los ojos de ella, y comprendió que creía que quien hubiera intentado abrir la puerta minutos antes bien podría seguir ahí fuera. Posó con delicadeza una mano en la cintura de la joven y la estrechó contra sí, tanto para infundirle un poco de seguridad como para simular naturalidad a quien pudiera estarles observando. De ese modo, medio abrazados, emprendieron silenciosamente la vuelta a través del pasillo de baldosas hidráulicas. Elena no podía apartar la vista de la punta de sus zapatos mientras que Alejandro escrutaba cada rincón de la entrada, esperando sorprender al merodeador. Cuando por fin llegaron al coche, ambos se sintieron más seguros, aunque siguieron manteniendo un incómodo silencio mientras volvían a perderse en el bullicioso torrente de vehículos de la ciudad. Al cabo de varios minutos, Elena carraspeó antes de atreverse a hablar.

—¿Crees que nos ha visto alguien? —preguntó.

—No —respondió él convencido—. Debía de tratarse de algún miembro del personal de limpieza.

Poco tiempo después, una franca sonrisa comenzó a dibujarse en la boca de Alejandro.

—¿Sabes? No fue mala idea.

Ella, sospechando a qué podía referirse, intentó dejar pasar el comentario concentrándose en el paisaje urbano. Pero él no parecía tener la misma intención, y dividía su atención entre el tráfico y la joven que evitaba volverse hacia él.

—Lo del beso, digo —aclaró.

—Ya —respondió ella avergonzada, rogando para que cambiase de asunto.

—Además, te quedó muy natural.

Elena miró de reojo la cara divertida de Alejandro.

—Parecías una leona abalanzándose sobre su presa —siguió él, conteniendo una carcajada—. Al principio temí por mi vida.

Elena no pudo reprimir una sonrisa, que ocultó de la mirada de Alejandro.

—¿Esa es tu estrategia con los hombres? —insistió él.

Alejandro aprovechó un cambio de marcha para empujar levemente el hombro de Elena, tratando de hacer que le mirara.

—¿Quieres confesarme algo, Elena? —preguntó con voz impostada.

Esta vez pudo ver que la chica al fin sonreía.

—Cuál es el siguiente paso, ¿vas a proponerme que mantengamos una relación seria, con exclusividad y todo eso?

—Vale, déjalo ya —le rogó ella, atreviéndose al fin a enfrentarse a su mirada, aunque sin poder evitar que el rubor volviera a cubrir sus mejillas.

—¿Acaso piensas dejarme después de aprovecharte de mí? —continuó bromeando él, en vista de que estaba consiguiendo que ella volviese a relajarse en su compañía—. ¿Me estás diciendo que no quieres mantener una relación conmigo?

Elena no sabía cómo salir airosa de la situación. Trató por todos los medios de encontrar una respuesta ingeniosa pero no hubo manera.

—No creo que estemos hechos el uno para el otro, la verdad —contestó, con más sinceridad de la que podía parecer dado el contexto.

—¿Ah, no? ¿Y eso por qué? —preguntó él, también medio en serio.

Elena le miró tratando de averiguar sin éxito si seguía bromeando.

—Porque pertenecemos a dos mundos distintos. Yo no sé jugar al golf, ni desayuno con champán, ni tengo aspecto de modelo nórdica —dijo en clara alusión a Erika.

Su respuesta arrancó en Alejandro una carcajada.

—Pues deberías desayunar con champán —replicó al fin, tras un rato conduciendo en silencio—. Te acostumbrarías rápido a eso. Créeme, no es tan duro.

Buscó la mirada de ella y le guiñó un ojo para sellar la paz, a lo que Elena contestó con una sonrisa. Él permaneció mirándola un instante. Estaba intrigado por esa muchacha que parecía querer escapar a su control. Parecía una chica prudente y tímida, que se ruborizaba en cuanto se aproximaba un poco a ella. Sin embargo, sabía con certeza que le estaba mintiendo, o que al menos no le contaba toda la verdad. No había conseguido arrancarle que la noche anterior había estado en la fábrica de ladrillos de Nicolschi, y quién sabe qué otras cosas le podía estar ocultando. Y encima acababa de rechazarle. De acuerdo con que estaban bromeando, pero había quedado claro que ni se plantearía tener una relación con él y, no sabía muy bien por qué, pero eso no le había hecho ninguna gracia.

Tuvieron que esperar hasta el descanso a mitad del concierto para poder acceder a sus butacas. Mientras tanto, aprovecharon para disfrutar de las preciosas vistas de la plaza de Oriente que ofrecía la terraza del salón Goya del Teatro Real. Cuando el bullicio de la gente les anunció el intermedio, Alejandro guio a Elena hasta una puerta. Tras ella había unos pesados cortinajes, que sostuvo para que pudieran acceder a un palco privado. Elena se quedó helada al descubrir en él a Blanca Lledó, que hablaba animadamente con un hombre.

—¡Mira con quién viene mi hermanito! —exclamó Blanca, sorprendida a su vez de ver a Elena.

Su acompañante se giró para ver de quién se trataba. Elena le recordó de la fiesta, era Jacobo, el hombre que les descubrió a la acompañante de Stefan.

—¿Se ha producido algún asesinato en el teatro que estéis investigando? —se mofó Blanca.

—Todavía no, pero yo que tú no seguiría por ahí —amenazó Alejandro en broma, mientras besaba la mejilla de su hermana.

—Lástima, yo que esperaba una nueva escena de intriga.

—Blanca, sé amable, por favor. Elena es mi acompañante esta noche.

Elena se sintió agradecida por el apoyo de Alejandro.

—Vaya, ¿qué te ha hecho para que ahora la defiendas así? —insistió su hermana.

Alejandro rio.

—Ni te lo imaginas. Te entusiasmaría saber lo que me ha hecho —contestó Alejandro sonriendo, con la mirada fija en Elena, divertido e insultantemente guapo.

Elena enrojeció, pero el gradual descenso de la luz de la sala la ayudó a ocultar su vergüenza a los demás. Alejandro le señaló un asiento y, cuando ella se hubo sentado, se acomodó a su lado.

Mientras se dejaba envolver por la música, Elena se trasladó a aquel otro concierto que había tenido lugar en el Teatro Español hacía más de medio siglo. El juego de las luces del escenario reflejadas en los absortos rostros del público le llevó a imaginar a una apasionada Catalina incapaz de contener su emoción mientras escuchaba el triste violín del que desde esa noche sería el ausente amor de su vida. Contagiada por la melancolía del momento, sintió cómo la emoción le oprimía la garganta y unas inoportunas lágrimas comenzaban a inundar sus ojos. Tratando de serenarse, llenó sus pulmones de aire y lo expulsó suavemente por la boca entreabierta. Miró a Blanca y a Jacobo, y al descubrir que este último cabeceaba medio dormido, se giró sonriendo hacia Alejandro para compartir la escena con él. Le sorprendió atravesándola con una mirada penetrante, como si tratara de leer sus pensamientos, la expresión seria y concentrada, inmutable a lo que sucediera a su alrededor. Elena volvió rápidamente la vista hacia los músicos y no se atrevió a moverse hasta que el concierto tocó a su fin. Cuando se hizo de nuevo la luz, Alejandro, otra vez relajado y sonriente, comentó el concierto con su hermana y su amigo y les preguntó sobre sus planes para la cena.

—Yo voy a acercar a Elena a su casa, luego os llamo para unirme a vosotros.

Elena se sintió tontamente decepcionada porque Alejandro no contara con ella para cenar. Tuvo que recordarse que ese no era el objetivo de que estuviera allí esa noche.

Esperaron hasta que Blanca y Jacobo se hubieron alejado para dirigirse hacia el patio de butacas. Una vez allí subieron al escenario y salieron por detrás de él hacia el pasillo donde se encontraban los camerinos de los artistas.

Alejandro preguntó por Irina y, antes de darse cuenta, Elena estaba en una habitación con cuatro jóvenes músicos que se dedicaban a guardar sus instrumentos y partituras en sus correspondientes fundas.

Reconoció a Irina gracias a la foto de la página web de la fundación. Se giró hacia Alejandro en busca de ayuda y este le indicó con un leve movimiento de cabeza que se acercara a ella. Los músicos no se habían percatado de su presencia hasta que Elena atravesó la pequeña sala. Entonces las miradas se dirigieron rápidamente hacia Alejandro que, sintiéndose reconocido, salió discretamente para esperar a Elena en el pasillo.

Cuando Elena alcanzó a Irina, esta la miró un instante con sus pequeños ojos grises. «Al fin», pensó Elena. Por fin iba a tener la oportunidad de hablar con ella. Pero ahora que la tenía delante, no sabía muy bien por dónde empezar. ¿Por preguntarle si la habían secuestrado? ¿Si era la amante de Stefan Nicolschi? ¿Si su novio era un delincuente? Buscó la ayuda de Alejandro, pero él ya no estaba allí. Así que tomó fuerzas y carraspeó para llamar la atención de la violinista. Irina mantuvo su mirada en el estuche donde acababa de guardar el violín y comenzó a bajar los cierres con gran delicadeza.

—Eres Irina Ionescu, ¿verdad? —preguntó Elena, logrando al fin captar su atención—. Soy Elena. Quisiera felicitarte por el concierto, has estado fantástica.

—Gracias —contestó la joven con una voz tan etérea como su aspecto.

—Ha sido un concierto precioso. Tenía muchas ganas de verte tocar, soy una gran admiradora de Andrei Popescu —improvisó Elena, que creyó ver un atisbo de emoción en la helada mirada de Irina—. ¿Sabías que él también dio un concierto en Madrid?

—Sí —contestó Irina—. Aunque a mi maestro no le gusta mucho hablar de esos tiempos.

El siseo de su acento acompañaba sus delicados movimientos.

—Aquí escribió una de sus obras que más me gusta, *La sonata sin nombre* —siguió Irina, sus labios tornándose en una triste sonrisa—. Así la bauticé yo cuando era una niña e iba a su estudio a recibir clases. La encontré un día rebuscando entre sus cientos de partituras. Me llamó la atención porque era la única pieza que no tenía nombre. Se me ocurrió darle una pequeña sorpresa a mi querido *maestru*. Me la llevé a casa y practiqué y practiqué hasta aprendérmela de memoria. ¿Te gustaría escuchar un poco?

—Claro, me encantaría —respondió Elena, emocionada ante la expectativa de escuchar la pieza de la que tanto había oído hablar.

Irina volvió a sacar el violín y comenzó a tocar *La sonata sin nombre*. Tenía los ojos cerrados, y Elena se sentó a su lado y cerró los suyos también. Se dejó llevar por la música y sintió cómo crecía en ella una profunda melancolía. Cuando creyó que iba a romper a llorar, abrió los ojos para tratar de evitarlo y se encontró con una también emocionada Irina. La joven música rio al verse reflejada en sus ojos y separó el arco de las cuerdas.

—Esto mismo le pasó a él cuando al fin me decidí a tocársela —dijo, volviendo a guardar el mágico instrumento en su estuche—. Me dejó llegar hasta el final y entonces rompió a llorar como un niño desconsolado. Yo tenía solamente once años y no supe qué hacer. Así que le besé y le dejé solo con su dolor. Nunca más volví a tocarla, pero pasado un tiempo conseguí que me dijera que la había compuesto en Madrid. Fue todo lo que se permitió hablar de ella.

—¿Sabes? —dijo Elena—. Tengo una amiga, Violeta, que conoció a Andrei en aquella época. A ella le encantaría conocerte y contarte su historia. Yo podría acompañarla a la fundación un día que te venga bien, si quieres.

—Oh, claro, eso me encantaría —aceptó Irina con una ilusión casi infantil que se apagó al instante—. El problema es que en la fundación son muy estrictos con las visitas, no sé si nos dejarán.

—Bueno, eso déjalo en mis manos, tengo buenos contactos —aseguró Elena pensando en Alejandro—. Por cierto, creo que nosotras también tenemos un amigo en común, Luis Molero.

—¿Conoces a Luis? —preguntó Irina sorprendida.

—Sí. Él es quien me dijo que habías sido alumna de Andrei Popescu —mintió Elena—. También me dijo que sales con alguien, un tal ¿Nicolschi?

Elena se disculpó mentalmente con Luis, a quien no le gustaría nada descubrir lo que acababa de decirle a Irina. Pero era la única forma que se le ocurrió para continuar averiguando más detalles sobre su extraña historia.

—¿Salir con Stefan? Qué va. Stefan es como mi hermano mayor, nos conocemos desde niños. Estudiamos juntos. Hubiera sido un gran músico, aunque Andrei siempre decía lo contrario. —Irina sonrió al recordarlo.

—¿Nicolschi también conoce a Andrei Popescu? —se sorprendió Elena.

—Sí, claro. Coincidimos todos en la Universidad Nacional de Bucarest.

En ese momento una mujer de mediana edad golpeó la puerta con los nudillos y le dijo a Irina que el autobús la estaba esperando para llevarla de vuelta a la fundación.

—Tengo que irme ya —le dijo a Elena excusándose.

—Claro, no te preocupes. Me alegro mucho de haberte conocido, realmente eres una violinista admirable. Y te agradezco mucho que me hayas dedicado unos minutos.

—Al contrario, gracias a ti por venir a verme —contestó una humilde Irina—. Me agradaría mucho que un día trajeras a tu amiga a la fundación y poder hablar con ella.

—Intentaré hacerlo, te lo prometo —contestó Elena antes de ver marchar a la violinista.

Permaneció un par de minutos más a solas en la habitación, feliz y esperanzada con sus avances. Estaba deseando contárselo a Violeta.

Cuando salió, Alejandro la esperaba apoyado en la pared con las manos en los bolsillos. Se acercó hasta él, que la escudriñaba en busca de alguna señal sobre el éxito de su misión.

—¿Y bien? ¿Ya estás más tranquila? —preguntó finalmente.

—Sí. Irina es extraordinaria. Hasta ha tocado el violín para mí —compartió con él entusiasmada—. Y ha aceptado conocer a Violeta.

—Estupendo. —Alejandro sonrió satisfecho—. Caso resuelto. Vamos, te llevo a tu casa.

Cuando aparcaron frente al portal de Elena vieron cómo Valentín salía acompañado de su abuela. Elena bajó del coche olvidándose por un instante de su acompañante, preocupada por que la anciana saliera tan tarde de casa, algo que no acostumbraba hacer.

—¡Elena! —exclamó la señora Ramiro al verla, con una mezcla de alegría y alivio en la voz.

—Señora Ramiro, Valentín —saludó Elena—. ¿Va todo bien?

—Ay, sí, hija, todo va bien. Es solo que al final me he decidido y me voy a vivir con mi nieto.

—Me alegro mucho —contestó Elena con sinceridad—. Es lo mejor que podía hacer. Allí estará atendida como se merece.

—Estaba nerviosísima pensando que no podría despedirse de ti —le dijo Valentín amablemente, agradecido porque sabía que la intervención de Elena había sido clave en la decisión de su abuela de irse a vivir con él—. Teníamos que habernos ido hace una hora, pero no se resignaba a no verte.

—Claro, hijo. ¿Cómo iba a irme sin despedirme de mi Elena, que tanto me ha cuidado y se ha molestado por mí?

—No ha sido ninguna molestia, ya lo sabe —repuso ella azorada.

—Esta chica es un ángel —añadió la señora Ramiro dirigiéndose a Alejandro, que se había unido a ellos—. Un auténtico ángel. Y no se merece que ningún hombre la trate mal.

Elena sospechó que la señora Ramiro había confundido a Alejandro con Darío, pero decidió que ya lo aclararía con él más tarde. Aunque, por la amabilidad con la que Alejandro sonreía a la anciana, pensó que tal vez él también se hubiera dado cuenta de su equivocación.

—Bueno, abuela, vámonos, que vas a acabar avergonzando a Elena —intervino Valentín.

—No, hijo, no. Las cosas como son. Esta chica se merece a alguien que esté a su altura y que la quiera de verdad. —Y, volviendo a Elena, añadió con ternura—: Te echaré mucho de menos, bonita.

—Y yo a usted también —respondió Elena emocionada, besando a la anciana—. Cuando ya esté instalada llámeme para que vaya un día a verla, que tengo muchas cosas que contarle.

La señora Ramiro miró a Alejandro sin disimulo.

—Sí, ya me contarás, ya. —Y, en lo que ella creyó que era un susurro, pero que todos alcanzaron a oír con claridad, añadió—: La verdad es que el muchacho es muy guapo.

Una vez que vieron cómo se alejaba el coche de Valentín, Alejandro y Elena se dirigieron al portal. La emoción de Elena tras la despedida de la anciana casi se podía palpar.

—Un día intenso, ¿eh? —señaló Alejandro.

—Mucho —contestó ella con los ojos vidriosos.

—Bueno, entonces será mejor que te deje para que puedas descansar —dijo él, más como una orden hacia sí mismo que como un comentario para ella.

Sin embargo, su cuerpo no parecía querer obedecer a sus palabras. Al contrario, lo que le pedía era tratar de reconfortar a la conmovida Elena. Tras un instante de duda, se contentó con agacharse y darle un casto beso en la mejilla. Ella le respondió con la mirada más limpia que hubiera visto jamás.

—Ya hablaremos —prometió Alejandro, teniendo que esforzarse de veras para dejarla atrás.

Elena entró en el portal y mecánicamente abrió el buzón, donde un sobre a su nombre la devolvió a la realidad. Era de papel verjurado. Al voltearlo vio que no tenía sello ni remitente. Sin embargo, su aspecto no le sorprendería más que su contenido, un billete de avión a su nombre y una nota con el membrete del marquesado de Lezma.

Querida Elena:
Por fin se me ha ocurrido cómo podemos avanzar

en nuestra empresa, irás a ver a Andrei. Mi hija te ha reservado una plaza en el primer vuelo de mañana a París. También ha hecho una reserva a tu nombre en el hotel Ritz. No te preocupes por los gastos, yo correré con ellos como agradecimiento por tu inestimable ayuda. El hotel está cerca de la ópera y he podido averiguar que Andrei vive también en esa zona. Ya he contactado con él y le he pedido que se reuniera contigo, pensé que facilitaría las cosas si era yo quien le adelantaba el motivo de tu visita. Te daré los datos del encuentro en cuanto me confirme la hora. Te he estado llamando toda la tarde para informarte de todo esto pero, una vez más, no ha contestado nadie al teléfono. Por favor, llámame en cuanto llegues a casa.

Con afecto,

VIOLETA

19

—Señoras y señores, al habla el comandante de la nave.

Se hizo un breve silencio que Elena aprovechó para marcar cuidadosamente la página de la guía de viajes que había adquirido antes de embarcar. Solo se quedaría esa noche en París, pero gracias a la privilegiada situación de su hotel confiaba en poder hacer algo de turismo.

—En breves momentos comenzaremos el descenso hacia el Aeropuerto Internacional Charles de Gaulle de París. El cielo está parcialmente nublado por los restos de una borrasca que ha estado los últimos días descargando fuertes lluvias por el país, pero parece que la previsión para los próximos días es de cielos despejados y temperaturas algo más elevadas de lo que es habitual en esta época del año. Ahora mismo la temperatura en nuestro destino es de dieciséis grados centígrados. En nombre de toda la tripulación, les deseo una feliz estancia en la capital francesa. *Ladies and gentlemen, this is your captain speaking.*

Elena miró por la ventanilla del avión y permaneció un rato observando las nubes. Parecía que estuviera volando entre enormes algodones blancos. La claridad le lastimaba los ojos, pero no podía apartar la mirada del exterior. Había salido de casa a las cinco de la mañana, lo que le evitó tener que escuchar una vez más en boca de Javi todas las razones que su propia conciencia le había dado a lo largo de la noche para no irse sola a la aventura a un país que no conocía. Así que, antes de salir de casa, le había dejado una cobarde y escueta nota de despedida a su amigo en la que le pedía que, por favor, no les dijera a sus padres nada acerca del viaje. Se prometió que en cuanto llegara al hotel le llamaría para tranquilizarle. En el exterior del avión, las nubes fueron poco a poco desapareciendo y la tierra comenzó a dibujarse entre ellas.

Una vez fuera de la sala de llegadas internacionales del aeropuerto, Elena se alegró al descubrir que el hotel había enviado un vehículo a recogerla. Durante el camino trató de absorber cuanto pudo de una de las ciudades más bonitas del mundo. Cuánto le hubiera gustado disponer de más tiempo para recorrer todas esas calles. Se dijo a sí misma que trataría de volver algún día.

Cuando llegaron al hotel, el trato cordial y la exquisita profesionalidad de sus empleados hicieron que se desvaneciera rápidamente el temor de Elena a sentirse fuera de lugar en un sitio tan elitista.

Adentrarse en el hotel Ritz de París era como trasladarse a otra época, una de extraordinaria opulencia. La hija de la marquesa había elegido para Elena una bonita suite con vistas a la plaza Vendôme. Una vez que se quedó sola en la habitación, pudo admirar con detenimiento todos los detalles de la misma, la cama con sus adornos dorados perfectamente hecha, las delicadas sedas en colcha y cortinas, la lámpara de araña con sus diminutos cristales brillando como si de pequeñas estrellas se tratase. Tomó un *macaron* de la bandeja de bienvenida y lo mordisqueó mientras descubría el cuarto de baño de mármol rosa, en el que sus ojos quedaron atrapados por los grifos con forma de cisne. Se sentía como una princesa en un cuento de hadas. Se prometió a sí misma que esa noche probaría la bañera con patas de león que, como si del mismísimo rey de la selva se tratase, ocupaba el lugar de honor en el centro del cuarto de baño.

Unos delicados toques en la puerta la sacaron de su ensimismamiento. Era el botones que la había ayudado minutos antes con su equipaje.

—Han dejado un mensaje para usted, *mademoiselle* —dijo, ofreciéndole un pequeño sobre en una bandeja de plata.

Al parecer al día siguiente Andrei Popescu se reuniría con ella para desayunar en el hotel. Consideradamente, Violeta le informaba también de que había solicitado que cargaran el coste del desayuno a la habitación. Así que Elena no tenía de qué preocuparse el resto del día y podría dedicarlo a conocer la llamada ciudad del amor.

Y realmente le enamoró todo lo que vio. La mítica torre Eiffel, la majestuosa catedral de Notre-Dame, el museo del Louvre y la Sainte Chapelle, con sus delicadas vidrieras de colores. Todos esos emblemáticos edificios conviviendo con las uniformes casas del mismo color que el cielo parisino, coronadas con sus característicos tejados de pizarra.

Disfrutó descubriendo los comercios, cuidados con esmero, las lujosas *boutiques* que ofrecían el último grito en moda, y las emblemáticas joyerías que exportaban sus piezas de arte a todo el mundo. Cuando no pudo caminar más, se paró a tomar un café en la minúscula mesa de la terraza de una cafetería y observó el ir y venir de las parisinas más chics.

A última hora de la tarde, agotada, regresó al hotel y se dio el relajante baño que se había prometido a sí misma esa mañana. Esa noche soñó que volvía a recorrer las calles de París, pero que esa vez no lo hacía sola.

Se despertó antes de que sonara la alarma. Estaba nerviosa por el encuentro con el profesor Popescu. ¿Sería un hombre cercano, tal y como lo había descrito Violeta, o el paso de los años le habría hecho cambiar?

Bajó temprano al restaurante del hotel para elegir una mesa que les permitiera charlar con tranquilidad. Pocos minutos después de las diez, apareció un hombre de color empujando a un anciano en silla de ruedas. La pareja recorrió el salón pareciendo buscar a alguien, y a Elena su intuición la empujó a ponerse de pie y acercarse a ellos.

—¿El señor Popescu? —preguntó.

—Elena —contestó el anciano con una amable sonrisa.

Ella les acompañó hasta su mesa y unos solícitos camareros se apresuraron a retirar las sillas para hacer sitio a la silla de ruedas. Cuando el anciano estuvo acomodado, le indicó a su acompañante que le esperara en la recepción y, una vez que se aseguró de que este se había ido, pidió a un camarero que se acercara. Elena notó el acento que teñía el exquisito francés de Andrei, el mismo que hacía tantos años habían apreciado Violeta y Catalina.

—Por favor, tráiganos una botella de champán —pidió al camarero, al tiempo que le dedicaba un travieso guiño a Elena.

Una sonrisa curvó los labios de la joven, que no pudo evitar recordar la conversación en la que Alejandro le había recomendado desayunar con champán. Cuando les llevaron la botella a la mesa, Elena aprovechó un momento en que el maestro Popescu hablaba de nuevo con el camarero para hacerse una fotografía con su copa y enviársela con un «buenos días» a Alejandro.

—Querida Elena. —Andrei la miró con unos clarísimos ojos verdes llenos de profunda emoción—. Antes de empezar me gustaría decirte que para mí este es un momento muy especial, de ahí el champán. No vayas a confundirme con un viejo músico excéntrico que perdió su cabeza entre los aplausos recibidos. Presiento que hoy voy a cerrar por fin un importante y doloroso capítulo de mi vida. Violeta y tú me ofrecéis la oportunidad de reconciliarme con mi pasado, y por ello te agradezco enormemente que hayas venido a visitarme.

Elena sintió el peso de la gran responsabilidad que le había trasladado Andrei mientras la envolvía con la entonación propia de un encantador de serpientes.

—Para poder explicarte mis motivos, tendrás que permitir que me remonte en el tiempo y te cuente un capítulo de la historia de mi país y de mi familia. Nací y me crie en una pequeña aldea de Bucovina, una zona montañosa al norte de Rumanía, donde los inviernos son muy largos y la nieve, implacable. Mi padre, Ion Popescu, era sacerdote de la iglesia ortodoxa rumana, al igual que su padre y que el padre de su padre. Mi madre era un ama de casa tradicional, una mujer con un profundo sentimiento familiar y religioso. Y, como sabes, yo soy Andrei, el quinto de sus ocho hijos. Mi padre siempre estaba muy ocupado con el día a día de su congregación, así que éramos mis hermanos y yo quienes ayudábamos a mi madre en casa, a cuidar de los animales y a proveernos de leña para sobrevivir a los fríos y largos inviernos.

»Te he dicho que vivíamos en una aldea, pero era más bien un grupo de casas aisladas unas de otras, más aisladas aún cuando la nieve arreciaba. A un par de kilómetros de nuestro humilde hogar vivía un matrimonio de ancianos, el formado por Don Vasile y su esposa, Ileana. Vivían solos, sus dos hijos habían huido de la aldea años atrás.

»Don Vasile era un viejo artesano que toda su vida se había dedicado a fabricar instrumentos de cuerda. Y siguió haciéndolo hasta su muerte, a pesar de sus viejas manos, inflamadas y deformadas de tanto trabajar, y a pesar de que los últimos años tuvo que dedicar gran parte de su tiempo a cuidar de su querida Ileana, a quien la demencia se la quiso arrebatar demasiado pronto.

»Cuando Ileana finalmente murió, Don Vasile dijo que hubiera preferido marcharse con ella. Sucedió un domingo.

»Antes de aquel día, cuando íbamos camino a la iglesia, siempre veíamos a Don Vasile en el patio delantero de su casa dando de comer a sus gallinas, con el carromato ya preparado para asistir ellos también a los oficios. Entonces, mis hermanos y yo gritábamos con todas nuestras fuerzas "¡Buenos días, Don Vasile!", y él nos respondía agitando la mano en el aire.

»Pero, ese domingo, no había nadie delante de su casa, y el matrimonio tampoco asistió a misa. A la vuelta de la iglesia, mi madre le pidió a mi padre que se detuviera un momento para asegurarse de que todo estaba bien con los vecinos. Atravesó el patio delantero y golpeó la puerta, suavemente al principio y más fuerte después, con nulo resultado. Entonces mi padre bajó también del carromato y, tras asomarse a la ventana, rodearon la casa juntos tratando de dar con Don Vasile. Fue tras mucho insistir cuando lograron que el anciano les abriera la puerta, rompiendo así el abrazo en el que sostenía a su esposa desde que, al alba, se había dado cuenta de que le había dejado para siempre.

»Aquella tarde mis padres nos mandaron a casa y se

quedaron con él. Uno de mis hermanos volvería a recogerles antes del anochecer.

»Mi madre ayudó a Don Vasile a lavar el cuerpo de Ileana, a arreglar su blanca melena y a ponerle su mejor vestido. Después, siguiendo nuestras costumbres, lazaron su mandíbula, sus pies y sus manos, y colocaron una cruz en su pecho. Cuando estuvo preparada, mi padre la roció con agua bendita y se dio inicio a los tres días y tres noches de velorio. Durante ese tiempo, los vecinos fueron turnándose para custodiar el cuerpo de Ileana, y mi madre se encargó de que a nadie le faltara qué comer. Al tercer día, todo el pueblo acompañó a la esposa de Don Vasile hasta su morada definitiva, donde procedieron a desatar sus pies y sus manos antes de darle sepultura.

»En la comida que se celebró después del entierro, mi madre se sentó al lado de Don Vasile.

»—Por fin hoy podrá descansar y volver a la normalidad, Don Vasile —le dijo con afecto.

»—La normalidad no volverá nunca, María. Yo ya no tengo nada que hacer aquí —contestó él, desolado.

»—Igual que Dios ha creído que era el momento de llevarse a su querida Ileana con él, estoy segura de que también tiene sus planes para usted. Y si estos son que siga entre nosotros por un tiempo, sus motivos tendrá. No pierda la fe, Don Vasile. Confíe en él.

»Durante un tiempo, mi madre quiso asegurarse de que Don Vasile estuviera bien y, dos o tres veces por semana, nos enviaba a alguno de mis hermanos mayores o a mí a llevarle al artesano algo con lo que llenarse el estómago. Al principio había duras peleas en casa porque nadie quería llevar la comida en los días más fríos, hasta que mis hermanos descubrieron que si me amenazaban con una buena paliza, que por experiencia yo sabía que no dudarían en propinarme, yo accedería a presentarme voluntario ante mi madre. Así que esos días me ponía todas las prendas de ropa que poseía y me encaramaba a lomos de *Valiente*, nuestro viejo caballo de tiro, para, castañeteando los dientes, recorrer la distancia hasta la casa del anciano.

»Don Vasile, que era muy listo, se dio cuenta de que siempre me tocaba a mí ir en esos días, y le extrañó que mi madre enviara precisamente al menor de sus hijos mayores cuando las condiciones se volvían más hostiles. Así que un día, viendo mis dedos amoratados por el frío, me invitó a sentarme frente al fuego y me ofreció un chocolate caliente. A pesar del lujo que aquello suponía para un chico como yo, cuando mi cuerpo dejó de temblar, mi atención se desvió rápidamente hacia los instrumentos que descansaban aquí y allá.

»—¿Te gustaría oír cómo suenan? —preguntó Don Vasile, consciente de mi interés.

»Yo asentí con timidez, y el anciano comenzó a tocar una animada canción popular. Pero la curiosidad que despertó en mí, la atención que él vio en mis ojos, le hizo pasar a un adagio de Mozart. Y entonces me olvidé del frío, de la nieve y de todo lo que no fuera aquella melodía que parecía seguir el ritmo del fuego al crepitar.

»Cuando ese día me marché, Don Vasile sonrió al descubrir la taza de chocolate que me había preparado intacta y fría.

»Los días que siguieron a aquel, continué ofreciéndome voluntario para ir a su casa, pero ya sin necesidad de que mis hermanos me azuzaran. Disfrutaba mucho de mis sesiones de música con el viejo artesano, y él también esperaba emocionado la siguiente lección.

»El día en que cumplí once años, mi maestro me sorprendió con el mejor regalo que nadie me ha hecho en toda mi vida, mi primer violín. Ese mismo día, me acompañó de vuelta a casa decidido a hablar con mi padre.

»—Ion —comenzó a decirle cuando ambos estuvieron acomodados en las viejas mecedoras del salón—. Cuando Ileana murió, la buena de tu esposa, María, me dijo que no debía perder la fe, pues estaba segura de que Dios todavía tenía una misión para mí en este mundo.

»—"Porque yo conozco mis designios sobre vosotros. Designios de bienestar y no de desgracia, de daros un porvenir y una esperanza" —citó mi padre—. Jeremías 29:11.

»El anciano asintió.

»—Ahora creo que mi destino era descubrir el talento de tu pequeño Andrei.

»—¿Y de qué talento se trata? —se extrañó mi padre.

»—Ion, no sé si has tenido la oportunidad de escuchar a tu hijo tocar el violín. Pero no creo que me equivoque si afirmo que su capacidad es prodigiosa. No imaginas la facilidad con la que ha aprendido a hacerlo sonar. Incluso, con pocos meses de instrucción, ya es capaz de leer las partituras más complicadas.

»Mi padre no dio muestras de la sorpresa que le producía esa habilidad mía desconocida por él.

»—Y, por todo ello, quisiera pedir tu permiso para darle clases todas las tardes. Por supuesto lo haría de forma desinteresada, aunque agradecería enormemente si María me siguiera enviando con él sus exquisitos guisos —bromeó mi maestro.

»Mi padre cerró los ojos y demoró unos segundos su respuesta, como si estuviera consultándolo con alguien más.

»—Querido Vasile, te agradezco mucho que te intereses por Andrei. Pero no creo que su designio sea tocar el violín. Sabes bien que los instrumentos musicales han sido creados por las manos mundanas del hombre, y que por tanto no son suficientes para honrar a Dios.

»Mi padre mantenía la vieja creencia ortodoxa de que los instrumentos musicales no hacían más que contaminar el canto, que, según su fe, era un don divino.

»—Pero no puede desperdiciar el oído y la habilidad para la música que tiene —protestó Don Vasile.

»—Cierto es. Por ello, a partir de mañana se unirá al coro de la iglesia.

»Y así creyó zanjar la engorrosa cuestión. Pero, gracias a mi poca potencia vocal, y a mi total falta de interés por el coro, en un par de meses me dio por perdido y me permitió asistir cada tarde a la casa de Don Vasile.

»Aparte de esas sesiones, yo me pasaba todo el tiempo que tenía libre practicando con mi violín. Don Vasile, emocionado ante mis progresos, encargó en la ciudad nuevas partituras con las que seguir instruyéndome, y vivió maravillado la rapidez con la que yo las incorporaba a mi repertorio habitual.

»Cuando entré en la adolescencia, mi primer maestro ya tenía poco que enseñarme, y mis ansias de aprender y de salir del opresivo ambiente en el que vivía comenzaron a suponer un angustioso problema para mí. Una tarde, mientras tocaba una pieza de Beethoven, decidí compartir mis inquietudes con Don Vasile.

»—Maestro —dije, interrumpiendo de golpe la música—. ¿Usted cree, como mi padre, que tocar el violín es frívolo?

»Don Vasile me estudió con sus diminutos ojos azules, sus arrugas más marcadas que nunca.

»—¿Qué opinas tú, Andrei?

»—Creo que tiene que estar equivocado. Esta música no puede ser más que algo sobrehumano.

»El anciano asintió.

»—Eres tú el que logra ese milagro, Andrei. De verdad creo que tienes un don, hijo.

»Yo ignoré los halagos que tantas veces me había hecho el anciano, mis pensamientos puestos en algo que me empezaba a obsesionar.

»—Pero, entonces, tal vez mis padres estén equivocados en otras cosas. Tal vez la vida sea algo más que lo que sucede en nuestra iglesia y en nuestra aldea. Yo —dudé un segundo, antes de dar voz a mis deseos—, yo quisiera ver otras ciudades, tocar con otros músicos, escuchar en directo una gran orquesta, aprender a componer mi propia música...

»—Tal vez deberías plantearte proseguir tus estudios en Bucarest —dijo el artesano, que ya llevaba tiempo dándole vueltas a esa idea, impotente también al ver que poco podía aportarme él ya.

»—¡Bucarest! —aullé, estirando mis largas piernas tanto como pude—. Eso sí que sería un sueño.

»—Hijo, creo que ha llegado el momento de tener una nueva charla con tus padres.

»Nos costó grandes discusiones con mi padre y ríos de lágrimas por parte de mi madre, pero finalmente conseguimos convencerles de que me dejaran marchar. Mi padre contactó con un amigo suyo de la capital, también sacerdote, y acordaron que viviría con él. Y, así, con un hatillo cargado con cuatro prendas de ropa gastada, mi preciado violín y muchísimas ganas de aprender y ver el mundo, me despedí de mis padres y de mis hermanos y me marché con el viejo Don Vasile a la estación de tren.

»Fuera de nuestro pequeño y tranquilo mundo, el fascismo avanzaba imparable por Europa y parecía inminente el estallido de una nueva guerra mundial. En Rumanía la vida política también estaba muy agitada. El rey Carol II había abolido el sistema democrático para tratar de ganar algo de estabilidad, pero aun así la Guardia de Hierro, una agrupación antisionista y fascista muy violenta, estaba ganando poder. Por otro lado, la Unión Soviética presionaba sin descanso las fronteras rumanas, hasta que finalmente se hicieron con el norte de Bucovina y Transilvania.

»Esto hizo que el rey tratara de acercar posiciones con Alemania, pero para el pueblo estas acciones llegaban demasiado tarde, y los levantamientos exigiendo su abdicación se sucedían. Finalmente, el rey buscó el apoyo del ejército nombrando dirigente del Estado al general Antonescu, quien proclamó el Estado Legionario, una dictadura militar en alianza con la sanguinaria Guardia de Hierro. Pocos días después, el general Antonescu obligó al rey Carol II a abdicar en su hijo, Miguel I, y en noviembre de mil novecientos cuarenta firmó la adhesión de Rumanía al Eje, la coalición formada por Alemania, Italia y Japón para luchar contra los aliados.

»Fue una época terrorífica, con la Guardia de Hierro masacrando a los judíos, hasta el punto de que los propios nazis tuvieron que intervenir para tratar de poner freno a su crueldad. Imagínate cómo sería esta. La ciudad olía a miedo y a sangre. A diario se vivían escenas propias del mismísimo infierno. Además, los bombardeos aliados se sucedían. El país moría de hambre y de frío.

»Yo llevaba ya dos años en Bucarest cuando escribí a mis padres pidiéndoles permiso para volver a casa, pero en los pueblos la situación era aún peor. Cuando por fin recibí noticias suyas, estas fueron desoladoras. Me comunicaban que, con pocas semanas de diferencia, mis tres hermanos pequeños habían enfermado y muerto de pulmonía. Mis padres, rotos de dolor, me rogaban por mi propio bien que no volviera a casa. Pero yo sabía que no podían seguir pagando mis gastos en Bucarest, y sospechaba que el amigo de mi padre tampoco podría hacerse cargo de mí mucho tiempo más. Sin embargo, antes de que pudiera tomar una decisión sobre mi futuro, la providencia volvió a apiadarse de mí, y el día de Navidad de mil novecientos cuarenta y tres, a través de un profesor de la universidad, me invitaron a tocar el violín en casa de un influyente cargo militar, el coronel Gabriel Petre.

»La comida navideña se celebró en la vivienda del matrimonio Petre, un piso decorado con tal profusión que parecía más la residencia de un zar que la de un coronel. La mujer de la casa, que se me presentó cuando llegué como Nicoleta Petre, parecía seguir en su propia persona esa misma línea decorativa, con su voluptuoso cuerpo contenido en un abullonado vestido rojo a juego con el conjunto de rubíes que lucía sobre su blanca piel. Nicoleta brillaba más esa noche que el árbol de Navidad.

»En cuanto llegué, me invitaron a ocupar una silla en una apartada esquina del salón, lo cual agradecí, temeroso de que alguien se diera cuenta de lo mal que encajaba mi aspecto en ese fastuoso y alegre ambiente navideño.

»Mientras tocaba la primera pieza desde mi rincón, fui testigo privilegiado de la entrada en escena de una mujer magnífica. Alta, delgada, rubia, con la piel de porcelana y las pestañas postizas, mantenía una elegante pose de indiferencia ante la admiración que provocaba en los demás. Tardó en soltarse del brazo de su marido, un hombre de mejillas sonrosadas y acento alemán al que sacaba cabeza y media. Y solo lo hizo para bailar con el anfitrión y sucumbir a su descarado flirteo.

»Por su parte, Nicoleta continuó actuando como la perfecta esposa, e hizo la vista gorda ante el indecente coqueteo de su marido. Cuando terminó la fiesta y todos los invitados se hubieron marchado, la anfitriona le entregó con ceremonia sus joyas a un criado y vino directa hacia mí.

»—Debo admitir que cuando me recomendaron que le llamara para que tocara hoy, las referencias que me dieron fueron tan excesivas que no creí ni una palabra. Pero ha rebasado con creces mis expectativas, joven Andrei.

»—Gracias, señora —contesté.

»—Créame, sé de lo que hablo. Mi padre era pianista. Y a mí me hubiera encantado serlo también, pero mi madre, que odiaba a mi padre tanto como a su piano, se negó a que lo tocara jamás.

»Se quedó mirándome con una extraña expresión, mezcla de envidia y devoción.

»—Pero, siéntese a cenar algo, por favor. Todavía es Navidad —dijo mientras me servía ella misma un generoso plato de carne asada con verduras y patatas—. ¿Le importa si le acompaño mientras come?

»Yo negué, sin poder apartar la mirada de la que sería mi opípara cena.

»—Ha sido una celebración excelente. Creo que todos han disfrutado y se han distraído un poco de todo lo que está pasando ahí fuera. El ejército de Rumanía tiene mucha presión estos días. La tensión es cada vez mayor, y nuestros mandos necesitan explayarse un poco.

»Levanté la mirada y vi su barbilla tensa, levemente temblorosa, las aletas de su nariz ensanchadas, los ojos vidriosos. Creí que Nicoleta iba a estallar en cualquier momento y, sin éxito, busqué si había alguien más en la sala que pudiera hacerse cargo.

»—Y el marido de esa mujer —siguió—. Es la mano derecha del Führer aquí.

»Dejé de masticar y posé suavemente el tenedor sobre mi plato. Y aguardé, como si estuviese esperando la traca final de un espectáculo de fuegos de artificio.

»—Pero no te equivoques, joven violinista —continuó ella, tomando un sorbo de mi copa de vino y recomponiéndose cual ave fénix—. Todo lo que hace Gabriel forma parte de los planes que yo he diseñado para nuestro futuro. Si no, no lo consentiría.

»Se puso en pie y me tendió una mano.

»—Ahora, por favor, vuelve a tocar para mí.

»Las siguientes semanas me confirmaron lo que había intuido esa noche, que el pequeño y regordete cuerpo de Nicoleta Petre escondía a una mujer con las ideas muy claras y un enorme poder de persuasión. En menos de una semana consiguió convencer a su importante marido de que se convirtiese en mi mecenas y a mí de que lo hiciera en su amante.

»Fue la primera mujer que hubo en mi vida. Yo era un crío y ella prácticamente me doblaba la edad, pero gracias a su calor sobreviví al frío de la guerra. Nicoleta era una mujer menuda, de carnes blandas y olor a bizcocho recién horneado. Me amó con nostalgia, sabiendo que tarde o temprano me perdería, y me ayudó a entender y amar a las mujeres. Aunque intentó que no me enamorara realmente de ella, para que no sufriera cuando el inevitable fin de nuestra aventura llegara.

»Cuidó de mí como lo hubiera hecho mi propia madre. Me daba comida, ropa de abrigo y convencía a su marido y a sus exclusivos amigos para que me contrataran para tocar el violín en sus elegantes recepciones. Porque, aunque el pueblo muera de hambre, el mundo seguirá girando y los ricos seguirán teniendo dinero para sus fiestas. En fin...

»Rumanía estaba, como te decía, en una situación crítica, al borde de una guerra civil, así que tras la derrota del ejército alemán en Stalingrado la clase política y la sociedad rumana exigieron que nuestra nación saliera del conflicto mundial. En mil novecientos cuarenta y cuatro, el rey Miguel I dio un golpe de Estado que facilitó el avance soviético y la irrupción del partido comunista, lo que tres años después terminó desembocando en la proclamación de la república popular y la abolición de la monarquía. Imagínate los cambios radicales que había en el poder y las consecuentes batallas y venganzas personales que se generaban. Nadie se fiaba ya ni de sus propios hermanos.

»Una fría mañana, Nicoleta apareció en la casa del cura. Sin mediar palabra, me arrastró a mi habitación y me hizo el amor con desesperación. En los cuatro años que llevábamos viéndonos a escondidas, nunca lo habíamos hecho en aquella casa, en mi modesta habitación.

»Cuando nuestro encuentro terminó, Nicoleta se vistió con la misma celeridad con la que se había quitado previamente la ropa, y me dijo con frialdad:

»—Se acabó, Andrei. No volveremos a vernos.

»Su barbilla temblaba como en aquella ocasión cuatro años atrás, después de la fiesta de Navidad en la que nos conocimos. Y su determinación para contenerse era la misma también.

»—¿Qué quieres decir? —pregunté confundido.

»—Gabriel y yo nos vamos de Rumanía.

»Sentí un leve mareo mientras Nicoleta se peleaba con los botones de su blusa.

»—No puedes dejarme.

»—El Frente Nacional Democrático va a ilegalizar los partidos que no sean comunistas, y pronto obligarán también al rey Miguel I a abdicar. No podemos seguir aquí.

Gabriel fue muy claro a la hora de posicionarse a favor del rey y, si nos quedamos, corremos peligro.

»—Pero yo te amo —dije, sintiendo un agudo dolor en el corazón mientras ella se arreglaba el cabello.

»—Vamos, Andrei. No me vengas ahora con esas. Sabías bien que lo nuestro no podía durar para siempre, que no podías enamorarte de mí.

»Agarró con fuerza su pequeño bolso y por fin me miró a los ojos antes de decir:

»—No trates de encontrarme. Y, por favor, sé feliz, mi joven Andrei. Te lo mereces más que nadie.

»Y se marchó, dejándome desnudo y desamparado sobre mi viejo colchón. Dejando las puertas de mi habitación y de la casa abiertas a su paso.

»Sentí cómo el frío entraba en mi vida y rompí a llorar como un crío. No podía ni imaginar lo que sería de mí sin la presencia colonizadora de aquella mujer.

»Pero sobreviví.

»En esos cuatro años que estuvimos juntos, yo me había convertido en un hombre, había seguido formándome como músico y mi nombre sonaba ya en los círculos de entendidos. Así que, a pesar de quedarme sin mecenas, siguieron llamándome para amenizar las veladas de los poderosos, hasta que en noviembre de mil novecientos cincuenta me invitaron a tocar en la residencia del mismísimo Ceaucescu, que entonces era Viceministro de Defensa y Jefe de la Dirección Superior de Política del Ejército.

»En aquella época Ceaucescu vivía en un hermoso palacete, nada que ver con la delirante residencia que se construiría años después.

»Al principio, la noche transcurrió como todas las demás. Las mujeres iban engalanadas con sus mejores vestidos y los hombres disfrutaban de licores y tabaco de primera calidad, mientras que yo tocaba las piezas acordadas lo mejor que podía. La verdad es que a mí siempre me han interesado bien poco esos ambientes, si los he frecuentado ha sido porque no he tenido otra opción.

»El caso es que cuando la fiesta finalizó, y mientras yo recogía mis partituras, un militar raso me pidió que le acompañara a un despacho en el piso superior. Pensé que iban a pagarme mis emolumentos.

»El soldado me invitó a pasar a una habitación con el ambiente oscuro y cargado de humo. Tres hombres me esperaban en ella. Se trataba de Nicolae Ceaucescu y los generales Nicolschi y Mazuru. Al verme aparecer, me invitaron a sentarme.

»—Andrei Popescu, qué casualidades tiene la vida —dijo Mazuru.

»Yo me mantuve en silencio, era lo más prudente que podía hacer en esa situación en la que tenía poco que ganar y mucho que perder.

»—Precisamente estábamos estudiando la orden de deportación a Siberia de una familia que lleva tu mismo apellido —continuó el general—. El hombre es un sacerdote hijo de puta que ha estado pasando información a grupos de la oposición sobre los movimientos de nuestros camaradas soviéticos en la frontera, ¿puedes creerlo?

»Mis uñas se incrustaron en los brazos de la silla en la que estaba sentado hasta que me hice sangre. Tuve que vendarme las yemas de los dedos para poder tocar mi violín durante varias semanas después de aquello.

»—Y su mujer, María. —Mazuru le dio una calada a su cigarro que a mí me pareció eterna—. Genio y figura. Al parecer se orinó encima cuando les detuvieron, pero la muy perra no soltó ni una palabra mientras pudo hablar.

»Los tres hombres intercambiaron miradas apreciativas mientras yo, con la vista clavada en mi regazo, me preguntaba qué suerte habría corrido mi pobre madre.

»—A uno de sus hijos, Dorian, ahora mismo le persigue una jauría de perros por los montes.

»A pesar de que el miedo me hacía temblar, algo en mi mente intentaba comprender por qué unos hombres tan importantes me informaban personalmente de la detención de mi familia, cuando yo era un don nadie y cada día se sucedían decenas de deportaciones.

»En honor a mi madre, levanté la cabeza y reuní el valor para mirarles a los ojos.

»—Queremos proponerte un trato, Popescu —intervino Nicolschi—. Tienes un talento fuera de lo normal y se nos ha ocurrido la forma de que todos nos beneficiemos de él, tu país, tu familia y tú mismo. Vamos a enviarte a Francia. Irás haciéndote pasar por exiliado político y te unirás a su orquesta nacional. De esta forma podrás moverte con cierta facilidad por Europa y trabajar como informante para nosotros cuando así te lo solicitemos. A cambio de tu colaboración, tú y tu familia viviréis.

»Los tres hombres sonrieron como hienas asediando a su presa. Ese día me convertí en espía.

20

Andrei se quedó en silencio, perdido en sus recuerdos.

—¿Quiere que hagamos una pausa? —preguntó Elena con delicadeza.

—No, continuemos, disculpa la interrupción. Me había quedado en mi viaje a Francia. Lo hice en tren y, por indicaciones de mis superiores, evitando pisar territorio alemán. En vagones de tercera, compartiendo departamento con otras once personas y haciendo múltiples transbordos, recorrí los más de dos mil quinientos kilómetros que me separaban de París. Me llevó casi cuatro días. Principalmente por el mal estado en el que habían quedado las infraestructuras tras el devastador azote de la guerra, aunque también contribuyó al retraso que en los Alpes, poco después de entrar en Suiza, un desprendimiento nos tuvo parados más de ocho horas. Aquel día acabamos todos los pasajeros sacando tierra de las vías.

Andrei sonrió con melancolía antes de seguir su relato.

—El paisaje que nos acompañó durante el viaje era desolador. Por todos lados se veían las huellas de la contienda, pueblos abandonados, edificios destruidos por los bombardeos, carreteras abandonadas. Y la situación que encontré en París no fue mucho mejor. Aunque allí, impulsados por el plan Marshall, empezaba a haber atisbos de recuperación, lo cierto es que en las calles todavía había mucha miseria. Mujeres viudas y niños abandonados a su suerte, ex combatientes que arrastraban sus heridas de guerra, algunas físicas y otras más difíciles de sanar, y una inmensa mayoría de gente que apenas lograba reunir lo suficiente para comer una vez al día. Pero supongo que era lo que cabía esperar, después de una guerra tan cruel.

»Nada más llegar, me presenté en el Conservatorio Nacional Superior de Música y Danza, donde había sido admitido sin tener que dar muestra alguna de mis conocimientos musicales. Y, gracias a la intervención de los servicios secretos rumanos y rusos, poco después, tras asistir a la primera audición que convocaron, fui admitido también en la Orquesta Nacional de Francia.

»Con ellos seguí tocando el violín y viajando por el mundo. En ocasiones, durante estos viajes contactaban conmigo miembros de la Securitate, la policía secreta rumana, y me entregaban mensajes que yo debía trasladar a otros espías de otras ciudades o países. Mi función era encriptar la información que recibía utilizando notas musicales, creando una partitura nueva con ellas o escondiéndolas en alguna obra conocida cuando el riesgo de que la interceptaran era mayor. Después, se la daba al siguiente eslabón de la cadena de contactos hasta que la partitura llegaba a su destino final en Rumanía, o incluso en la Unión Soviética. Era un método complicado y minucioso que en sus tiempos utilizó la mismísima Mata Hari, aunque poco tenía yo que ver con ella, pobre de mí.

»El caso es que en esas andaba cuando en mil novecientos cincuenta y tres me comunicaron que iban a enviarme a España. Sospechaban que se estaba cociendo algún pacto entre el gobierno de Franco y Estados Unidos, y mis superiores querían saber cuáles serían los términos del mismo. Una vez más, sin saber cómo lo lograron, recibí una invitación para dar un único concierto en Madrid a principios de agosto de ese año. Así que en junio me trasladé a la capital del régimen franquista. Mi contacto era Rodrigo Palacios.

—¿El hermano de Catalina? —Elena, sorprendida, no pudo evitar interrumpir al maestro.

—El hermano de Catalina.

—¿Era comunista? —insistió incrédula.

—Bueno, más bien un idealista. No creo que estuviera informado de cuál era exactamente el contenido de mi misión, y nunca nos permitimos hablar sobre ello. A este tipo de enlaces no solían decirles mucho, por la seguridad de todos. Al fin y al cabo nosotros pasábamos un tiempo en cada lugar y dejábamos el escenario de nuestras pesquisas lo antes que podíamos, mientras que el peligro al que se exponían ellos por permanecer siempre en el mismo sitio era elevado. Era más fácil que terminaran levantando sospechas. En cualquier caso, la invitación que yo recibí para ir a España era real, con lo cual, aunque fue un colaborador necesario, Rodrigo no arriesgó demasiado en esta misión.

Elena hubiera querido preguntarle si Catalina llegó a saber que su hermano estaba implicado en aquella trama de espionaje. Era evidente que Violeta no, puesto que de lo contrario se lo hubiese contado, pero no quería que el anciano perdiera el hilo de la historia y el tiempo se les estaba agotando.

—Te decía que mi objetivo era recabar y enviar información sobre estas negociaciones entre Franco y Estados Unidos. Ya en el año cuarenta y siete Estados Unidos se había opuesto a condenar el régimen de Franco y a aplicar nuevas sanciones a España, algo que despertó las suspicacias de los comunistas. Poco después, Francia reabrió su frontera con España y se firmaron acuerdos comerciales entre España, Francia y Gran Bretaña. Incluso se aprobó la entrada de España en los organismos internacionales especializados de la ONU.

»Era evidente que se estaba produciendo un cambio en el trato hacia el régimen dictatorial español, y todo apuntaba a que esto se debía a la privilegiada situación de la península ante un posible ataque soviético a Europa. Mi nueva misión era recabar toda la información que tuvieran los espías apostados en España y, una vez más, encriptarla y hacerla llegar a los mandos comunistas.

»Llegué a Madrid un mediodía de finales de junio. Rodrigo Palacios me recogió en la estación de tren de Atocha, y nos dirigimos en metro al barrio de Salamanca, donde vivía su familia. La primera imagen que vi de Madrid me sorprendió mucho. Después de tantos años de dictadura, esperaba encontrarme con una ciudad más atrasada. Pero entre que tenía delante su mejor cara, el barrio en el que vivía la gente más pudiente, que hacía un día precioso, y que Rodrigo quiso presentarme antes que a nadie a su hermana y a su amiga, ya que serían mi principal coartada en caso de necesitarla, Madrid me deslumbró.

»Recuerdo perfectamente a Violeta y Catalina en ese primer encuentro. Violeta era una muchacha muy fina y elegante, y mostraba una gran curiosidad por todo lo que no conocía. Catalina, con el cabello y los ojos negros como el carbón, me pareció bellísima. Y tenía un carácter muy fuerte, que no tardó en demostrar en ese primer encuentro. No sé ni cómo le dio tiempo, ya que, en cuanto pude, le pedí a Rodrigo que nos marcháramos. Me urgía instalarme en el hotel para establecer mis primeros contactos.

»La primera llamada que hice desde allí fue al Ministerio de Educación Nacional.

—Bienvenido a España, señor Popescu. En nombre del Ministerio y del Generalísimo Franco, queremos agradecerle que haya aceptado nuestra invitación. Sabemos que usted aprecia el honor que supone tocar para el Jefe del Estado por la gracia de Dios —me dijo mi interlocutor con voz nasal—. Tómese unos días para instalarse y conocer nuestra bella ciudad, y póngase después en contacto con el señor González, del Teatro Español, que es quien coordinará los ensayos. Le haré llegar sus datos de contacto al hotel.

»La segunda llamada fue a Walter Crowley, un periodista inglés que supuestamente trabajaba para el contraespionaje británico, pero que en realidad era una fulana que se vendía al que pujara más alto por la información. No intercambié con él más de cuatro palabras, las justas para citarnos al día siguiente en una tasca de mala muerte a las afueras de Madrid.

»El camino hasta llegar a ella y el ambiente de la misma, con una mezcla en el aire de aguardiente, sudor y serrín, chocaban con el bonito escenario que suponía el lujoso barrio que había visto la tarde anterior.

»En la barra, un hombre pelirrojo dio un largo trago a su vaso de vino. Sobre sus rodillas sujetaba una boina de cuadros. Me senté a su lado, mirando a mi alrededor, descartando que hubiera más peones de ese juego de estudiar al otro en el que estaba involucrado medio mundo en esos días.

»—Bases militares en Cádiz, Sevilla, Madrid y Zaragoza —soltó a bocajarro, en su lengua natal—. Parece que a cambio de cien millones de dólares.

»Eso confirmaba que, efectivamente, Estados Unidos tenía la intención de instalar sus bases anticomunistas en territorio español.

»—¿Sabemos exactamente dónde? —pregunté.

»—Aún no.

»—Cien millones me parece poco.

»El inglés se encogió de hombros.

»—Tiene que haber algo más —insistí—. ¿Cuándo se formalizará el acuerdo?

»—Parece que es inminente, no pasará de finales de verano.

»Entonces el tabernero se acercó y, sin preguntar, puso otro vaso de vino delante de mí. Le di un sorbo y sentí cómo bajaba ardiendo hasta mi estómago.

»—Pronto tendré más información —retomó el inglés en cuanto el camarero se alejó—. Andan detrás de un general que está tomando parte en las negociaciones.

»—¿Quién anda detrás de él?

»—Los anarquistas. Manuel Velasco, el que organizó el atentado contra el general Vila hace un mes.

»El tabernero volvió a situarse frente a nosotros y se puso a secar unos vasos. No parecía muy cómodo con nuestra presencia, y entendimos que era el momento de marcharnos. Sabíamos que no había salido del local, pero podía haber enviado a alguien a alertar a los guardias de la presencia de dos extranjeros con actitud sospechosa.

»Crowley dejó unas monedas sobre la barra dispuesto a marcharse y, al pasar a mi lado, susurró un escueto "te llamaré".

»De regreso al hotel, pedí que me subieran a la habitación algo para comer y expresé a los empleados mi intención de descansar un rato tras el largo viaje del día anterior. Con las persianas a medio bajar, tratando de mantener la habitación a salvo del sol que ya enfocaba inclemente la ciudad, me dispuse a transcribir en una partitura la información que había recibido de Walter Crowley.

»Cuando terminé mi composición musical, practiqué un rato con el violín para no levantar sospechas en el hotel y, a última hora de la tarde, me di una larga y refrescante ducha. Iba a ir a cenar a casa de los Palacios y quería mostrarles mi cara más amable, por lo que escogí mi ropa más informal y, de camino a su casa, me detuve para comprarle un ramo de flores a Catalina.

»Cuando ella misma me abrió la puerta esa noche, sentí un primitivo impulso de tomarla entre mis brazos. Nunca había sentido algo así por nadie, no sé qué me pasó con aquella mujer, pero te aseguro que agradecí tener las manos ocupadas con las flores y mi violín.

»La velada fue muy agradable, hasta que me metí en terrenos pantanosos.

»—¿No van a acompañarnos sus novios? —pregunté.

»Catalina no contestó, solo me dirigió una profunda mirada mientras Violeta me explicaba por qué no había asistido Justo.

»—Yo nunca las dejaría solas —no pude evitar decir.

»Catalina, sintiéndose de algún modo intimidada por mí, contraatacó preguntándome por mis orígenes rumanos. Me hubiese gustado contarles toda la verdad sobre mi vida, pero eso, evidentemente, era imposible. Así que en lugar de eso, toqué para ellos por primera vez el violín.

»Creo que todos se emocionaron, especialmente Catalina. Su expresión mientras me escuchaba se quedó grabada a fuego en mi mente, de donde ya no fui capaz de expulsarla en todo el verano.

»Tras aquella primera cena estuvimos unos días sin volver a vernos. Yo contacté con el señor González, del Teatro

Español, y me reuní con él en varias ocasiones para tratar algunos aspectos que debíamos decidir antes de empezar con los ensayos, como el repertorio definitivo para la gala o la clave en la que tocaríamos alguna de las piezas.

»También volví a verme con Crowley, que en esa segunda ocasión me citó en un banco de la estación de metro de Delicias.

»—Velasco ha averiguado que las bases de Cádiz y Sevilla estarán en Rota y Morón, respectivamente. Falta la ubicación exacta de las de Madrid y Zaragoza —dijo, de nuevo en inglés, en cuanto me senté a su lado.

»—¿Y por qué no obtuvieron esas dos también?

»—Parece que los mapas no estaban en la cartera del general al que asaltaron.

»—¿Y podrán conseguirlas? —insistí.

»—Será difícil. Al parecer han extremado las precauciones por si el asalto al general no fue tan casual como nuestros amigos lo hicieron parecer.

»Yo pensé en mi pobre madre, en mi padre ya anciano, en mis hermanos. Esa misión era de suma importancia para mí, creía posible que los servicios secretos liberaran a mi familia si los resultados les satisfacían.

»—¿Y qué más podemos hacer? —pregunté desesperado.

»—El embajador de Estados Unidos dará pronto una fiesta con motivo del cumpleaños de su hija. Consigue que Rodrigo Palacios nos dé acceso. Intentaremos averiguar algo por nuestra cuenta.

»Y, dicho esto, se marchó en el primer tren que apareció en la estación.

»La siguiente vez que vi a Rodrigo, se comprometió a conseguirnos invitaciones para la fiesta de cumpleaños de la hija del embajador. Fue antes de una nueva cena en su casa.

»Una vez conseguido mi primer objetivo, me centré en intentar llamar la atención de Catalina. Estaba preciosa esa noche, perdida en algún asunto, con el ceño fruncido y la mirada ausente.

»Aún no te he dicho que en aquella época yo tenía una amante en París. Se llamaba Annette, era bailarina. Estudiaba en el conservatorio, como yo. Al parecer, llevaba semanas observándome sin que yo me diera ni cuenta, hasta que se decidió a abordarme después de un concierto y no paró hasta conseguir que la visitara en su minúscula buhardilla parisina.

»Era una mujer preciosa, con el cabello pelirrojo y los ojos color avellana. Era dulce y generosa, y tenía una forma de amarme muy maternal. Me hacía sentir seguro y protegido, supongo que la vida me empujó a buscar eso en las mujeres. La máxima aspiración de Annette era cuidar de mí y tratar de hacerme la vida lo más agradable posible. Siempre estaba atenta hasta al menor de los detalles. Prácticamente vivíamos juntos cuando me tuve que ir a España ese verano.

»Pues Catalina era la antítesis de Annette, en todos los sentidos. Y aun así, o precisamente por ese motivo, me conquistó.

»Catalina me hacía sentir vulnerable y vivo al mismo tiempo, me hacía vibrar como las cuerdas tensas de un violín bien afinado. Deseaba despertar alguna reacción en ella, aunque esta fuese de hostilidad hacia mí.

»—Mañana empezaremos los ensayos, tal vez quieran venir una tarde a vernos tocar —dije esa noche, mirándola solo a ella, pensando en decir algún disparate que la hiciera reaccionar.

»Pero no fue necesario, ya que algo en mis palabras la trajo de vuelta a la realidad.

»—Por cierto, Rodrigo —dijo—. Hoy ha venido una mujer a la guardería con un recado para ti.

»Al parecer un tal Fermín, al que apodaban el Sindicalista, quería reunirse con él en la guardería al día siguiente. Que un sindicalista estuviera buscando a Rodrigo a escondidas no podía ser bueno, podría incluso suponer un grave peligro para mí.

»Le miré con preocupación, pero él me devolvió la mirada e hizo un casi imperceptible gesto de negación.

»—¿No me diga que trabaja usted en una guardería? —pregunté, tratando de desviar la atención de las chicas hacia otro asunto.

»Supe entonces que se trataba de la guardería de la iglesia.

»—Esa mujer —insistió sin embargo Rodrigo—, ¿te dijo de qué quería hablar su hermano conmigo?

»—No —contestó Catalina, sin apartar su orgullosa mirada de mí—. ¿Acaso creyó que mi única utilidad era vestir correctamente la mesa?

»Su ocurrencia me hubiera arrancado una carcajada si no fuera porque veía a Rodrigo cada vez más preocupado. Aun así, no pude evitar responder a su envite.

»—No, de que sería usted de utilidad para muchas otras cosas no tengo ninguna duda desde el primer momento en que la vi.

»Ella sonrió a la vez que se sonrojaba, y deseé seguir jugando a su juego para siempre. Pero mi instinto me hizo alcanzar a oír la última frase de la conversación que Rodrigo estaba manteniendo con Violeta.

»—Mi padre me ha prohibido que me vea con él.

»—¿Y eso por qué? —preguntó su amiga.

»Rodrigo me dirigió una mirada significativa.

»—Al parecer el chaval ha tenido algún encontronazo con la policía, y mi padre no quiere que me meta en líos.

»Violeta hizo alguna broma sobre que Rodrigo se hubiera unido a la disidencia y todos reímos, ellas pensando que aquello era imposible, nosotros tratando de disimular lo cerca que estaba el comentario de ser cierto.

»—Si quieres yo puedo acompañarte mañana a la guardería, Rodrigo —dije tratando de zanjar el tema y ofreciéndole mi apoyo para que pudiera solucionar ese asunto que podía ponernos a todos en evidencia—. Así podré comprobar además si es cierto que tu hermana tiene un corazón debajo de ese bonito vestido que lleva.

»Al día siguiente, de camino a la iglesia de San Manuel y San Benito, Rodrigo me habló del tal Fermín.

»—Le conocí en la consulta de mi padre. Le habían arrestado tres veces, y las tres había necesitado que este le atendiera después. Al principio dijo que las acusaciones de la policía eran calumnias infundadas y negó toda implicación. Pero yo necesitaba contactar con alguien que estuviera involucrado en la propaganda, y a él le acusaban precisamente de imprimir panfletos antifranquistas y participar en la organización de mítines políticos.

»Me miró un instante. Íbamos caminando hombro con hombro.

»—No sé si debería decirte por qué me interesaba lo de la propaganda —dudó.

»—No, no lo hagas —le pedí—. Dime solo lo que pueda interferir en mi trabajo.

»—De acuerdo —aceptó, antes de seguir—. Así que para que descubriera sus cartas, le dije que yo también estaba metido en ciertos asuntos, y que necesitaba transmitir cierta información a la resistencia y, después, difundirla. Y él acabó confesando su involucración con el partido comunista.

»—¿Y ahora estáis trabajando juntos? ¿Es por eso que quiere verte?

»—Sí. Estamos a punto de recibir unas octavillas que han impreso en un piso franco fuera de Madrid. El padre Graciano nos ha cedido una sala para que las guardemos durante unos días.

»—¿El cura? —pregunté asombrado.

»Había oído que algunos religiosos eran contrarios al régimen franquista, pero no esperaba que estuvieran colaborando hasta ese grado con sus oponentes.

»—Sí, el padre Graciano.

»En ese momento llegamos a la iglesia.

»Al entrar, sentí como si volviera a mi infancia, a la iglesia de mi padre. Y tuve el presentimiento de que se trataba de algún tipo de señal de que aquella peligrosa misión que me había llevado a España saldría bien, y de que pronto podría volver a ver a los míos. Pensar de nuevo en el fino hilo del que pendían mi vida y la de mi familia me produjo un gran desasosiego, pero cuando vimos a Catalina, rodeada de sus niños en la guardería, este desapareció. Juraría que al verla se me paró por un instante el corazón.

»Cuando llegó el contacto de Rodrigo, yo me uní a Catalina y sus pequeños. Esa tarde vi la verdadera cara de la muchacha, y me enamoré perdidamente de ella.

»Después de ese día, volví en varias ocasiones a la guardería, y mis nuevos amigos vinieron también al teatro a verme ensayar.

»Cada vez me sentía más cerca de la bella española, cada vez sentía que sería más difícil la separación. Por eso decidí no hacer ningún avance en nuestra relación. Pero, al final, el destino es más fuerte que ninguna otra cosa, y toda mi determinación se volatilizó el día en que fuimos a casa de la hermana de Fermín.

»Rodrigo nos había dicho que el joven le había reclamado para que le ayudara a llevar unas cajas, con comida y otros útiles, a casa de su hermana. Habían planeado ir Catalina y él a hacer la entrega. Pero, evidentemente, yo sabía que las cajas en realidad contenían las famosas octavillas, y no iba a permitir que Catalina se pusiera en peligro. Cuando le dije a Rodrigo que quería acompañarles, se negó tajantemente.

»—Si nos descubren, no solo te estarás condenando, sino que echarás a perder tu verdadera misión, Andrei. Y estoy seguro de que esta es mucho más importante que distribuir unas cuartillas.

»—No puedo dejaros solos en esto.

»—Lo que no puedes hacer es venir, de ninguna de las maneras —continuó, empecinado.

»—¿Y Catalina? ¿Qué será de ella si os descubren? —dije, revelando mi verdadero miedo.

»—Negaré su implicación, diré que solo me acompañaba.

»—¡Nadie te creerá, Rodrigo! —grité irritado.

»—¿Por qué no iban a hacerlo?

»—¿Porque eres su hermano?

Rodrigo no supo qué contestar.

»—Iré —dije, zanjando la discusión—. Si te ayudo, es más fácil que salgamos indemnes.

»Y lo hicimos, al menos en cuanto a la policía. Pero esa visita provocó que sangraran mis viejas heridas.

»Cuando llegamos allí, nos encontramos con un puñado de niños poco menos que desnutridos, unas mujeres avejentadas por la crueldad de la guerra y el peso de sus responsabilidades, y unas actitudes de servilismo hacia nosotros del que no creía que fuéramos merecedores. Vi la injusticia y la desesperanza, el reflejo de mi propia familia. Y la coraza que siempre me acompañaba se resquebrajó.

»Cuando salimos de la casa, le confesé a Catalina que había perdido a tres hermanos por culpa de la guerra, y la intimidad que rodeó esa conversación, en la que prácticamente terminamos confesando la atracción que ejercía el uno en el otro, hizo que ya no hubiera vuelta atrás.

»A partir de ese momento fuimos como dos imanes condenados a unirse, y la espera se convirtió en una lenta agonía. Pero la certeza de que no era solo yo el que no podía apartar la mirada de su preciosa piel morena, sino que ella sentía lo mismo por mí, hizo que esos días me sintiera como el hombre más feliz del mundo, a pesar de todo lo demás.

»La noche en la que asistimos a la fiesta en la embajada de Estados Unidos, la tensión que acumulábamos estalló. Yo llegué con Walter Crowley. Nos sentamos en una mesa desde la que pude ver cómo Catalina bailaba con su novio canción tras canción, matándome de celos. Mientras tanto, Walter me puso al día de los avances de Manuel Velasco.

»—A través de una secretaria del Ministerio del Ejército ha tenido acceso a ciertos documentos secretos, anejos al pacto. Al parecer se trata de cesiones abusivas por parte de España que el gobierno no quiere que se hagan públicas.

»—¿Qué tipo de cesiones?

»—Cláusulas que prácticamente autorizan a los americanos a utilizar las futuras bases para entrar en guerra sin necesidad de que España dé el visto bueno.

»—Esa información es magnífica —dije, tratando de disimular mi alegría ante el resto del salón.

»—En cuanto tenga algo más concreto, te lo haré saber —convino Crowley.

»—Y, de la ubicación de las bases, ¿averiguaron algo más? —pregunté.

»—No. Pero, si te parece bien, podemos ir a dar una vuelta por aquí, a ver qué encontramos.

»Eché un último vistazo a Catalina antes de salir con Walter del salón. Aparecimos en un distribuidor donde un enorme vigilante frustró nuestras intenciones de acceder a las estancias privadas del embajador. A una señal de Walter, él se acercó a distraer al escolta mientras yo me escabullía hacia los despachos de los agregados de la embajada, por si hubiera algo de interés. Abrí las puertas como me habían enseñado los miembros de la Securitate, pero no hallé nada, y volví a cerrar los despachos tras dejar todo como estaba. Al llegar al final del pasillo, escuché unos pasos acercándose, y me oculté en un archivo. Segundos después descubriría que mi perseguidor no era otro que Catalina Palacios.

»Ahí la tenía, alejada de su estúpido novio, al fin entre mis brazos. Podía sentir en mi cuerpo el suyo, tibio, y en mi mano que la amordazaba, su cálido aliento. Y, un instante después, nos estábamos besando.

»Qué difíciles fueron los días siguientes, con el recuerdo del roce de sus labios aún quemando los míos. Qué difícil es seguir adelante cuando tenemos que hacer algo en contra de nuestra voluntad, y esta se revuelve, y se rebela, y trata de convencernos de que lo mandemos todo al infierno.

»Catalina incluso cayó enferma, o eso dijo. Y yo, en mis delirios, llegué a planearme abandonar con ella el país mientras daba vueltas a la habitación de mi hotel como un animal enjaulado.

»Pero, en un momento de lucidez, comprendí que lo que estaba en juego era demasiado importante, mucho más que nosotros dos.

»Así que partí con Walter a La Granja, a una recepción que cada verano ofrecía allí el general Franco. Y de ahí fuimos a otro pueblo, cuyo nombre no recuerdo, en la misma provincia de Segovia, donde debíamos encontrarnos con un colaborador de Manuel Velasco.

»—Hace ya varios días que no vemos a Manuel —dijo el joven con el que nos habíamos citado, mientras se aferraba a las bridas de un viejo caballo cargado de troncos—. Antes de desaparecer, me dio esto para ustedes.

»Le tendió unos papeles a Crowley, que los desplegó para mostrármelos. Eran los planos con la ubicación de las bases de Torrejón y Zaragoza. Los memoricé rápidamente por lo que pudiera pasar. El jamelgo emitió un quejumbroso relincho.

»—¿No dejó nada más para nosotros? —Walter esperaba algo de la información que había en los papeles secretos.

»—Los planos los trajo el martes, y dijo que volvería a verme el miércoles. De esto hace ya tres días y un servidor no ha vuelto a tener noticias suyas.

»Eso no era nada bueno, pero mi experiencia me aconsejaba que fuéramos cautos y esperáramos antes de sacar conclusiones. Lo más probable era que Manuel se hubiera sentido en peligro y hubiera decidido ocultarse por unos días. Y, aunque no me quedaba mucho tiempo en España, este era suficiente para que Manuel volviera a contactar con nosotros.

»A la vuelta de nuestro viaje, le pedí a Walter que me dejara en la finca que la familia Palacios tenía en Torrelodones, adonde Rodrigo me había dicho que irían Catalina y él tras la boda de Violeta. Cuando llegué, Catalina había ido a dar un paseo.

»—¿Cómo fue todo? —me preguntó Rodrigo.

»—Bien. No pudimos ver a nuestro contacto, ha debido de tener algún contratiempo. Pero espero que pronto dé señales de vida.

»Entonces se asomó a la puerta Catalina, con el cabello algo revuelto y la piel perlada por el esfuerzo del paseo. En cuanto me vio, se justificó para marcharse de nuevo, y yo salí tras ella.

»Volvimos a besarnos en la cocina, y el tiempo que me quedaba en España, que horas antes me había parecido suficiente, se me antojó entonces insignificante.

»Esa noche, tras cenar al aire libre y bebernos una exquisita botella de vino de la bodega del doctor Palacios, me tumbé en la cama con la intención de conciliar el sueño. Había dejado la ventana abierta para que entrara el frescor de la noche, y el único ruido que se oía era el canto de las cigarras.

»Estaba observando la quietud de las cortinas cuando un leve movimiento en las mismas me advirtió de que alguien había abierto la puerta de la habitación. Me incorporé rápidamente para encontrarme frente a mí a Catalina, envuelta en un vaporoso camisón blanco que reflejaba la luz de la luna. Iluminada de ese modo y con sus rizos negros cayendo sobre sus hombros parecía una ensoñación.

»—Catalina —susurré.

»Ella posó un dedo sobre mis labios y me besó. Se había dado un baño, olía a jabón y a juventud. Recorrí con mis manos su cuerpo y sentí el deseo crecer entre los dos.

»—No podemos hacer esto —dije, apartándola antes de que fuera demasiado tarde.

»—Te amo, Andrei —replicó ella, avanzando de nuevo hacia mí.

»—Catalina, no podemos —insistí con un hilo de voz.

»—Por favor, Andrei. Yo no tengo la experiencia que tienes tú, pero sé que lo que hay entre nosotros es demasiado fuerte para dejarlo pasar. Quiero quedarme contigo esta noche, y todas las demás.

»Mi voluntad flaqueaba.

»—Déjame ser yo misma por una vez en la vida. No me cortes tú también las alas, no lo soportaría. Te amo más que a nada en la vida —dijo, y rompió a llorar.

»Yo supe que era sincera porque sentía lo mismo hacia ella. Y fui débil y egoísta por primera vez en mi vida. Sabía que no podía ofrecerle un futuro, que pronto desaparecería de su vida para siempre, y que de saberlo ella probablemente las cosas hubieran sido diferentes. Pero, aun así, me dejé llevar por la pasión y el inmenso amor que sentía hacia ella, con la esperanza de que todo se arreglara por sí solo algún día.

»Esa única noche que pasamos juntos fue la más importante de toda mi vida. Y esa noche le confesé que mi alma sería siempre suya. Hoy sé cuán ciertas fueron esas palabras, ya que jamás logré olvidarla.

21

Andrei volvió a quedarse en silencio, un silencio cargado de sentimientos que decía más que miles de palabras juntas. Elena también calló esta vez, sabía que las palabras no saldrían de su garganta aunque lo intentara. Finalmente, haciendo un gran esfuerzo, el músico pudo terminar su relato.

—Al día siguiente Crowley fue a buscarme a Torrelodones y tuve que volver a Madrid precipitadamente. Habían detenido a Manuel Velasco y eso nos ponía a todos en peligro. La maquinaria del espionaje se puso en marcha de forma que en cuanto acabara el concierto yo pudiera volver a Francia para trasladar la información que habíamos reunido. Probablemente fue el propio Crowley el que vendió a Velasco, nunca lo sabré. Solo sé que no me pude despedir de Catalina como hubiese querido. Al finalizar el concierto vino a verme y me sorprendió hablando con el periodista inglés. No sé lo que alcanzó a oír, pero entendió que yo no estaba ahí solamente para tocar el violín, y que estaba colaborando de algún modo con los comunistas. Vi la decepción en sus ojos, y fue peor que si me hubiera disparado en el corazón.

Elena vio el reflejo de ese dolor en los ojos de Andrei y se sobrecogió al pensar cuánto sufrimiento había tenido que vivir ese hombre tan sensible.

—Te he dicho que no me pude despedir de ella como hubiese querido —siguió el maestro—, pero no es del todo cierto. La última pieza que toqué esa noche la había compuesto para ella. Mi querida Irina la bautizó años después como *La sonata sin nombre*.

El anciano violinista parecía exhausto. Tomó un sorbo de agua, y Elena pudo ver cómo le temblaban las manos al hacerlo.

—Hagamos una pausa —dijo, más contundente esta vez que la anterior—. No quiero que se agote.

Andrei aceptó y Elena fue a buscar al hombre que le había traído para que le acompañara a tomar un poco de aire fresco.

Ella prefirió dejarle algo de intimidad y se quedó en el hotel consultando su móvil. Tenía dos mensajes de Alejandro, uno recibido poco después de enviar ella la foto en el que decía «¿Dónde estás?», y otro media hora más tarde en el que preguntaba «¿Y con quién?».

Elena sonrió para sus adentros. ¿Realmente había estado media hora dando vueltas a su posible paradero y compañía? Fantaseó sobre que el interés de Alejandro fuera auténtico. Se planteó no contestar para mantener el misterio, pero tampoco quería arriesgarse a perder el contacto con él. Finalmente escribió «Mañana te cuento», abriendo así la puerta a un posible encuentro.

Cuando Andrei regresó a la mesa su aspecto había mejorado notablemente y, con la resolución que había mostrado al llegar la primera vez, retomó su historia.

—Bien, sigamos, no nos queda mucho tiempo. Íbamos por mi salida precipitada de Madrid. Regresé a París esa misma noche. El viaje en coche se me hizo especialmente largo porque sentía que cada kilómetro recorrido me alejaba más de Catalina. Esa noche pensé que tal vez fuera mejor que ella hubiera descubierto mi engaño, la decepción haría que me olvidara antes. Solo esperaba que nuestro desliz no le causara muchos problemas, España no era Francia y allí la honra de una mujer seguía centrándose en su virginidad. Meses más tarde, utilizando extraoficialmente mis contactos, averigüé que se había casado con su novio, Alfonso. Así que imagino que se las arregló para ocultar lo que sucedió entre nosotros. Y yo volví a la buhardilla de Annette. Le confesé todo, incluyendo que no creía poder amarla como a Catalina, y a ella le dio igual. Me quería demasiado para dejarme ir. Unos meses después de saber que Catalina se había casado, le pedí la mano a Annette. Al final es cierto que el tiempo lo cura todo y hoy puedo afirmar que fui feliz a su lado. Dios no nos quiso bendecir con hijos, pero los dos teníamos grandes vocaciones a las que aferrarnos y hemos vivido tranquilos, que después de cómo fue mi juventud es más de lo que podía pedir.

—¿Qué pasó con su familia? —preguntó Elena.

—Pocos meses después de mi regreso de España, el gobierno rumano permitió la salida del país de mis padres y dos de mis hermanos, que se vinieron a vivir aquí, a Francia. Mis hermanas ya estaban casadas, así que se quedaron en Rumanía.

El músico tomó aire antes de seguir.

—Hace diez años, cuando Annette falleció, decidí saldar las cuentas pendientes y escribí a Catalina contándole toda la verdad. No sé si buscaba su perdón, pero necesitaba que ella supiera lo que había pasado y por qué me había tenido que ir sin ella. Junto a la carta le envié la partitura original de la sonata que había compuesto para ella. No mencioné nada acerca de nuestra relación, puesto que no sabía por qué manos pasaría la carta y lo último que quería era causarle problemas, pero confié en que la partitura hablara por sí misma. Nunca recibí respuesta a mi carta, a decir verdad tampoco la esperaba después de tantos años. Sin embargo, por lo que me contó ayer Violeta, Catalina en su testamento legó la partitura a Irina, y eso no puede ser más que una señal de su perdón.

En ese momento Elena descubrió asombrada que todo aquel embrollo se había montado por una simple partitura.

—La partitura tiene cierto valor económico. —Andrei pareció leerle el pensamiento—. Pero comprenderás que su verdadero valor es el sentimental. Si la última voluntad de Catalina era decirme que me había perdonado, es de entender que Violeta removiera cielo y tierra para cumplir su deseo.

Elena asintió, podía imaginarse lo importante que era todo aquello para Catalina y Andrei.

—Maestro, ¿cómo conoció a Irina? —preguntó, tratando de aprovechar hasta el último minuto con el músico.

—Siempre mantuve contacto con gente de la Universidad de Bucarest. Continuamente recibía invitaciones suyas para impartir ponencias y participar en conciertos, pero mi representante tenía orden de rechazarlas todas puesto que yo no tenía ningún interés en volver a pisar Rumanía, menos aún mientras siguiera la dictadura. Sin embargo, hace unos años me hablaron de una niña con una capacidad prodigiosa. Iban a admitirla en la universidad a pesar de tener solamente once años. Era una preciosa muñeca que desde que apenas hablaba ya transmitía con su violín más que ningún músico renombrado de aquella época. Esos casos se dan una vez en la vida, como mucho, y egoístamente quise participar en su formación. Sería el colofón perfecto a mi carrera. Como ya estábamos jubilados, Annette y yo decidimos trasladarnos a Bucarest por un curso, que al final se transformó en cuatro largos años. E Irina se convirtió en la hija que nunca tuvimos. Incluso, como su familia era de fuera de Bucarest, se acabó trasladando a vivir con nosotros. A mitad del último curso que pasamos allí, Annette enfermó. Los médicos nos dijeron que no le quedaba mucho tiempo de vida y, como su deseo era morir en París, decidimos volver y logramos convencer a los padres de Irina para traerla con nosotros y que continuara aquí su formación.

Andrei volvía a parecer muy cansado. Elena sabía que no debía abusar de su amabilidad y que la conversación tenía que tocar a su fin, pero lanzó una última pregunta para la que ya conocía la respuesta.

—Una última pregunta, Andrei, ¿conoce a Stefan Nicolschi?

Tal y como esperaba, el anciano asintió.

—Stefan era alumno de primer curso en la universidad de música cuando llegamos a Rumanía. Estaba estudiando la carrera de piano. Un día pasó por delante de un aula donde Irina y yo estábamos tocando una pieza y nos oyó. Se quedó encandilado con ella, y no es para menos, parecía un ángel tocando. Ese día averiguó los horarios de nuestras clases y empezó a venir habitualmente como oyente. La pequeña fue tomando confianza con él, y él se erigió en una especie de hermano mayor para ella. Yo creo que a Stefan le pasó algo parecido a mí, comprendió que allí estaba sucediendo algo grande y quería participar en ello. Stefan ama la música con la pasión propia de quien no es capaz de abarcarla. No es que fuera mal músico, pero Irina es un genio, y él no pudo dejar de notarlo. De hecho, a veces daba la sensación de que escuchándola sufría por su propia incapacidad, lo que se veía agravado porque era un chico muy ambicioso. Además, en algún momento mientras Irina crecía, yo creo que se enamoró de ella, si es que no lo estuvo siempre.

—Pero él es bastante mayor que ella, ¿no? —preguntó Elena.

—Sí, cuando nos fuimos a Francia ella no tenía ni quince años y él pasaba de la veintena. Pero no me malinterpretes, el suyo fue un amor platónico. Cuando nos marchamos a París el contacto entre ellos se perdió. Me dijeron que Stefan dejó la universidad poco después. Él quería destacar y había comprendido que en el mundo de la música no lo haría nunca.

—¿Tiene Stefan algo que ver con el general Nicolschi del que me ha hablado antes? —quiso saber Elena.

—Es su nieto —contestó un Andrei inexpresivo, como si eso no le hubiera importado mucho—. Tal vez por eso era tan exigente consigo mismo, pero no lo sé. A mí quien me interesaba era Irina.

—Y se la trajo a París —le ayudó a seguir Elena, viendo que el hombre que había traído a su interlocutor esperaba ya impaciente en la puerta.

—Sí, aquí siguió sus estudios. Después ha vivido también en Austria, Alemania y Estados Unidos. La música es su vida, y ella no duda en irse allá donde cree que puede aprender algo más. El último año lo ha pasado en España en una reconocida fundación musical, aunque hace un par de meses que no sé nada de ella.

—¿Sabe que Stefan Nicolschi es patrono de esa fundación? —dijo Elena.

Andrei la miró extrañado.

—No sabía que siguiera relacionado con la música, y

menos en España, en la misma fundación que Irina. ¿Qué sacaría él de eso? —dijo, poniendo voz a sus pensamientos—. Aunque, por otro lado, eso podría explicar que no haya tenido noticias de ella en los últimos tiempos.

La expresión de Andrei se tornó en preocupación.

—Espero que no la haya metido en algún lío —rogó.

—No lo creo —trató de tranquilizarle Elena—. La vi hace poco y parecía serena y feliz. Me habló de usted.

—Si la vuelves a ver, por favor, dile que me llame —le pidió el hombre algo inquieto.

—Lo haré —prometió ella.

—Bueno, muchacha, me temo que este vejestorio tiene que irse ahora. Tengo otros compromisos menos agradables que atender.

Andrei hizo una señal a su acompañante, quien se acercó presuroso.

—Muchas gracias por haber confiado en mí —se despidió Elena, comprendiendo el honor del que había sido objeto.

—No, gracias a ti. Ahora me siento mucho más ligero que cuando llegué. Casi podría salir volando —bromeó el anciano.

Se tomaron las manos con emoción.

—Dile a Irina que me llame, por favor —insistió Andrei con preocupación.

—Descuide, lo haré —volvió a prometer Elena.

Y se quedó observando cómo el maestro Popescu abandonaba el salón, concediéndose así unos minutos para recuperar el aliento después de todo lo que había escuchado.

A continuación, sin lograr salir del extraño estado de encantamiento en el que la había sumido la historia de Andrei, se dirigió por última vez a su lujosa habitación para recoger sus cosas y poner rumbo al aeropuerto.

22

Alejandro removió el whisky haciendo tintinear los hielos contra el vaso. Su padre estaba intentando calmar a una Blanca enrojecida de ira, una vez más la benjamina sentía que tenía a toda su familia en su contra.

—Vamos, Blanca, no seas injusta —intervino Alejandro—. Sabes que yo nunca he desconfiado de ti.

Su padre le lanzó una mirada de reproche, ya que con su disculpa ponía de manifiesto que él sí lo había hecho en más de una ocasión. Alejandro se encogió de hombros, restándole importancia al asunto.

—Hasta ahora, quieres decir —contestó Blanca con los ojos entornados por la rabia.

—No sé por qué es tan grave preguntarte qué relación te une con Stefan Nicolschi —alegó Alejandro, volviendo al tema que había generado la discusión.

Una risa histérica escapó de los labios de su hermana.

—Sabes bien, hermanito, que lo grave no es eso, sino que quien realmente quiere saberlo es nuestra queridísima madre, pero no está dispuesta a bajar de las alturas para hablar con su hija.

Fernando se dejó caer en un sofá. En otra época se habría mantenido en pie tan alto como era, ya que sabía que así ganaba autoridad frente a su hija, pero ya estaba cansado de todo.

—No hables así de tu madre —rogó.

Blanca pareció bufar como un gato ante su respuesta.

—No sé cómo puedes defenderla todavía —le reprochó entre dientes.

—Deja a mamá tranquila, Blanca. Aunque no lo creas se preocupa por ti. Y haz el favor de contestar a la pregunta, ¿qué coño pasa entre Nicolschi, Armando Vázquez y tú?

Alejandro estaba perdiendo la paciencia. Los rodeos de su hermana no le hacían presagiar nada bueno, y no quería por nada del mundo que las sospechas de su madre se confirmaran.

—Nada, ¡nada! Ojalá pasara algo entre Stefan Nicolschi y yo, pero su único interés en mí es por la fundación. Y ten cuidado no vayas a espantarle con tus rocambolescas historias. Te recuerdo que es uno de nuestros mejores mecenas.

—¿Y Armando? —insistió Alejandro.

—Armando es un don nadie, por favor —escupió Blanca despectiva—. ¿Qué creéis, que está involucrado en algún tipo de conspiración masónica?

Alejandro miró a su padre y negó con la cabeza. Parecía que Blanca no sabía nada y su madre podría respirar tranquila. Más aliviado él también, dio un nuevo trago al whisky y se recreó en sentirlo descender por su garganta. En cualquier caso, por mucho que Blanca dijera lo contrario, parecía que algo raro estaba sucediendo con Armando Vázquez. Esa misma mañana, Alejandro había estado en el despacho de su padre contándole lo que sabía de esa historia y mostrándole las fotos del cuaderno del director de la fundación que había tomado el día que fue con Elena. Ambos estuvieron de acuerdo en que parecía que estaba ocurriendo algo turbio. Por su parte, Fernando, tras la petición de ayuda de su mujer, había hecho que sus auditores revisaran a fondo las cuentas de la fundación y, tal y como comprobó luego con Alejandro, todo parecía estar en orden.

—¿Y cómo ha surgido todo este tema, hijo? —le había preguntado entonces Fernando.

—A través de una periodista que fue a casa tratando de ponerse en contacto con Blanca. —Alejandro no pudo retener una sonrisa al pensar en el día en que conoció a Elena.

—¿Una periodista? —El rostro de su padre reflejó su alarma.

—En realidad contactó con la fundación por otro asunto, pero se encontró con el cuaderno y ha empezado a investigar.

—Mierda. Eso no nos conviene nada.

Fernando se levantó de la silla y comenzó a pasear inquieto por el despacho. Alejandro no se percató, tenía toda su atención puesta en la fotografía que acababa de recibir de Elena, quien le deseaba los buenos días con una copa de champán en la mano.

—¿Y la tienes controlada? —preguntó su padre.

—Eso intento —respondió él distraído, mientras se preguntaba dónde estaría Elena.

—Deberíamos enviar a alguno de nuestros investigadores a Rumanía para averiguar algo más de los negocios de Nicolschi.

Fernando pensaba en voz alta sin detener su agitado paseo. Tenían ya a varios hombres investigando al rumano, pero sospechaba que si no iban a su terreno no llegarían al fondo de la cuestión. Entonces, una idea mejor se fue formando en la mente de Alejandro.

—Deja que vaya yo personalmente, padre. Así no involucraremos a más gente en esto. Lo haré con la excusa de visitar alguno de nuestros negocios de allí.

A Fernando la idea le pareció bien, como todo lo que hacía su hijo. Pero lo que Alejandro no le dijo era que no pretendía hacer ese viaje solo.

23

Elena estaba cansada. Después de faltar dos días al periódico había tenido que recuperar mucho trabajo atrasado. Al menos así no había tenido que hacer frente a Bárbara. El lunes llamó a *El Café* diciendo que estaba enferma para poder hacer el viaje a París, pero no quería mentir abiertamente a su amiga. Con Darío había sido diferente. Al sentarse cerca de él el contacto había sido inevitable. Pero, tras preguntarle nada más verla si se encontraba mejor, no había vuelto a dirigirse a ella. Lo cierto era que se había comportado de un modo un tanto extraño todo el día. Elena le había sorprendido varias veces mirándola con una rara expresión en sus ojos que no había sido capaz de interpretar. Y, a la salida del trabajo, la estaba esperando para acompañarla a casa.

Elena agradeció el ir en moto para no tener que hablar con él, tenía un mal presentimiento acerca del motivo por el que Darío se había empeñado en llevarla. Cuando por fin llegaron a su portal, sus sospechas se confirmaron. Con gran parsimonia, el que había sido su pareja se quitó el casco, bajó de la moto y se apoyó sobre el asiento de la misma, lo que sin duda significaba que tenía algo que decir.

—Ayer fui a dar una vuelta en moto y acabé en la fábrica de Nicolschi —le contó—. Estaban llenando varios camiones, más pequeños que el del otro día. Y había muchos coches aparcados dentro.

—Igual han retomado la actividad —conjeturó Elena, sorprendida por que ese fuera el tema del que Darío quería hablar con ella.

—No creo, eran pasadas las doce de la noche —rebatió él con poca emoción.

—¿Y qué hacías tan tarde por ahí? —preguntó ella con suspicacia.

—Discutí con Ana.

Darío se quedó mirándola fijamente en busca de alguna reacción.

—Ele. —Se levantó y dio un paso hacia ella—. Te echo de menos.

Con la mirada gacha tomó suavemente una de las manos de Elena y acarició tímidamente sus dedos, delineando su forma con delicadeza. Elena sintió cómo una enorme bola empezaba a crecer en su estómago. Con todos sus sentidos puestos en los avances de Darío, no fue consciente de que un elegante coche estaba aparcando en la acera de enfrente.

—Reconozco que me he portado como un capullo contigo. No he sabido valorar lo que tenía. He pensado mucho en ello y he llegado a la conclusión de que lo que había entre nosotros era tan fuerte que me entró miedo.

Mientras decía estas palabras, Darío fue tirando delicadamente del brazo de Elena para acercarla más a él.

—Pero me he dado cuenta de que te necesito —dijo, tomándola al fin de la cintura con la mano que tenía libre.

El ruido de un coche al cerrarse sacó a Elena de su ensimismamiento. Confundida, apartó su mirada de los labios de Darío para encontrarse con los ojos negros de Alejandro, que esperaba al otro lado de la calle. Y, entonces, sucedió. Sin que le diera tiempo a evitarlo, Darío la besó. Apenas sintió el roce de sus labios, Elena volvió en sí y se separó de él. Volvió a mirar a Alejandro, quien parecía sorprendido por lo que acababa de suceder.

—Darío, yo no... —Las palabras no parecían querer salir de su boca—. Yo, la verdad, no me esperaba esto.

Millones de imágenes de ellos dos juntos pasaron por su mente. Y se percató de que algo estaba cambiando en ella, no sentía pesar o añoranza, ni siquiera rabia. No sentía absolutamente nada.

—Perdóname, Elena. Dame otra oportunidad, por favor. Me volveré loco sin ti. —Darío redobló sus esfuerzos—. Te quiero, Elena.

—Darío, lo siento, de verdad. Pero ahora no es buen momento para hablar de esto. —No pudo sino decir la verdad—. Me están esperando.

Darío se giró hacia donde ella miraba y vio a un hombre apoyado en un lujoso deportivo. Parecía más joven que él y, por su aspecto, poseía un estatus bien diferente. Haciendo gala de una gran discreción, el desconocido sacó su teléfono y simuló consultar algo, dejándoles así cierta intimidad.

—Ya veo —dijo Darío, con un halo de celos en su mirada—. ¿Quién es?

—Es Alejandro Lledó, el presidente de la fundación Verdes-Montenegro. Mañana te cuento, anda —contestó apurada Elena.

—¿Estás con él?

—No. —A Elena no le gustó el tono que estaba tomando la conversación y decidió atajarla lo antes posible—. Pero, Darío, aunque no esté con nadie más, no creo que volver contigo sea lo mejor para mí. Al menos no ahora, que por fin empiezo a superar lo nuestro.

—Pero es que yo no quiero que lo superes —suplicó Darío—. Elena, entiendo que ahora estés dolida. Puede que no haya sabido valorarte ni tratarte como te merecías. Pero estoy decidido a arreglarlo, y sé que lograré convencerte. Lo que tuvimos no se puede olvidar de la noche a la mañana.

Los ojos de Elena reflejaban todo su desasosiego. Darío pareció percibirlo.

—Tranquila, ahora voy a marcharme —trató de calmarla al ver su angustia—. Pero esto no se va a quedar así. Estoy dispuesto a reconquistarte y te prometo que te haré la mujer más feliz del mundo.

Sonriendo de nuevo, le acarició la mejilla y Elena reconoció al Darío conquistador de siempre. Inesperadamente, volvió a besarla. Un beso más rápido, duro, como si quisiera marcarla. Después, se subió a la moto y se marchó sin esperar su respuesta.

Cuando la moto se hubo alejado, Elena tomó aire y se dispuso a cruzar la calle para encarar a Alejandro.

—Creía que no tenías novio —dijo este con una sonrisa maliciosa.

—Y no lo tengo —respondió ella algo avergonzada, apretando sus labios como si con ello pudiese borrar el beso que acababa de darle Darío.

—Pues parece que alguien no lo sabe.

—¿No estarás celoso? —bromeó Elena, tratando de aligerar la conversación.

—No —contestó tajante Alejandro, mientras la miraba inquisitivo—. ¿Estabas con él en París?

¿Cómo sabía que había estado en París? ¡Había vuelto a espiarla!

—Sí, ¡claro! ¿No te lo han contado tus informadores?

Estuvimos dos días seguidos encerrados en el hotel amándonos como salvajes.

Alejandro la agarró de la nuca y la atrajo hacia sí para darle un apasionado beso, que hizo que las entrañas de ella se revolvieran como si hubiera pasado un ciclón.

—Eres una pequeña mentirosa —susurró con sus labios todavía pegados a los de ella.

Elena temió que las piernas le fueran a fallar, cuando al fin él se separó de ella. Su corazón palpitaba con fuerza, sentía las mejillas ardiendo y la excitación hacía que respirara entrecortadamente.

—Vamos, tenemos que hablar —dijo él, invitándola a andar a su lado.

Volvieron al Soho, al mismo lugar en el que se sentaron la primera vez, aunque en esta ocasión necesitaron una copa para aplacar sus instintos y aparentar normalidad.

—Voy a ir a Rumanía. Me gustaría que me acompañaras —dijo Alejandro, sin apartar su mirada de la de ella.

Después del apasionado beso que le había dado minutos antes, Elena no sabía cómo debía interpretar su propuesta.

—Ayer estuve hablando con Blanca, ella no parece saber nada de todo este asunto. Y las cuentas de la fundación están limpias. Lo que sea que signifiquen los listados, aparentemente está al margen de la fundación.

La miró tratando de enfatizar la última frase. Entonces, la mente de Elena se iluminó y comprendió. ¿Era eso lo que movía a Alejandro en ese asunto, probar que la fundación estaba al margen de todo? ¿Salvar su nombre y el de toda su familia? Su plan por salvar a la fundación del escándalo, ¿incluía engatusarla a ella y llevarla así a su terreno? Eso explicaría que un hombre como él se fijara remotamente en ella. Se sintió decepcionada y enfurecida al mismo tiempo, pero pensó que por lo menos ya sabía con quién estaba jugando y a qué. Y, rápidamente, decidió que trataría de sacar también ella el máximo provecho. Quería llegar al fondo de esa historia, y Alejandro le estaba brindando la oportunidad de hacerlo.

—Me encantaría —respondió con fingida inocencia, tratando de no dejarle ver todos los pensamientos y sentimientos que se agolpaban en su interior—. Pero me temo que no puedo permitirme ese gasto.

—No te preocupes por eso, invita la casa —resolvió él.

Elena hizo una pausa antes de preguntar:

—¿Y qué pretendes hacer una vez allí?

—Una de las empresas de mi familia tiene una fábrica de piezas para motores cerca de Bucarest. Había pensado en ir a hacerles una visita de trabajo y, aprovechando que estoy allí, tratar de averiguar algo más sobre los negocios de Nicolschi. En España no parece tener nada más que la fábrica de ladrillos, lo que no cuadra muy bien con su fortuna. Y tal vez tú podrías aprovechar que estamos allí para buscar a tu maestro de música.

—¿A Andrei Popescu?

Alejandro asintió y Elena se preguntó si realmente él no sabía lo que había hecho en París, o si por el contrario estaría poniendo a prueba su confianza en él una vez más.

—Andrei vive en París —dijo, admitiendo al fin que no era con Darío con quien había estado allí.

—¿Así que era con él con quien desayunabas champán? —insistió él, sin darle ninguna pista sobre si ya lo sabía o no.

—Exactamente. Violeta, la marquesa de Lezma, me concertó una reunión con él. Fue todo muy rápido, por eso no te dije nada. Cuando volví el domingo a casa tenía una nota suya con un billete de avión para el lunes a primera hora.

Alejandro no le quitaba ojo, tratando de averiguar si decía la verdad.

—Es un hombre encantador —siguió Elena, queriendo convencerle de la veracidad de su historia—. Me estuvo hablando de su pasado y de Irina. Al parecer Stefan Nicolschi y ella se conocieron de niños en la Universidad Nacional de Música de Buscarest, cuando Andrei daba clases a Irina. Stefan se medio enamoró de ella entonces, cosas de críos.

Sin saber por qué, Elena se sonrojó.

—¿Tú sabes cuándo y por qué se metió Nicolschi en vuestra fundación? —preguntó para cambiar de tema antes de que él detectara su sonrojo.

—Hace algo menos de un año mi madre organizó una gran recolecta para poner en marcha unas becas aquí, en España. Nicolschi se presentó un día en la fundación y prácticamente duplicó lo que se había recaudado hasta el momento con la única condición de que Irina fuera la primera beneficiaria de la beca. Desde entonces, como ya sabes, realiza importantes donaciones, y mi madre de algún modo le ha amadrinado, asegurándose de que se le acepte como uno más en los círculos más selectos.

—¿Ese era su objetivo? —preguntó Elena—. ¿Posicionarse?

—Y ayudar a Irina, supongo.

—Por lo que sé Irina no necesita mucho de su ayuda —respondió ella—. Y luego está lo que sea que esté haciendo Nicolschi con Armando.

—Exacto. Y eso trataremos de averiguarlo en su terreno.

24

Sorprendentemente, a Elena le concedieron unos días de vacaciones en el periódico. Ya en el avión, Alejandro le confesó que había llamado a algunos conocidos suyos para que no le pusieran impedimentos para el viaje. Ante el asombro de ella, él le quitó importancia, y apuntó que esa sería otra ventaja de salir con alguien como él. Elena había acabado riendo ante la idea de que no había nada que ese hombre no pudiese lograr y, aunque no lo compartió con Alejandro, también le hizo gracia que en *El Café* pudieran sospechar que estaba saliendo con él. En cuanto vio la oportunidad de hacerlo, Alejandro cambió a un tema de conversación más cómodo preguntándole a Elena por su cita el día anterior con la marquesa. Antes de embarcar, ella le había dicho que había vuelto a casa de Violeta para contarle cómo había ido su encuentro con Andrei en París. Por respeto a sus protagonistas, cuando les contó la historia tanto a Violeta como a Alejandro, Elena omitió en su relato los detalles más íntimos de la relación entre Andrei y Catalina. Ahora entendía mejor la desesperación de la joven Catalina cuando el músico se fue. Se había entregado a él en cuerpo y alma, algo que en esa época podía arruinar la vida de cualquier muchacha. Debió de sentirse traicionada y abandonada por él.

Poco antes de aterrizar, y contagiado por la emoción de Elena al relatarle la historia de espionaje y amor que había sido la vida del maestro de música, Alejandro se comprometió a facilitar el encuentro entre la marquesa e Irina tan pronto como volvieran a Madrid.

Una vez en Bucarest, se dirigieron a un lujoso y céntrico hotel donde Alejandro pidió dos habitaciones contiguas. Tras instalarse, bajaron a cenar al restaurante del hotel, un elegante e íntimo salón donde la suave música envolvía las discretas conversaciones de los comensales.

El ambiente durante la cena fue tan fluido y cercano como en sus otros encuentros. Tras hablar del viaje a París de Elena y de las obras de arte de la colección Lledó que se exhibían en los museos franceses, Alejandro trató de averiguar cuál era el estado real de la relación de Elena con Darío, con un interés que a ella le hubiera parecido genuino si no sospechara sus verdaderos motivos.

—Entonces estás disponible —concluyó Alejandro.

—«Disponible», qué palabra más fea. Suena como si yo fuera un cuarto de baño desocupado —contestó ella con espontaneidad.

Alejandro rio ante su respuesta.

—¿Prefieres «abierta al amor»? —La miró con una mezcla de dulzura e indulgencia—. Eres una romántica, Elena.

—Lo era, pero poco a poco me voy curando. Supongo que al fin estoy madurando.

—Por favor, no lo hagas. Resultas francamente tierna —rogó él.

—Te aseguro que no para mí —contestó Elena con pesar.

A Alejandro le sorprendió el cálido instinto de protección que despertó en él, pero este desapareció en cuanto ella le preguntó por Erika en represalia por remover temas tan íntimos. Él reflexionó un instante antes de contestar.

—Si te soy sincero, no creo que nuestra relación tenga mucho futuro. Erika es una mujer espectacular, cualquier hombre mataría por pasar una noche con ella. Pero, aparte de eso, no nos une mucho más. Supongo que la realidad es que, como dice mi madre, no estoy realmente enamorado de ella.

—Vaya, parece que no soy la única romántica —se burló Elena.

Él rio.

—No te equivoques, Elena. Yo no tengo mucha confianza en el amor. Es mi madre la que no pierde la esperanza por mí.

De regreso a sus habitaciones, Alejandro abrió la puerta de Elena antes de entregarle su llave.

—Si necesitas cualquier cosa, grita —bromeó sonriendo.

Ella le devolvió la sonrisa, una sincera, entregada y preciosa sonrisa. Alejandro se perdió un instante en esos ojos y esos labios que le incitaban a besarla y llevársela a su habitación. Se aproximó más a ella, dispuesto a volver a probar su boca. Como empujada por un resorte oculto en su consciencia, Elena dio un paso atrás. Una parte de ella se moría de ganas de dejarse llevar por la atracción que Alejandro ejercía sobre ella, pero no podía olvidar el daño que le haría entregarse a ese hombre sabiendo que su interés se basaba en tenerla bajo control y, de paso, alegrarse un poco la velada. Así que, haciendo gala de una fuerza de voluntad que no sabía que tuviera, le dio las buenas noches y corrió a refugiarse en su habitación. A pesar de todo, una vez dentro no pudo evitar fantasear sobre cómo sería abandonarse en los brazos de Alejandro.

A la mañana siguiente, un camarero le llevó el desayuno a la habitación con una nota de Alejandro. Decía que se había marchado temprano a visitar la fábrica y realizar algunas gestiones, y que esperaba encontrarse con ella para la cena. Elena no pudo descifrar si las cosas entre ellos seguían como siempre o si su rechazo de la noche anterior iba a pasarle factura.

Para no quedarse todo el día dándole vueltas al tema, decidió entretenerse en tratar de averiguar algo más sobre las empresas de Nicolschi en Rumanía. Para ello, tomó un taxi hasta el registro mercantil que, según pudo averiguar por internet, estaba temporalmente ubicado en la sede del Ministerio de Justicia. Una vez allí se sentó frente al funcionario del registro a quien habían asignado atender su petición. Era un hombre joven, rondaría la treintena, pero a pesar de su juventud tenía un aspecto pálido y enjuto. Su cara era alargada, con unos huesos muy marcados que le daban una apariencia enfermiza. Su mandíbula era prominente, sus pómulos altos y tenía los ojos hundidos bajo una generosa frente, que trataba de esconder tras unos lacios mechones de pelo ceniciento. A Elena se le ocurrió que parecía una figura de cera. Sin apartar la mirada del ordenador, el funcionario preguntó algo en rumano.

—¿Disculpe? —Elena se sobresaltó tanto al oírle hablar que tardó unos segundos en reaccionar y preguntarle en inglés—. ¿Me está hablando a mí?

—Claro, ¿a quién si no? —contestó el hombre malhumorado—. ¿Qué necesita?

—Verá, quería obtener información sobre una empresa española, Cerámicas Jarama, que exporta producto aquí, a Rumanía.

Mientras repiqueteaba en el teclado con sus finos dedos huesudos, el hombre de cera comenzó a negar con la cabeza cada vez con mayor determinación.

—Nada —concluyó finalmente.

—El dueño es un empresario rumano, Stefan Nicolschi —trató de ayudar Elena.

—Nicolschi es un apellido muy común en Rumanía —contestó el hombre despectivo, aunque volvió a taladrar las teclas—. ¿A qué sector pertenece la empresa?

—Fabrican ladrillos.

Tras unos minutos más de búsqueda, el funcionario por fin comenzó a asentir despacio.

—Stefan Nicolschi. Tiene una empresa importadora, Nicolschi Ceramică.

Elena reprimió a duras penas el impulso de saltar al otro lado de la mesa y mirar la pantalla.

—Además hay otras empresas a su nombre, de sectores que no tienen nada que ver con la construcción. Parece que algunas de ellas tienen una facturación muy elevada. Esto es realmente interesante.

Por fin el hombre miró a Elena, que mostraba su ansiedad aferrándose al borde del escritorio.

—Entonces, ¿me puede dar la información, por favor? —preguntó, sonriendo con gran satisfacción.

Los pequeños ojos marrones de su interlocutor la estudiaron para dirigirse después un instante al reloj que había en una de las paredes de la sala. Entonces, volvió a mirarla, con una mueca en su cara que debería haber sido una sonrisa pero dejaba entrever sus maliciosas intenciones.

—Lo siento, pero estoy fuera de mi horario.

Incrédula, Elena miró el reloj. Faltaba un minuto para la una de la tarde.

—¿No puede simplemente imprimir la información que ha encontrado? —rogó.

El hombre chasqueó la lengua y comenzó a recoger sus enseres de la mesa.

—Por favor, no puede hacerme esto. Si el trabajo difícil ya está hecho, solo tiene que imprimirlo. No le cuesta nada —suplicó Elena.

—Claro que me cuesta. Sería como trabajar una hora extra pero sin que nadie me la pagara —respondió él, y se quedó mirándola fijamente, como si quisiera decirle algo más—. Yo no trabajo gratis.

Susurró su última frase en un tono casi inaudible, y entones Elena lo comprendió. ¡El hombre le estaba pidiendo dinero a cambio de la información! Miró a su alrededor escandalizada, buscando con quién compartir el descaro del funcionario, pero descubrió que sus compañeros no tenían aspecto de ser mucho mejores que él. Agobiada, sintió la necesidad de abandonar aquel lugar cuanto antes.

—Está bien, ¿y cuánto cobra usted por cada hora extra trabajada? —acertó a decir, abriendo el monedero y evitando volver a cruzar su mirada con la de aquel canalla.

Cuando por fin salió a la calle, obedeció al impulso de cerrar los ojos para sentir la suave caricia del sol sobre su piel. El contraste con el frío interior del edificio la hizo sonreír. Apretó la carpeta que llevaba bajo su brazo y trató de no pensar en el desagradable funcionario que se la había entregado, centrándose así en la satisfacción de haber conseguido nueva información para su caso. Estaba deseando sorprender a Alejandro con ella.

Súbitamente, oyó un frenazo, y apenas tuvo tiempo de ver cómo un brazo tiraba de ella hacia el interior de un coche. Una vez dentro, un hombre muy corpulento la sujetó con firmeza para evitar que escapara. El conductor del vehículo, tras cerrar la puerta por la que habían metido a Elena, volvió a saltar al volante para salir derrapando del lugar. Ella, despavorida, trató de gritar, pero una fuerte mano se instaló sobre su boca. El copiloto, otro hombre grande con la boca llena de dientes de oro, se abalanzó sobre ella para taparle los ojos con un pañuelo. Elena apenas tuvo tiempo de ver que se encontraba en el interior de un vehículo de lujo. Tras unos primeros instantes de bruscos volantazos en los que, de no ser por el encierro al que la sometía su captor, Elena hubiese salido volando por los aires, el ritmo del vehículo se tornó más normal, lo que sus secuestradores aprovecharon para atar sus manos y amordazarla con lo que le pareció un trozo de cinta de embalar.

El primer impulso de Elena fue memorizar los giros que daba el coche, pero desistió rápidamente ya que, además de ser una misión imposible, era de poca utilidad al no conocer la ciudad. Así que se centró en tratar de averiguar quién la podía haber capturado y con qué fin. Por lo que había podido ver, el coche pertenecía a alguien con mucho dinero. Y si ese coche era para los escoltas, el propietario debía de estar realmente bien posicionado. Solo podía ser Nicolschi, se dijo, mientras se dibujaba en su mente la intensa y fría mirada que le dirigió el rumano la noche de la fiesta en el auditorio. De alguna forma se había enterado de que ella estaba tratando de obtener información sobre él. Maldito funcionario descolorido, debía de haber aprovechado para delatarla cuando fue a la impresora a recoger los documentos que más tarde le había entregado. Eso significaba que Stefan Nicolschi era muy conocido y poderoso allí.

Elena empezó a preocuparse de verdad por su situación. Estaba en un país desconocido, nadie sabía que había ido al ministerio, y el que creía su secuestrador parecía tener una gran influencia allí. Pensó en la posibilidad de que Alejandro la echara de menos, pero eso no sucedería hasta la noche, y para entonces podían haber pasado infinidad de cosas.

Entonces, el vehículo redujo la marcha y pareció adentrarse en un aparcamiento. Elena era consciente de sus nulas posibilidades de hacer algo que mejorara su posición, salvo obedecer a sus captores y descubrir qué querían de ella. Desgraciadamente, su situación no tenía buena pinta.

Por fin, el coche se paró y dos hombres la sacaron de él para llevarla casi en volandas hasta un ascensor. Tras subir varios pisos, salieron del ascensor y recorrieron un largo pasillo. Las graves voces de los hombres que la llevaban reverberaban por el lugar, debía de estar desocupado. Tal vez fuera un edificio abandonado, pensó Elena. Uno de tantos con ese aspecto que había visto por la ciudad. Sus captores hablaban en rumano y parecían bromear entre ellos. Al fin, se detuvieron y saludaron a alguien más. Oyó cómo golpeaban una puerta. Alguien la abrió desde el otro lado y los hombres dijeron algo que no pudo entender. Sintió cómo la empujaban dentro de una habitación y cerraban la puerta tras ella.

Elena se sentía terriblemente desorientada, con los ojos y la boca tapados, en mitad de no sabía dónde. Intuía que no estaba sola, y por tanto el silencio reinante indicaba que la estaban observando. Un escalofrío recorrió su nuca y empezó a temblar.

—¿No quieres decirle nada? —preguntó Stefan Nicolschi, siseando como una serpiente.

—Esto no es necesario, Nicolschi.

Elena se estremeció al escuchar la voz de Alejandro. ¿Qué hacía él allí? ¿Le habrían secuestrado también?

—Oh, claro que lo es. ¿No me digas que de verdad te interesa la periodista? —La risa del rumano invadió la habitación—. Bien, así llegaremos antes a un entendimiento.

—Déjala ir, Stefan. Ella no tiene nada que ver con esto.

Elena se preguntó por qué podía hablar Alejandro, ¿acaso no le habían amordazado también a él?

—Ella tiene todo que ver, con su empeño por hablar con Irina para ponerla en mi contra.

—¿En tu contra? —Alejandro parecía enfadado—. Está intentando que Irina se encuentre con alguien que conoció a Andrei Popescu hace mil años, no tiene nada que ver contigo. Todo lo contrario, ha sido tu obsesión con que no pudieran contactar con ella la que ha hecho que se complique todo este asunto.

Stefan se sorprendió. Había creído que era de él de quien quería hablar Elena con Irina. Alejandro, por su parte, decidió tratar de dar fin a aquella extraña reunión lo antes posible.

—Está bien. —Se sentó en el sillón que había ocupado hasta que vio entrar a Elena y se frotó el rostro con preocupación—. ¿Qué está pasando en la fundación?

—Lo que hacemos en la fundación no importa una mierda, es la parte más insignificante del negocio —escupió Nicolschi—. No permitiré que porque esto se sepa mis socios se vean en peligro y me saquen la lengua por el cuello. No tenéis ni idea de dónde estáis metiendo las narices.

—Pues yo creo que sí me hago una idea del problema que podríamos causarte. No sé si esos socios de los que hablas forman parte del negocio de distribución de droga que escondes tras tu fábrica de ladrillos, o de algún otro de los múltiples negocios ilegales que tienes aquí, en Rumanía. Un impresionante imperio —dijo Alejandro, queriendo darle a entender a Nicolschi que sabía en qué andaba metido.

Era la baza que tenía para tratar de salir airoso del encuentro.

—Podría pegaros un tiro aquí mismo y nadie sabría jamás qué fue de vosotros —amenazó Stefan al saberse descubierto.

Elena comenzó a llorar de manera silenciosa al tiempo que Alejandro volvía a ponerse en pie y contestaba elevando la voz, tratando de aparentar con ello una fortaleza que temía que empezara a fallarle.

—¿Pero tú con quién coño te crees que estás hablando? Mi familia es una de las más ricas de Europa, y nuestra influencia llega mucho más allá de lo que puedes imaginar. Una llamada nuestra y se te acabó el negocio.

Elena oyó un chasquido metálico. Pensó que podía tratarse de un arma cargándose.

—Escucha, Nicolschi. Mi gente sabe que estamos aquí y tenemos mucha información que podríamos usar en tu contra. Lo único que quiero es que salgas de la fundación. Tú podrás seguir con lo tuyo lejos de ella y aquí no habrá sucedido nada.

De nuevo el silencio. Elena comenzó a oír un pitido y sintió cómo se le doblaban las piernas. Antes de que se desplomara, alguien la abrazó y la ayudó a sentarse en el suelo.

—Tranquila, te sacaré de aquí —le susurró Alejandro al oído.

Ella se acurrucó en sus brazos, desesperada por que todo terminase de una vez.

—Está bien, zanjemos este asunto cuanto antes —continuó Alejandro—. El cuaderno con los listados de la fundación está en la caja fuerte de nuestro hotel, podrás ir a recogerlo en cuanto nos hayamos ido. Pero necesito saber qué has estado haciendo y en qué puede afectar a la fundación y a las empresas de mi padre.

El rumano rio de nuevo antes de contestar.

—¿Acaso no te lo ha contado tu hermanita?

—No metas a Blanca en esto, ella no tiene nada que ver.

Stefan sonrió al ver que Alejandro no sabía tanto como le quería hacer creer. Acababa de descubrir que tenía otra poderosa arma para negociar con él, además de a la estúpida periodista. Tenía a su hermana y, lo que probablemente valdría aún más, la posibilidad de mancillar la inmaculada reputación de esa engreída familia.

—Tu hermana tiene que ver con esto y con casi todos los asuntos turbios que te puedas imaginar. Y con los que no podrías ni imaginar, probablemente también —rio sin compasión—. Digamos que somos viejos amigos. Yo financio todos sus vicios y ella mira hacia otro lado con este tema.

—Joder. —Alejandro encajó el golpe y acarició una mano de Elena para tranquilizarla, a la vez que trataba de centrarse de nuevo en su objetivo—. Los listados, entiendo que se trata de dinero que estás blanqueando a través de la fundación.

—No estoy blanqueando, solo lo traslado.

—Trasladas el dinero que sacas de alguna de tus actividades ilegales y lo traes aquí, a Rumanía.

—Me estoy construyendo una casita para la jubilación —ironizó el rumano.

—¿Y qué pinta la fundación en esto? —preguntó Alejandro, que empezaba a perder la paciencia.

—Contacté con la fundación cuando descubrí que Irina estaba en España haciendo las pruebas para ingresar en ella. Hablé con tu madre para entrar como patrono y asegurarme así de que la aceptaran. Por otro lado, me interesaba hacer contactos a alto nivel, y eso también me lo podían proporcionar Cecilia y la fundación. Una vez dentro, me percaté de que Armando era un tipo ambicioso, y pensé que también podía serme de utilidad en algunos negocios. Unos amigos me habían pedido que les ayudara a sacar dinero del país. Hasta entonces yo estaba sacando el mío en los camiones, junto con la droga, pero el riesgo de aumentar las cantidades ya sería demasiado alto. No quería, ¿cómo decís vosotros? Poner todos los huevos en la misma cesta. Así que opté por separar los dos negocios. La fundación me pareció una buena opción para gestionar el asunto del dinero. Si en algún momento surgían problemas, las transacciones se podrían disfrazar fácilmente como donaciones. Así que empecé a hacerlo con la ayuda de Armando hace ya varios meses. Y, por si te interesa para tus finanzas, te diré que está funcionando muy bien —sonrió sarcástico.

—¿Y todo el dinero es de compatriotas tuyos? —preguntó Alejandro, ignorando la sugerencia del rumano.

—No —rio Stefan—. Por desgracia mis compatriotas no mueven tanto dinero. Utilizamos nombres ficticios, casi todo el dinero es de empresarios chinos y rusos. Bucarest solo es un puerto intermedio antes de que los envíos continúen a sus destinos. Aquí tengo buenos amigos que me ayudan a esconderlo y distribuirlo.

Nicolschi pareció meditar antes de continuar.

—Hay una cosa que debe quedaros clara, a los dos. Irina no tiene nada que ver con todo esto. De hecho, si de verdad no os pego un tiro ahora mismo se lo tenéis que agradecer a ella. No quiero que se vea involucrada en esta mierda. Cuando me di cuenta de que podía afectarla de alguna manera, traté de protegerla.

—Impidiendo que nadie contactase con ella —dedujo Alejandro.

—Especialmente ningún periodista. Como te digo, no quiero que nadie la asocie conmigo.

—¿Y por qué cortar el contacto también con Andrei Popescu? —Alejandro aprovechó que Nicolschi parecía dispuesto a colaborar por salvar a Irina para averiguar algo que sabía que Elena se estaría preguntando.

—Porque él trataría de prevenirla sobre mí en cuanto supiera que yo estaba relacionado con la fundación. Andrei no es tan inocente como Irina, y en seguida habría sospechado que estaba involucrado en algo irregular. No quería que volviera a arrebatármela tan pronto, ahora que nos habíamos reencontrado.

Alejandro apretó la mano de Elena para tratar de averiguar si se encontraba bien y ella presionó a su vez confirmándoselo.

—Está bien, Stefan. Sal de la fundación y tienes mi palabra de que Irina terminará sus estudios sin incidencias y nunca sabrá nada de esto, al menos a través nuestro. Pero tienes que dejar que se reúna con Elena y con Andrei Popescu, si no él acabará sospechando también. Simplemente, déjala ir.

—¿Y cómo me aseguro de que no diréis nada, ni tú ni ella? —dijo el rumano señalando a Elena.

—Porque sabemos que nos matarías. A mí me da igual lo que hagas siempre que no te metas con mi familia. Olvídate de la fundación y de Blanca.

Stefan volvió a reír.

—Me parece que eso tendrás que recordárselo a tu hermana, que me persigue como una perra en celo. Además, debes saber que tiene deudas con mucha gente, no solo conmigo.

—Yo me encargaré personalmente de que todas ellas se salden. Nuestros abogados se pondrán en contacto con quien me digas para dejar todo en orden.

Se hizo el silencio de nuevo.

—¿Y Armando Vázquez? —preguntó Nicolschi.

—En este momento está reunido con los abogados de mi padre, quienes le están comunicando la rescisión de su contrato. Le indemnizarán generosamente para asegurarnos de que no crea problemas.

—Yo me encargaré de eso —sentenció el rumano con frialdad.

Alejandro hizo un gesto de indiferencia, el destino de Armando no era asunto suyo. Bastante tenía con intentar salir ileso con Elena de esa situación.

Un nuevo silencio indicó que Nicolschi estaba valorando sus opciones.

—El hecho es que la tapadera de la fundación ha saltado por los aires —resumió Alejandro, tratando de que Stefan se decidiera a su favor—. Sabemos lo que estás haciendo y no vamos a permitir que sigas utilizándola para tus asuntos. Y, la verdad, tampoco creo que ahora a ti te interese seguir haciéndolo. El riesgo de que se filtre información es elevado. Te proponemos una salida tranquila, borrón y cuenta nueva. No es tan mala opción. Piensa que a nosotros tampoco nos conviene que todo esto salga a la luz.

—Está bien —cedió Nicolschi finalmente—. ¿Y qué hay de ella?

Alejandro estrechó la mano de Elena una vez más.

—Ella se olvidará de todo esto. Creo que ya ha entendido que no se trata de un juego. Déjala en mis manos, yo respondo personalmente ante ti por ella.

Cuando salieron de la habitación, Elena estaba tan nerviosa que apenas podía andar. Seguía maniatada, amordazada y con los ojos vendados. Al ver sus dificultades, Alejandro la alzó en sus brazos y se apresuró a abandonar el edificio. La metió en un coche y, sin mediar palabra, se alejó del lugar. Al cabo de un rato conduciendo, detuvo el coche a un lado de la calle y le quitó a Elena la venda y la mordaza. Le limpió la cara con un pañuelo y besó sus párpados y sus enrojecidos labios con suavidad. Ella permaneció en silencio. Seguía atada.

—Necesitaré un cuchillo para soltarte las manos, tendrás que esperar a que lleguemos al hotel. —Alejandro estudió su aspecto tratando de comprobar si estaba herida—. Siento que hayas tenido que pasar por esto, Elena. Esta mañana me dieron toda la información sobre los negocios turbios de Nicolschi. Comprendí que ese hombre es un mafioso y decidí venir a verle yo solo por si la cosa se ponía fea. Nunca pensé que irían al hotel a por ti, debí advertirte.

—No fueron al hotel —dijo ella con dificultad—. Fui al registro mercantil para intentar averiguar algo más sobre las empresas de Nicolschi. Al salir me subieron a un coche, alguien de allí tuvo que alertarles de que estaba haciendo preguntas. Siento no haberte contado mis planes, quería sorprenderte.

Empezó a llorar de nuevo y él agitó la cabeza incrédulo. Si sorprenderle era su objetivo, sin duda lo lograba una vez tras otra.

—Está bien, tranquila, todo va a estar bien. Ya hablaremos más tarde sobre todo esto, ahora salgamos de aquí.

Volvió a besarla y a abrazarla con fuerza antes de tomar de nuevo el volante.

Se dirigieron directamente al aeropuerto desde donde, tan pronto como llegaron, un avión privado despegó para trasladarles a España. Elena apenas fue consciente del viaje. Alejandro no se apartó de su lado en ningún momento y, en cuanto se acomodaron en el avión, le sirvió una copa de whisky tras otra hasta que, embriagada por el alcohol, cayó en un agitado sueño. Ya en Madrid, Alejandro decidió instalarla en casa de su padre. Necesitaba hablar con ella cuando volviera a estar sobria, y si la llevaba al palacete de Castelló se montaría un gran revuelo. En casa de su padre el servicio estaba más acostumbrado a que aparecieran inesperadas visitas femeninas.

—Así que esta es la famosa periodista —susurró Fernando, mientras observaba a su hijo acomodar en la cama de invitados a la inconsciente joven—. Parece inofensiva.

—No la infravalores —rio su hijo—. Sí, en realidad es inofensiva. Lo que no quita que siempre haga lo que le viene en gana.

Alejandro apartó con cuidado la melena de la cara de Elena para que pudiera respirar mejor.

—¿Te gusta? —preguntó Fernando sorprendido.

Alejandro le miró desconcertado, aunque, más que por la pregunta de su padre, por la respuesta que se estaba abriendo paso en su mente.

—Sería extraño, ¿no?

—No sé, hijo, me temo que no soy el más indicado para aconsejarte sobre el amor —admitió Fernando.

Alejandro volvió a mirar a Elena. Dormida parecía muy dulce y vulnerable. Le abrumó la ternura que le hizo sentir.

—Vamos, hijo —le apremió su padre—. Tomemos una copa mientras me cuentas qué es lo que ha sucedido en Bucarest.

Desde que Alejandro le llamó pidiéndole que le organizara un vuelo urgente de vuelta a Madrid, tenía la sospecha de que algo grave había sucedido.

Cuando unas horas después Elena se despertó, pudo distinguir la voz de Alejandro hablando por teléfono en la habitación contigua. Lo hacía en voz baja para no despertarla. Intentó incorporarse, pero un agudo dolor de cabeza la sobrevino haciéndola gemir. Al oírla, Alejandro se asomó a la puerta del dormitorio y, al verla despierta, se despidió de su interlocutor.

—¿Cómo estás? —preguntó con una mueca que insinuaba que sabía la respuesta.

—Fatal —contestó ella, empezando a sentir unas incómodas náuseas.

Él sonrió.

—¿Me has secuestrado? —preguntó entonces Elena, abrumada.

Él respondió riendo.

—No, eres libre de marcharte cuando quieras. Solo quería asegurarme de que estabas bien y de que habías entendido lo que pasó ayer.

Ella se incorporó lentamente en la cama y miró a su alrededor tratando de ubicarse.

—¿Dónde estamos? —preguntó.

—En casa de mi padre, en Madrid.

Poco a poco la nebulosa que había en la mente de Elena se fue despejando y recordó todo lo que había pasado durante las últimas horas. Alejandro le dio a beber un zumo de color verde.

—Te hará sentir mejor —le garantizó.

—¿No vas a denunciarle, a Nicolschi? —preguntó ella

mientras se frotaba las muñecas, aún doloridas por las bridas que las habían unido unas horas antes.

—No —contestó él, siguiendo con la mirada los movimientos de sus manos.

—Y me imagino que yo tampoco debo hacerlo —continuó Elena, mirando al fin a los ojos de Alejandro.

—No —repitió él, devolviéndole una mirada que indicaba que hablaba muy en serio.

—Ni podré publicar esta historia —asimiló ella, compungida.

—No. —Alejandro le colocó un mechón de pelo detrás de la oreja.

—¿Y cómo sabes que de verdad Nicolschi nos dejará en paz?

—Lo hará. Tiene a Blanca de garantía, sabe que no haré nada que pueda perjudicarla. Por lo que he podido averiguar estas últimas horas, anda metida en muchos líos, y al parecer esta gente tiene pruebas de todo.

—¿Y solo por evitar el escándalo se debe permitir que sigan delinquiendo?

Alejandro levantó los hombros con indiferencia, a modo de respuesta, y compartió con ella su opinión.

—Nicolschi acabará cayendo tarde o temprano. Y si no lo hace, tampoco importa mucho, ¿no? Cualquier otro ocuparía su lugar.

Elena se levantó despacio. Su expresión reflejaba el dolor de su cabeza y la gran lucha que se estaba produciendo en su mente.

—¿Estás bien? —le preguntó Alejandro preocupado.

—No lo sé, no sé si me convence dejarlo estar. Tal vez no sea lo correcto.

—Elena, no hay elección —zanjó él tajante, haciendo que le mirara para asegurarse de que entendía bien lo que le iba a decir—. Estamos hablando de un criminal, un asesino. Si te cruzas en su camino, te matará sin dudarlo. Es así de crudo.

Ella sintió un escalofrío y, aunque el silencio que él le pedía iba en contra de sus principios, asintió pesarosa.

Siguieron hablando más de una hora sobre lo que había ocurrido en Rumanía, hasta que Alejandro se aseguró de que Elena había recuperado totalmente el control sobre sí misma. Entonces se ofreció a acompañarla a casa, a lo que ella se negó. Dijo que necesitaba estar sola y pensar en lo ocurrido y, aunque a él no le hizo mucha gracia la idea, aceptó dejarla ir. La acompañó hasta la puerta de la casa de su padre, agradeciéndole a este mentalmente que se hubiese retirado a su despacho con discreción. Fernando había supuesto que para Elena sería bochornoso conocerle en esas condiciones.

—Por favor, prométeme que no vas a hacer nada acerca de este asunto, y que si lo haces me avisarás antes —le rogó Alejandro antes de abrir la puerta.

—¿Eso quiere decir que vas a dejar de espiarme? —preguntó ella, intentando recuperar el sentido del humor.

—No —sonrió él, aunque hablaba muy en serio.

Elena volvió a asentir antes de marcharse. Al menos tenía que reconocerle su sinceridad.

25

Tan pronto como se enteró de que su hermano Alejandro acababa de regresar de un viaje a Rumanía, Blanca tomó un taxi para dirigirse a la casa de Flavio. Se sabía de memoria cada fachada, cada comercio y hasta casi cada adoquín de las calles que separaban la casa de su madre en Castelló de la de su antiguo amante.

Flavio Spínola. Todavía le sudaban las manos cuando recordaba su imagen el día en que se conocieron. Fue más de un año atrás, en el barco de un amigo común, un empresario del mundo de la noche marbellí. Blanca llegó al barco algo apurada ya que los invitados habían sido convocados casi una hora antes, y sabía que a su anfitrión no le gustaba esperar. Pero también tenía la certeza de que con ella lo haría, por algo eran buenos amigos. Iba cargada de regalos para agasajar al grupo con el que compartiría esos días en altamar, pretendiendo con ello granjearse rápidamente su simpatía.

Entre lo cargada que iba de bolsas, que un inoportuno golpe de viento quiso robarle la pamela, y que apenas podía andar con las poco apropiadas sandalias que se había comprado para la ocasión, a punto estuvo de hacer una entrada realmente apoteósica en la fiesta. Se hubiera caído de la pasarela que daba acceso al yate de no ser porque unos fuertes brazos dorados por el sol la alzaron como si su odiado sobrepeso no existiera. El apuro que estaba pasando, y el contraluz al que estaban expuestos, le impidieron ver en un primer momento los ojos azules como el cielo del hombre que la había rescatado.

Cuando su salvador por fin la posó sobre la cubierta del barco y sus ojos estuvieron protegidos del inclemente sol, Blanca cayó absoluta y vergonzosamente rendida a los pies del hombre más atractivo que había visto nunca. Él se presentó como Flavio Spínola, un miembro de la tripulación que se encontraba a su entera disposición. «A mi entera disposición», se repitió Blanca, sin lograr salir de la ensoñación en la que había quedado sumida. El viento hacía ondear sobre la frente de Flavio sus brillantes rizos quemados por el sol, y sus ojos, azules como el océano infinito, sonreían a la vez que mostraba una dentadura propia del mejor anuncio de dentífricos. Blanca no pudo apartar de él su vista ni cuando comenzó a alejarse de ella, con su magnífico cuerpo bronceado y totalmente depilado, cubierto tan solo por el diminuto bañador con rayas marineras que lucía la tripulación.

A lo largo del fin de semana que duró la travesía, Blanca averiguó entre copas de champán que Flavio era un actor argentino y que llevaba un par de años viviendo en España. Se ganaba la vida como podía, encadenando trabajos precarios de lo más variopintos mientras esperaba a que llegara su oportunidad de dedicarse a la interpretación, donde no tenía ninguna duda de que al fin triunfaría.

Además de poderosamente atractivo, era un chico muy voluntarioso. Siempre estaba pendiente de que Blanca tuviera la consumición que deseara a tiempo, de untarle el protector solar con un agradable y, en ocasiones, algo atrevido masaje, de aplaudir sus baños en alta mar, y de envolverla en una mullida y caliente toalla cuando volvía al barco.

La última noche, por una increíble casualidad, Flavio se encontró con Blanca justo cuando esta se disponía a entrar en su camarote después de cenar. Ella, achispada por los brindis de despedida, le invitó a pasar a su habitación para darle la propina que tan profesionalmente se había ganado. Él, audaz como era, vio la oportunidad de descansar una temporada de tanto trabajo mal pagado y dejarse mimar por una joven millonaria. Así que, sin perder el tiempo, se lanzó a la conquista. Y, tal y como esperaba, Blanca le aceptó con entusiasmo. Al día siguiente, volvieron juntos a Madrid y buscaron un apartamento para Flavio cerca de la casa de la madre de Blanca, donde él pudiera alojarse cómodamente mientras esperaba a que ella acudiera cada día a su encuentro.

La pareja solía salir mucho ya que a Flavio le encantaba ir de fiesta. Además, estaba convencido de que era en los ambientes nocturnos donde surgiría su definitiva oportunidad profesional. Solían cenar en algún restaurante de moda y luego iban a bailar a los clubes más caros y exclusivos de Madrid, donde, sobre todo Flavio, no reparaba en gastos a la hora de consumir alcohol y cualquier otra sustancia que cayera en sus manos y que, en cuanto se hicieron conocidos en la noche madrileña, nunca les faltó. En esas noches de excesos les acompañaban actores, toreros y empresarios, entre ellos un viejo conocido de Blanca de la fundación, Stefan Nicolschi.

Durante unos meses la historia de los tortolitos fue muy bien y ambos parecían satisfechos, hasta que Flavio comenzó a dar muestras de aburrimiento y a buscar la compañía de otras jóvenes más atractivas y divertidas que Blanca. Fue en ese momento cuando ella, para tratar de recuperar su atención, y después de casi veinte años sin probar ninguna sustancia estupefaciente, volvió a consumir cocaína y otras drogas que Flavio, animado con su camaradería, no dudaba en compartir con ella. Desde ese momento el ritmo de sus salidas se volvió más frenético, las fiestas, más locas y las noches, más largas. En el fondo, Blanca era consciente de que estaba obrando mal, y de que tarde o temprano todos esos excesos le pasarían factura. Sabía que tenía una personalidad adictiva y que estaba firmando su perdición, pero creía que cualquier sacrificio era bueno si lograba retener a Flavio a su lado. Sin embargo, el sueldo que percibía como directora de la fundación y por otros cargos en las empresas del grupo familiar, pronto dejó de ser suficiente para pagar todos los desmanes de su amante. No alcanzaba a saldar las cuentas que Flavio iba dejando abiertas allá por donde pasaba, y sus deudas crecieron hasta límites insoportables. Así que, seis meses después de empezar su relación, agobiada por lo que debía y agotada por los excesos, Blanca decidió plantearle a Flavio la situación para tratar de encontrar juntos una solución.

La tarde en la que reunió el valor necesario para hablar con él, Flavio pareció realmente compungido. Tras un buen rato sin decir nada, mientras parecía asimilar las palabras de Blanca, salió de la habitación para volver al poco tiempo con un sobre en la mano, que le tendió rápidamente a ella.

—¿Qué es eso? —preguntó Blanca confusa, sin quererlo coger siquiera.

—No quería que te enteraras de esto, iba a intentar solucionarlo por mi cuenta, pero viendo cómo están las cosas creo que es mejor dejarlo en tus manos.

Flavio abrió el sobre y desplegó unas fotos sobre la

mesa del salón. En ellas Blanca se vio en situaciones que realmente había tratado de olvidar. En unas aparecía consumiendo droga, en otras bailaba indecorosamente con algún conocido, e incluso había una de un día en el que, incitada por su amante, se enrolló públicamente con una camarera para alborozo de todos los presentes. Se quedó callada, con el peso de esas imágenes sobre su conciencia y el corazón hecho pedazos.

—¿Vas a chantajearme? —se oyó decir.

—No, por supuesto que no. —Flavio tomó su mano—. ¿Cómo puedes ni siquiera pensarlo? Yo nunca haría eso. Alguien más me las dio a mí para que te las enseñara.

—¿Alguien más, dices? ¿Quién? —quiso saber ella, confundida.

Flavio volvió a tomar asiento.

—Al parecer te han estado siguiendo. Un amigo mío que trabaja en la discoteca Agua tuvo acceso a las fotos y quiso alertarnos antes de que hicieran algún uso de ellas.

—¿Qué quiere decir «hacer algún uso de ellas»? —Blanca no se imaginaba qué valor podrían tener esas fotos.

—No sabemos quién anda detrás de esto, podría ser cualquiera de esos a quienes dices que debes dinero por mi culpa —contestó Flavio dolido—. O incluso uno de tus hermanos.

—¿Y qué iban a sacar mis hermanos con esto? —preguntó ella sin quererlo creer.

—No tengo ni idea, Blanca. Solo son conjeturas mías. Pero yo no les diría nada a ellos por si acaso.

Flavio sabía que Blanca confiaba mucho en su hermano Alejandro y no le interesaba que él interviniera en ese asunto. Blanca se esforzó por encontrar la solución al problema, pero estaba demasiado impactada para pensar con claridad.

—¿Y qué sugerís tú y tu amigo que haga? —preguntó sin terminar de creerse la historia sobre el origen de las fotos.

—Comprarle las fotos. Él mismo se ha ofrecido a intermediar en el pago.

—¿Cuánto?

Flavio se levantó de nuevo, nervioso.

—Todavía no ha hablado de cantidades con él, queríamos saber tu opinión primero —mintió.

—¿Cuánto, Flavio? ¡No me tomes por una estúpida!

—Trescientos mil.

Blanca tragó saliva. No podría conseguir trescientos mil euros, y menos aún con las deudas que tenía.

—Pero yo no tengo ese dinero —sollozó—. Y, en cualquier caso, ¿cómo nos aseguraremos de que no nos pedirá más una vez que se lo entreguemos?

—Le exigiremos que nos dé los negativos, o la tarjeta de memoria, no te preocupes por eso. —Flavio sonaba convencido.

Blanca volvió a pensar en el dinero. No podía acudir a sus hermanos y solo se le ocurría una persona que pudiera encontrar la forma de sacar algún beneficio a cambio de prestarle su ayuda.

Al día siguiente, hecha un manojo de nervios, acudió a ver a Stefan Nicolschi. Sabía que el hombre al que se iba a vender era peligroso, pero no le quedaba otra opción. Él la citó en un moderno chalet a las afueras de Madrid y la recibió con gran amabilidad, regocijándose interiormente por la oportunidad que le brindaba que aquella mujer tan bien relacionada se hubiera metido en líos. Estaba convencido de que sacaría buen provecho de la deuda que ella estaba a punto de contraer con él.

La conversación fue breve, ambos expusieron sus necesidades y llegaron a un rápido acuerdo. Stefan le prestaría a Blanca el dinero que le pedía, no le importaba con qué fin, y a cambio ella le permitiría gestionar ciertos asuntos a través de la fundación. Blanca también tuvo la prudencia de no pedir más detalles, ya los averiguaría más adelante.

Esa misma noche, Blanca le dio a Flavio el dinero que compraría su reputación. Después de la tensa conversación con Nicolschi deseaba quitarse la máscara de frivolidad que siempre mantenía y se abrazó a su amante buscando su consuelo. Sin embargo, él la rechazó fríamente.

—Lo siento, Blanca. Lo nuestro ha terminado.

Volviendo al presente, Blanca pagó al taxista y se introdujo en la oscuridad del edificio donde vivía Flavio. Una vez dentro del ascensor se quitó las gafas de sol, pero, al ver su demacrado rostro en el espejo, decidió volver a ponerlas en su lugar.

Flavio tardó demasiado en abrir la puerta. Cuando lo hizo, cubierto tan solo con un albornoz, tenía aspecto de haber trasnochado. Al pasar a su lado, Blanca no pudo evitar dirigir una recelosa mirada a la puerta del dormitorio, que en ese momento estaba cerrada.

—No te esperaba, ¿por qué diablos has venido? —preguntó él arisco.

—Creo que mi hermano Alejandro sospecha algo de Nicolschi. Parece que una maldita periodista le ha puesto sobre aviso. Últimamente han estado merodeando por la fundación, y acabo de saber que han viajado a Bucarest.

—¿Y a mí qué carajo me importa? —escupió Flavio.

Blanca se quedó muda ante su reacción, de algún modo había esperado que la ayudara a enfocar el asunto de Nicolschi.

—Te conté lo que Stefan está haciendo en la fundación,

podrían descubrirnos —dijo con un tono de súplica en su voz.

—Descubrirnos no, descubriros. Yo no tengo nada que ver en esto.

—¿Ah, no? —preguntó ella decepcionada—. ¿Acaso tengo que recordarte que fue por culpa de tus derroches por lo que tuve que pedirle prestado dinero a Nicolschi, a cambio de dejarle utilizar la fundación para sus sucios negocios?

—Insisto en que no es mi problema, Blanca. Y ahora lárgate, estoy ocupado.

Flavio se dirigió a la puerta, esperando que ella le siguiera.

—Por cierto, ya que estás aquí, hay algo que tenía que decirte —dijo, deteniéndose a mitad de camino—. Han aparecido más fotos tuyas, necesitaremos otros sesenta mil para hacernos con ellas.

No pudo evitar que una sádica sonrisa se dibujara en su rostro.

—Eres un hijo de puta, Flavio —estalló Blanca, desesperada—. Te he dado todo lo que tenía, confiaba en ti más que en nadie y, ¿así me lo pagas? ¿Traicionándome a la primera de cambio? Y seguro que trayendo a cualquier fulana a mi casa, porque te recuerdo que todavía la pago yo.

Siguiendo un impulso, Blanca corrió al dormitorio y abrió la puerta de golpe. Una mujer ocupaba el que había sido su lado de la cama. La conocía de vista, estaba casada con un rico empresario bastante mayor que ella. Antes de que pudiese decir nada, Flavio la arrastró del brazo hasta el rellano y una vez allí le propinó una sonora bofetada.

—¡No vuelvas a pisar mi casa nunca más, estúpida niñata malcriada! —gritó, con los ojos enrojecidos por la ira y la resaca—. Y envíame el dinero si no quieres que vaya directo al despacho de tu padre con las fotos.

Tras el sonoro portazo con el que la despidió Flavio, Blanca se derrumbó en las escaleras y rompió a llorar desconsolada. No sabía qué le dolía más, si el rechazo del hombre en el que había puesto sus últimas esperanzas para ser feliz, la visión de otra mujer disfrutando de lo que había creído que era suyo o su enrojecida mejilla, que le recordaba además lo estúpida que era y lo sola que se encontraba.

26

Elena se reincorporó al trabajo al día siguiente de volver de Bucarest. A pesar de que estaba física y moralmente agotada, no quería levantar sospechas. Tenía la inquietante sensación de que muchos ojos la vigilaban para comprobar que la vida había vuelto a su cauce y que ella había olvidado todo lo sucedido en Rumanía. Estaba francamente asustada. Durante los primeros días procuró no pasar mucho tiempo en la calle, y cuando lo hacía no dejaba de buscar con disimulo alguna señal de que la estuvieran siguiendo. Todo el mundo le parecía sospechoso de hacerlo. Aunque, por otro lado, algo le decía que de alguna manera Alejandro velaba por su seguridad, a pesar de que no había vuelto a saber nada más de él desde que abandonó la casa de su padre.

Por motivos puramente egoístas, dejó en varias ocasiones que Darío la acompañara a casa, aunque se las arregló para no darle pie a que avanzara en su intento de reconquistarla. En cierta ocasión, él le sugirió ir a echar un vistazo a la fábrica de ladrillos, pensando que sería una buena oportunidad para pasar más tiempo juntos, pero para sorpresa de Darío ella se negó asustada.

Una noche, antes de dejarla en casa, Darío insistió en ir

a tomar algo a una cafetería cercana, y Elena ya no supo qué excusa poner para no hacerlo. Cuando se hubieron sentado y el camarero se marchó con la comanda, Darío sacó una foto de su mochila y la posó sobre la mesa. Ella reconoció al instante la fábrica de ladrillos de Nicolschi. Parecía desmantelada y tenía un cartel de una inmobiliaria que indicaba que el terreno estaba en venta.

—Se han marchado —exclamó sorprendida.

—Eso parece. El terreno está a la venta, al igual que la casa de Madrid de Nicolschi. Fuera lo que fuese que estaba haciendo, ha decidido trasladar su chiringuito a otra parte. —Darío se quedó observando la reacción de Elena, quien parecía aliviada—. Si quieres podemos intentar averiguar a dónde ha ido, me parece que tenía otra casa en la Costa del Sol.

—No, déjalo —se apresuró a decir ella—. Parece que Irina va a reunirse pronto con Violeta, que era nuestro objetivo, y no sé si conviene mucho meter las narices en los asuntos de Nicolschi.

Darío asintió. A él le daba igual lo que sucediera con Nicolschi, si había estado investigando había sido para pasar más tiempo con Elena. El camarero les llevó las bebidas que habían pedido y volvieron a quedarse solos. Darío decidió aprovechar ese nuevo momento de intimidad para lanzarle la pregunta que ella había estado evitando a toda costa los últimos días.

—Elena, sé que estos últimos días hay algo que te tiene un poco despistada, y no sé si es el mejor momento para hablar de lo nuestro, pero necesito saber si le has dado una vuelta a lo de darnos una segunda oportunidad. —Posó una mano sobre la de Elena, que aún custodiaba la fotografía de la fábrica—. Yo, por mi parte, no puedo dejar de pensar en ti. Me estoy volviendo loco.

Lentamente, Elena retiró su mano.

—Al menos déjame que te acompañe al cumpleaños de Bárbara —insistió él.

Con todo lo que le había ocurrido en las últimas semanas, Elena se había olvidado de lo poco que faltaba para el cumpleaños de su amiga. Pensó que tenía que priorizar la compra del vestido en su lista de planes y, volviendo a la conversación con Darío, comenzó a negar con la cabeza antes de hablar.

—Lo siento, Darío, pero prefiero ir sola —dijo, sin atreverse a mirarle a los ojos—. Te aprecio mucho, y de verdad que me encantaría que siguiéramos siendo amigos si tú también lo quieres así, pero no quiero volver a salir contigo como pareja. Me engañaste con Ana, y te conozco lo suficiente para saber que volverías a hacerlo, y para mí la fidelidad es muy importante. No quiero estar con un hombre que se interese más por otras mujeres que por mí, ni estar siempre temiendo que se te cruce alguna que te guste más que yo. Creo que en el fondo no pido tanto.

Darío calló, confirmando así las sospechas de Elena acerca de su infidelidad y reafirmándola en su decisión.

Pusieron fin a la velada lo antes que pudieron, ninguno de ellos quería estar más tiempo en compañía del otro. Necesitaban espacio y tiempo para cerrar las viejas heridas y, tal vez entonces, poder retomar su antigua amistad.

Cuando entró en su casa esa noche, pensando tanto en la conversación con Darío como en el cierre de la fábrica y la marcha de Nicolschi, Elena sintió que se había quitado dos grandes pesos de encima.

27

Alejandro paseaba su mirada por el despacho del director de la fundación mientras esperaba la llegada de su hermana Blanca. Había pensado que era mejor hablar allí con ella, en lo que consideraba territorio neutral. Si se reunían en casa de su madre, Blanca se sentiría más incómoda y, además, estaba convencido de que Cecilia insistiría en estar presente, algo que él quería a toda costa evitar. Blanca nunca se sinceraría delante de ella, y lo único que conseguirían sería que su madre se convirtiera en el blanco de toda su ira y frustraciones una vez más.

Se levantó y se dirigió hacia las grandes cortinas que cubrían los ventanales. Siguiendo un impulso, volvió al escritorio y llamó a la secretaria para pedirle que se presentara en el despacho.

—Dígame qué se le ofrece, señor Lledó.

Alejandro se sorprendió de lo poco que había tardado la menuda mujer en recorrer el pasillo. Sin duda temía por la continuidad de su puesto de trabajo, ahora que habían despedido a Armando Vázquez.

—Por favor, consiga una escalera. Vamos a quitar estas horribles cortinas.

Junto con las cortinas, retiraron también todas las fotografías y diplomas de Armando Vázquez, y Alejandro le dio a la secretaria instrucciones para que pintaran las paredes con el fin de tapar las manchas que con los años habían dejado los marcos.

Cuando se quedó solo de nuevo, abrió las ventanas y pudo sentir cómo un aire limpio y puro invadía la estancia. Mientras se recreaba con los rayos de sol que se colaban también por la ventana, la puerta se abrió y Blanca entró saludándole tan afectuosa como siempre.

—Sentémonos, Blanca, tenemos que hablar —le pidió él con seriedad.

—¿No nos va a acompañar Armando? —preguntó ella, tratando de que su rostro no reflejara el temor que aquello le provocaba.

—No, Armando no está. Y, antes de que preguntes, te diré que no va a volver jamás. Sabemos lo que ha estado pasando aquí, Blanca —cortó él, tratando de evitar así que ella se pusiera aún más en evidencia.

—¿A qué te refieres con eso?

Alejandro miró a su hermana con tristeza. A pesar de su intento por evitarlo, ella iba a tratar de mantener sus mentiras hasta el final.

—He estado hablando con Stefan Nicolschi y me lo ha contado todo. Sé que ha estado utilizando la fundación para desviar a Rumanía dinero procedente de actividades ilegales, con tu ayuda y la de Armando. Y sé también que estás metida en líos, que alguien te está chantajeando de alguna manera y que has vuelto a consumir drogas —dijo, antes de darle a ella la opción de intervenir.

Le dolía demasiado que no confiara en él.

—Eso no es cierto —negó Blanca, como toda respuesta.

—Ah, ¿no? —Alejandro no la creyó—. Pues explícate, Blanca. Ha llegado el momento de hacerlo, ¿no crees?

—Yo no tengo por qué explicarte a ti nada. ¿Quién te has creído que eres? —se revolvió ella—. Creo que soy suficientemente mayorcita como para no tener que darle explicaciones a nadie. Y menos aún a ti, el hijo perfecto.

Alejandro, muy enfadado, se levantó y puso en pie también a su hermana, a la que zarandeó con impotencia.

—Me parece que no me estás entendiendo, Blanca. ¡Hemos descubierto que estás cooperando con un narcotraficante! No es que me debas a mí una explicación, ¡es que podrían meterte en la cárcel por esto! Si no he acudido directamente a la policía, lo que me convierte a mí también en cómplice, es porque eres mi hermana, y te quiero.

Vio entonces el miedo en los ojos de ella y la ayudó a sentarse de nuevo, agachándose a su lado.

—Solo quiero ayudarte, Blanca, ¿no te das cuenta?

—¿Ayudarme? ¡Será más bien ayudar a evitar un escándalo que salpique a nuestra estúpida familia! —escupió ella.

—Blanca, no estamos hablando de la familia, estamos hablando de ti. No te escudes una vez más en lo que hayan hecho nuestros padres, eso ya no te va a servir. Eres una mujer adulta y tienes que hacerte responsable de tus decisiones de una vez por todas.

—Me arruinaron la vida, Alejandro, nos la arruinaron a todos —dijo ella llena de rencor.

—No, Blanca, no. Yo soy dueño de mi vida. He aprovechado lo que nuestros padres nos han dado y he podido llegar adonde quería.

—Claro, por eso se te ve siempre tan feliz —atacó ella.

—Escúchame, Blanca, no he venido aquí para discutir acerca de mi felicidad. Te estoy diciendo que ya sé que estás metida en líos, no viene al caso que trates de negarlo o evadirlo. Y yo voy a ayudarte, pero para ello necesito que confíes en mí. Siempre lo has hecho, Blanca, ¿por qué ya no? Sabes que yo nunca te he juzgado y te prometo que tampoco lo haré esta vez. Te quiero, Blanca. No me dejes a un lado en esto, por favor. No me apartes de tu vida.

La duda asomó a los ojos de su hermana. Alejandro casi podía ver sus barreras desplomarse, tenía que aprovechar ese momento. Recordó la adoración que todos sentían por Blanca cuando ambos eran pequeños, él por encima de todos. Y la de veces que ella dio la cara por él, sabiendo que no la juzgarían tan duramente como a él.

—Estoy dispuesto a ser yo quien se parta la cara por ti esta vez, Blanca. Pero tienes que dejarte ayudar. Y para eso tienes que contarme qué es lo que te está pasando.

Tres horas después, Alejandro dejaba a su hermana en su dormitorio de Castelló hecha un mar de lágrimas. No había querido dejarla sola en la fundación por temor a que hiciera una locura tras la confesión que le había hecho. Le había hablado del tórrido romance que había mantenido con un tal Flavio, un idiota que quería mantener una vida de lujo y excesos a costa de las mujeres. Por él, para no perderle, Blanca había vuelto a consumir drogas. Y como no había podido pagar todos los vicios y caprichos de ambos, había adquirido deudas con gente de la peor calaña. Y además estaba el asunto de las fotos. Alejandro estaba convencido de que el chantajista era el propio Flavio y así lo iba a demostrar. Y cuando lo hiciera se encargaría de que ese imbécil no volviera a resultar atractivo para ninguna mujer en un largo tiempo. Después, haría alguna llamada para asegurarse de que abandonara el país y no volviera nunca más. Alejandro hervía de furia por la estupidez de su hermana, no era capaz de entender ni justificar su comportamiento, pero había prometido no juzgarla, así que se concentró en tratar de consolarla y dejarla a salvo en casa. Ya decidiría más adelante qué hacer con ella.

Tras abandonar la habitación de Blanca se dirigió a la de su madre. Le contó lo que había averiguado acerca de Stefan Nicolschi, incluido lo que este estaba haciendo en la fundación con la complicidad de Armando. Sin embargo, decidió ocultarle la implicación de Blanca. De saberlo, su madre no se lo hubiera perdonado en la vida. Le dijo también que Blanca estaba metida en problemas, que por culpa de un malnacido había vuelto a consumir drogas y que estaban tratando de chantajearla con ello. Pero la tranquilizó asegurando que lo solucionaría. No le dijo cómo, aún no lo sabía. Hablaría para ello con su padre. A Fernando no le disfrazaría la verdad, ya era hora de que al fin se enfrentara a los problemas de su hija. Si su padre hubiera actuado antes, las cosas no habrían llegado nunca al terrible punto en el que estaban ahora. Había llegado el momento de que padre e hija liberaran por fin las palabras que habían arruinado sus vidas.

—Gracias, Alejandro, querido —le dijo Cecilia, mostrándose derrotada por primera vez ante los ojos de su hijo—. Gracias a ti pienso que al menos he hecho algo bueno en la vida.

—Madre, no digas eso —contestó él, besando el cabello de su madre al tiempo que la abrazaba—. No soy mejor que ninguno de mis hermanos. Es solo que yo decidí enfrentarme a los problemas en lugar de eludirlos. Y eso es algo que aprendí de ti.

Cuando por fin pudo retirarse a su habitación, Alejandro se desplomó en su cama agotado, cubriéndose los ojos con los brazos. Tenía la sensación de que toda la familia había descargado sus problemas sobre él, y de que ahora tenía que soportar una carga demasiado pesada. Pensó en lo que le había dicho a su madre acerca de afrontar los problemas, y también en lo que le había echado en cara Blanca sobre la falta de felicidad en su vida.

Tras unos minutos más en los que trató de reponer fuerzas, y con una clara idea en su mente, estiró un brazo, cogió su teléfono móvil y marcó un número que tenía memorizado.

—Erika, soy yo. Tenemos que hablar.

28

Unos días antes del cumpleaños de su amiga, Elena recibió por fin noticias de Alejandro. Era una escueta nota en la que la invitaba a reunirse con Violeta e Irina en la fundación al día siguiente. «Lo prometido es deuda. Lamento no poder asistir al ansiado encuentro pero estaré fuera de España por motivos de trabajo. Te mandaré a mi chófer para no tener que ver una vez más cómo te abrazas a tu ex novio encaramada en su moto. Espero verte pronto, Alejandro.» A Elena esta vez no le molestó saberse espiada.

Violeta estaba visiblemente emocionada ante el inminente encuentro con Irina. Mientras esperaban la llegada de la violinista, sus ensortijadas manos temblaban sobre la gran carpeta que había llevado consigo. La luz inundaba el despacho del nuevo director de la fundación, ahora pintado en un tono más claro, y a través de las luminosas ventanas podían ver el cuidado jardín francés.

La puerta se abrió y las dos mujeres se levantaron para

saludar a Irina Ionescu que, como siempre, entró acompañada de su violín.

—Ay, niña, por fin nos conocemos —la saludó Violeta, estrechando una mano de Irina entre las suyas como cálida bienvenida.

Irina sonrió amablemente.

—Yo también tenía muchas ganas de conocerla a usted, señora. Su amiga Elena me contó que coincidió con mi querido maestro Andrei Popescu cuando estuvo aquí, en España.

—Así es, tuve la suerte de conocerle en mil novecientos cincuenta y tres, hace ya toda una vida. Y hace poco falleció otra persona que también le conoció bien en esa época, mi mejor amiga, Catalina. —Los ojos de la marquesa se llenaron de lágrimas—. Ella quiso mucho a tu maestro, y él a ella. Por eso me pidió en su testamento que te entregara esto.

Sus manos temblorosas le tendieron la carpeta a Irina, quien la abrió con delicadeza.

—Es una partitura —dijo ella desconcertada, mientras sus ojos volaban reconociendo las notas—. La sonata sin nombre.

Levantó sus sorprendidos ojos grises hacia Violeta en busca de una explicación.

—Es la partitura original, escrita por el puño del mismísimo maestro, de Andrei —declaró Violeta, orgullosa y satisfecha al ver que Irina valoraba el regalo como se merecía.

La violinista volvió a estudiar la partitura maravillada. La sonata sin nombre tenía ahora un título, *Lo que me alejó de ti*. Sin duda la caligrafía era la de su maestro.

—Pero yo tuve este documento en mis manos, hace años, en Rumanía. ¿Cómo ha llegado hasta aquí? —preguntó como si estuviera presenciando un milagro.

—Andrei se la envió a mi amiga Catalina hace unos años. Quería aclarar con este gesto algo que sucedió entre ellos cuando vivió en Madrid. Pero esa es una larga historia, y creo que debería ser él mismo quien te la explicara.

—¿Y qué se supone que debo hacer yo ahora, devolverle a él la partitura? —preguntó Irina, deseosa de participar en esa especie de juego que intuía era muy importante para el que consideraba como su segundo padre.

—No, Catalina quería que la tuvieras tú, así lo expresó en su testamento. Sabía lo que significabas para Andrei, que eres como la hija que nunca tuvo. Creo que con ello quería transmitirle que entendía su explicación y le perdonaba y aceptaba como era, con todo lo que le rodeaba, en el más amplio y generoso sentido. Imagino que era como participar de alguna manera de nuevo en su vida.

—Gracias, ¿qué más puedo decir? —susurró una abrumada Irina.

—De hecho, sí que hay algo más que puedes decir —bromeó Violeta, tratando de aligerar un poco el ambiente tan cargado de fantasmas y sentimientos—. Catalina quería que le trasladaras un mensaje a tu maestro.

La marquesa revolvió dentro de su bolso y extrajo una tarjeta, que Irina abrió y leyó en voz alta.

—Mi alma fue también siempre tuya. Con amor, Catalina.

Las tres mujeres permanecieron en silencio, la emoción asomándose a sus ojos. Tras unos instantes, Irina tomó su violín y comenzó a tocar la pieza que Andrei había compuesto para su gran amor. Cuando terminó, las tres tardaron un poco en recomponerse. Una vez que estuvieron de nuevo serenas, Irina se despidió calurosamente de las otras dos mujeres y, tras prometerle a Violeta que contactaría con

Andrei esa misma noche, se marchó tan etéreamente como había llegado.

Violeta necesitó apoyarse en el brazo de Elena para regresar al coche. La vuelta a casa fue silenciosa, cada una de ellas iba sumida en sus pensamientos y tan solo intercambiaron alguna sonrisa cómplice de vez en cuando. En un momento dado, Elena recordó algo.

—Violeta, ¿sabía que Rodrigo era el contacto de Andrei en España? Es decir, que estaba al tanto de que el maestro era un espía.

Violeta guardó silencio un instante mientras una sonrisa se abría paso en su rostro.

—Eso explica mejor que Catalina tardara tanto en confesármelo todo. No estaba solamente encubriendo a Andrei, sino también a su propio hermano. Sabía que Crowley la había tenido que amenazar con algo más grave que descubrir su relación con el músico. Algo que, por otro lado, ella podría haber negado sin más.

Cuando por fin llegaron a casa de la marquesa, Elena bajó del coche para acompañarla hasta su puerta.

—Hija, no sé cómo agradecerte lo que has hecho por mí —le dijo Violeta al despedirse.

—Gracias a usted. Ha sido una aventura de lo más emocionante —contestó Elena con franqueza.

—Prométeme que vendrás a verme de vez en cuando, después de esto te he cogido cariño. —La anciana cogió la mano de la joven con gran afecto, como había hecho con la de Irina horas antes.

—Claro, me encantaría hacerlo. Seguro que tiene muchas más historias interesantes que contar —respondió Elena complacida—. Pero, ahora, vayámonos a descansar. Ha sido una tarde cargada de emociones, especialmente para usted.

Cuando Violeta se metió en su casa, Elena bajó las escaleras con una extraña sensación de vacío. Sentía que con cada paso que daba iba alejándose también de la gran historia que la había acompañado los últimos meses. Entonces, se le ocurrió que esa parte de la historia sí que podría escribirla y, con una nueva ilusión creciendo en su interior, se metió en el coche de Alejandro con la intención de empezar a trabajar en ello lo antes posible.

29

—¿Qué tal estoy?

Elena se plantó en medio del salón en el que Javi, derrumbado en un sofá, leía una novela. Dio una vuelta sobre sí misma, para mostrarse desde todos los ángulos, y él lanzó el libro por los aires y se echó las manos a la cabeza.

—¡Ele, estás preciosa! Si fueras un hombre no te dejaba escapar.

Elena rio ante el comentario de su amigo.

—Ya verás como esta noche vuelves acompañada a casa. ¡Pero que no sea de Darío! —le advirtió, señalándola con un largo dedo.

Elena negó convencida. A pesar de la conversación que habían mantenido en la cafetería días antes, Darío había redoblado sus esfuerzos para tratar de reconquistarla. Pero ella sabía que esa era una historia del pasado, y confiaba en que el futuro le deparara algo mejor. Todos los que les conocían se sorprendieron mucho al saber que le había rechazado como acompañante esa noche al cumpleaños. Quién lo hubiera imaginado un par de meses antes, ni siquiera ella. Había preferido ir sola, y lo hubiera hecho de no ser porque su amiga Bárbara se negó tajantemente. Le dijo que la recogería su hermano, un chico algo más joven que Elena con el que esta había coincidido en varias ocasiones. En todas ellas, él jugó a conquistarla con una labia descarada y extraordinaria simpatía. Así que Elena aceptó que la acompañara, al menos tenía la diversión garantizada.

Cuando salió del portal, miró a ambos lados de la calle con un gesto ya casi instintivo. Y, entonces, al volver la vista al frente, le vio. Irresistible como nunca, con un esmoquin hecho a medida y apoyado en su deportivo, Alejandro Lledó la miraba fijamente a los ojos.

Él no sabía cuál sería la reacción de Elena al verle. Estaba preciosa en un sencillo vestido de fiesta, fresca y juvenil como siempre. Aunque su mirada era muy diferente a la de aquella chica que vio por primera vez en el salón de la casa de su madre. Una nueva Elena había florecido, y su mirada reflejaba toda su confianza y serenidad.

—Hola —le dijo cuando ella estuvo tan cerca que casi podía tocarla.

—Hola —respondió ella con suavidad.

—¿Cómo estás? —preguntó, impactado por el júbilo que sentía por volver a verla.

Elena se debatió entre responderle o preguntarle directamente qué estaba haciendo ahí. Decidió dejarse llevar.

—Bien, ¿y tú? —respondió con su mirada limpia y entregada.

Él sonrió como respuesta y tomó una de sus manos para acariciar su muñeca, ya libre de toda marca. Ella sintió un escalofrío ante el suave roce de sus dedos. Sus ojos volvieron a mirarse.

—Llamé al periódico, hablé con tu amiga Bárbara y me sugirió que viniera a buscarte. —Alejandro respondió a la pregunta que sabía que ella se estaba muriendo por hacerle—. ¿Me permitirías ser tu acompañante esta noche?

—¿Solo esta? —rio ella nerviosa.

Él sonrió y se mordió el labio inferior en un gesto que por primera vez desde que se habían conocido demostraba que estaba nervioso, algo que conmovió a Elena. Alejandro tomó aire y, como acostumbraba hacer, fue tan directo como ella parecía pedirle.

—Me gustas, Elena. Me desconciertas y me cabreas y me mientes permanentemente, pero me gustas. Desde que te conocí no he tenido ni un solo minuto de tranquilidad y me lo he pasado francamente bien. Creo que nunca en mi vida había disfrutado tanto. Contigo me siento vivo y siento que puedo ser yo mismo, y me encantaría que ahora que toda esta historia de la fundación ha terminado me dejaras conocerte mejor. Solo tú y yo, sin secretos ni desconfianzas. ¿Qué me dices?

Elena sonrió. El hombre más guapo e inteligente que había visto en su vida la estaba invitando a salir. Al final cumpliría el encargo que unas semanas antes le había hecho Bárbara de ir a su fiesta con el hombre más atractivo de Madrid. Pero, antes de aceptar, necesitaba terminar de aclarar algunas cosas.

—¿Hablaste con tu hermana Blanca?

Alejandro se removió algo incómodo.

—Sí. Tuvimos una larga conversación en la que Blanca me confesó que está metida en muchos líos. Acordamos que nuestros abogados se harán cargo de todo a cambio de que ella ingrese en una clínica de desintoxicación. También va a desvincularse por completo de las empresas familiares y de la fundación, al menos por un tiempo. Recibirá una cantidad económica para sus gastos que supervisaré yo mismo hasta que recupere nuestra confianza.

Elena tuvo la delicadeza de no preguntar en qué problemas exactamente andaba metida Blanca, algo que él agradeció enormemente. No quería traicionar la confianza de su hermana.

—¿Y quién se hará cargo ahora de la fundación? —preguntó en cambio Elena.

—Hemos buscado un nuevo director y yo seguiré siendo el presidente, pero trataré de involucrarme algo más en el día a día. Así lo ha querido mi madre.

Elena asintió comprensiva.

—¿Tus padres saben todo lo que ha pasado? —quiso saber.

—Casi todo, sí.

—¿Y qué ha sido de Armando? —preguntó, algo temerosa de acercarse tan peligrosamente al tema de Nicolschi.

—Está fuera. No quiero saber más —zanjó él.

Elena asintió algo impactada al volver a ver el lado más frío de Alejandro. Imaginó que en su mundo era necesario ser así para sobrevivir, pero se sintió agradecida por haber visto la cara más amable de ese hombre.

Alejandro esperó un poco por si Elena tenía alguna otra pregunta que hacer. Pensó sonriente que esa chica curiosa e insaciable sin duda tendría miles de preguntas más por hacerle, si no ahora, más adelante. Después, al ver que ella se quedaba callada, insistió.

—Y bien, ¿me dejarás entonces que te lleve a la fiesta y me asegure de que no te metes en más líos? —preguntó mientras la atraía hacia él.

Ella no pudo contestar que sí, porque Alejandro ya la estaba besando.

Agradecimientos

Siempre me ha parecido mágica la posibilidad de conocer otros mundos y vivir otras vidas que ofrecen los libros. Y disfruto dejando volar mi imaginación más allá de ellos, inventando mis propias historias, aunque hasta ahora se quedaran en mi mente. Por eso un día decidí intentar escribir una novela. Pretendía crear una historia entretenida, que alejara al lector de sus problemas cotidianos, y que, al mismo tiempo, tratara de aportarle algo. Así es como nació *La sonata sin nombre*.

Me ha llevado mucho tiempo terminarla, ya que, entre otras cosas, durante el proceso he tenido a mis dos hijas, Martina y Claudia, lo mejor de mi vida.

Entre medias, también, nos surgió la oportunidad de venirnos a vivir a México. Además de suponer una gran aventura para toda la familia, esto me ha permitido aparcar temporalmente mi profesión habitual y poder dedicarme a terminar este libro.

Tengo, pues, que darle las gracias a Jorge, mi marido, por regalarme este tiempo y por creer en mí desde el principio, por animarme siempre a luchar por mis sueños y por ayudarme a cumplirlos. Gracias por tu aliento y por darme tanta seguridad y confianza.

Gracias también a mis padres, Juan Ignacio y Lucía, por estar siempre ahí, por vuestro amor incondicional y por todos los consejos que me habéis dado para este proyecto en particular, que también es un poco vuestro.

A Elena Fernández-Arias, buena amiga de la familia, que en todo momento me ha animado a intentarlo y ha compartido conmigo su sabiduría y experiencia profesional para que llegara a ver publicada mi novela.

A mi hermana Patricia, Mariasun González-Galatea y Raúl Molero, muchas gracias por leer el manuscrito y ofrecerme vuestras sinceras y valiosas opiniones.

A Meme Butty, por haber logrado hacerme un retrato tan bonito.

Gracias, en definitiva, a todos mis familiares y amigos por ilusionaros con el libro tanto como yo. Que compartáis este entusiasmo conmigo es una de las cosas más bonitas que he vivido nunca.

Y, por supuesto, gracias infinitas a Ediciones B y, muy especialmente, a Carmen Romero, por creer en mi novela y llevarme de la mano en este mundo nuevo para mí.